Frédéric Dard

Né en 1921, Frédéric Dard publie son premier livre en 1940. C'est neuf ans plus tard, au moment de l'épanouissement en France du roman noir, que paraît *Réglez-lui son compte*, premier d'une série de 175 titres mettant en scène le commissaire San-Antonio, personnage-pseudonyme qui entrera au Panthéon des héros populaires de la littérature française. Dès le départ, Frédéric Dard impose une œuvre unique en son genre, où la truculence et la vitalité rabelaisienne du héros n'ont d'égal que le génie du verbe de l'auteur.

En parallèle des *San-Antonio*, Frédéric Dard publie, sous son nom ou sous de nombreux pseudonymes, des romans noirs, des ouvrages de suspense psychologique, des « grands romans » ainsi que des nouvelles. En tout, près de 300 livres, vendus à plus de 220 millions d'exemplaires, qui font de lui l'un des écrivains les plus prolixes de la seconde moitié du XXe siècle, et de son œuvre – qui se complète d'articles, de collaborations au théâtre, à la télévision et au cinéma – l'un des patrimoines de la littérature française.

Frédéric Dard est décédé le 6 juin 2000, à l'âge de 78 ans.

Dans la fameuse série :
SAN-ANTONIO TÉMOIN DE SON TEMPS

voici :

APRÈS VOUS, S'IL EN RESTE, MONSIEUR LE PRÉSIDENT

Roman à injection

APRÈS VOUS, S'IL EN RESTE, MONSIEUR LE PRÉSIDENT

DU MÊME AUTEUR

Depuis 2003, les San-Antonio sont numérotés par ordre chronologique d'écriture de Frédéric Dard, qui est aussi l'ordre originel des parutions.
Cette décision entraîne un changement de numérotation des S-A nos 1 à 107. Par contre, la numérotation des S-A nos 108 à 175 reste inchangée. (Voir à la fin de ce volume le tableau de correspondance entre l'ancienne numérotation et celle indiquée ci-dessous.)

ANNÉES 50

1 *Réglez-lui son compte !*
2 *Laissez tomber la fille*
3 *Les souris ont la peau tendre*
4 *Mes hommages à la donzelle*
5 *Du plomb dans les tripes*
6 *Des dragées sans baptême*
7 *Des clientes pour la morgue*
8 *Descendez-le à la prochaine*
9 *Passez-moi la Joconde*
10 *Sérénade pour une souris défunte*
11 *Rue des Macchabées*
12 *Bas les pattes !*
13 *Deuil express*
14 *J'ai bien l'honneur… de vous buter*
15 *C'est mort et ça ne sait pas !*
16 *Messieurs les hommes*
17 *Du mouron à se faire*
18 *Le Fil à couper le beurre*
19 *Fais gaffe à tes os*
20 *À tue… et à toi*
21 *Ça tourne au vinaigre*
22 *Les Doigts dans le nez*
23 *Au suivant de ces messieurs*
24 *Des gueules d'enterrement*
25 *Les anges se font plumer*
26 *La Tombola des voyous*
27 *J'ai peur des mouches*
28 *Le Secret de polichinelle*
29 *Du poulet au menu*
30 *Tu vas trinquer, San-Antonio*
31 *En long, en large et en travers*
32 *La Vérité en salade*
33 *Prenez-en de la graine*
34 *On t'enverra du monde*
35 *San-Antonio met le paquet*
36 *Entre la vie et la morgue*
37 *Tout le plaisir est pour moi*

ANNÉES 60

38 *Du sirop pour les guêpes*
39 *Du brut pour les brutes*
40 *J'suis comme ça*
41 *San-Antonio renvoie la balle*
42 *Berceuse pour Bérurier*
43 *Ne mangez pas la consigne*
44 *La Fin des haricots*
45 *Y a bon, San-Antonio*
46 *De « A » jusqu'à « Z »*
47 *San-Antonio chez les Mac*
48 *Fleur de nave vinaigrette*
49 *Ménage tes méninges*
50 *Le Loup habillé en grand-mère*
51 *San-Antonio chez les « gones »*
52 *San-Antonio polka*
53 *En peignant la girafe*
54 *Le Coup du père François*
55 *Le Gala des emplumés*
56 *Votez Bérurier*
57 *Bérurier au sérail*
58 *La Rate au court-bouillon*
59 *Vas-y, Béru !*
60 *Tango chinetoque*
61 *Salut, mon pope !*
62 *Mange et tais-toi*
63 *Faut être logique*
64 *Y a de l'action !*
65 *Béru contre San-Antonio*
66 *L'Archipel des Malotrus*
67 *Zéro pour la question*
68 *Bravo, docteur Béru*
69 *Viva Bertaga !*
70 *Un éléphant, ça trompe*
71 *Faut-il vous l'envelopper ?*
72 *En avant la moujik !*

ANNÉES 70

73 *Ma langue au chah*
74 *Ça mange pas de pain*
75 *N'en jetez plus !*
76 *Moi, vous me connaissez ?…*
77 *Emballage cadeau*
78 *Appelez-moi chérie*
79 *T'es beau, tu sais !*
80 *Ça ne s'invente pas*
81 *J'ai essayé : on peut !*
82 *Un os dans la noce*
83 *Les Prédictions de Nostrabérus*
84 *Mets ton doigt où j'ai mon doigt*
85 *Si, signore !*
86 *Maman, les petits bateaux…*
87 *La Vie privée de Walter Klozett*
88 *Dis bonjour à la dame*
89 *Certaines l'aiment chauve*
90 *Concerto pour porte-jarretelles*
91 *Sucette boulevard*
92 *Remets ton slip, gondolier*
93 *Chérie, passe-moi tes microbes !*
94 *Une banane dans l'oreille*
95 *Hue, dada !*
96 *Vol au-dessus d'un lit de cocu*
97 *Si ma tante en avait*
98 *Fais-moi des choses*
99 *Viens avec ton cierge*
100 *Mon culte sur la commode*
101 *Tire-m'en deux, c'est pour offrir*

ANNÉES 80

102 *À prendre ou à lécher*
103 *Baise-ball à La Baule*
104 *Meurs pas, on a du monde*
105 *Tarte à la crème story*
106 *On liquide et on s'en va*
107 *Champagne pour tout le monde !*
108 *La Pute enchantée*
109 *Bouge ton pied que je voie la mer*
110 *L'Année de la moule*
111 *Du bois dont on fait les pipes*
112 *Va donc m'attendre chez Plumeau*
113 *Morpions circus*
114 *Remouille-moi la compresse*
115 *Si maman me voyait !*
116 *Des gonzesses comme s'il en pleuvait*
117 *Les Deux Oreilles et la queue*
118 *Pleins feux sur le tutu*
119 *Laissez pousser les asperges*
120 *Poison d'avril ou la vie sexuelle de Lili Pute*
121 *Bacchanale chez la mère Tatzi*
122 *Dégustez, gourmandes !*
123 *Plein les moustaches*
124 *Après vous, s'il en reste, monsieur le Président*
125 *Chauds, les lapins !*
126 *Alice au pays des merguez*
127 *Fais pas dans le porno…*
128 *La Fête des paires*
129 *Le Casse de l'oncle Tom*
130 *Bons baisers où tu sais*
131 *Le Trouillomètre à zéro*
132 *Circulez ! y a rien à voir*
133 *Galantine de volaille pour dames frivoles*
134 *Les morues se dessalent*
135 *Ça baigne dans le béton*
136 *Baisse la pression, tu me les gonfles !*
137 *Renifle, c'est de la vraie*
138 *Le Cri du morpion*
139 *Papa, achète-moi une pute*
140 *Ma cavale au Canada*
141 *Valsez, pouffiasses*
142 *Tarte aux poils sur commande*

ANNÉES 90

143 *Cocottes-minute*
144 *Princesse patte-en-l'air*
145 *Au bal des rombières*
146 *Buffalo Bide*
147 *Bosphore et fais reluire*
148 *Les cochons sont lâchés*
149 *Le hareng perd ses plumes*
150 *Têtes et sacs de nœuds*
151 *Le Silence des homards*
152 *Y en avait dans les pâtes*

153 *Al capote*
154 *Faites chauffer la colle*
155 *La Matrone des sleepinges*
156 *Foiridon à Morbac City*
157 *Allez donc faire ça plus loin*
158 *Aux frais de la princesse*
159 *Sauce tomate sur canapé*
160 *Mesdames, vous aimez ça*
161 *Maman, la dame fait rien qu'à me faire des choses*
162 *Les huîtres me font bâiller*
163 *Turlute gratos les jours fériés*
164 *Les eunuques ne sont jamais chauves*
165 *Le pétomane ne répond plus*
166 *T'assieds pas sur le compte-gouttes*
167 *De l'antigel dans le calbute*
168 *La Queue en trompette*
169 *Grimpe-la en danseuse*
170 *Ne soldez pas grand-mère, elle brosse encore*
171 *Du sable dans la vaseline*
172 *Ceci est bien une pipe*
173 *Trempe ton pain dans la soupe*
174 *Lâche-le, il tiendra tout seul*
175 *Céréales killer*

HORS SÉRIE

Histoire de France
Le Standinge
Béru et ces dames
Les Vacances de Bérurier
Béru-Béru
La Sexualité
Les Con
Les Mots en épingle de Françoise Dard
Queue-d'âne
Les Confessions de l'Ange noir
Y a-t-il un Français dans la salle ?
Les clés du pouvoir sont dans la boîte à gants
Les Aventures galantes de Bérurier
Faut-il tuer les petits garçons qui ont les mains sur les hanches ?
La vieille qui marchait dans la mer
San-Antoniaiseries
Le Mari de Léon
Les Soupers du prince
Dictionnaire San-Antonio
Ces dames du Palais Rizzi
La Nurse anglaise
Le Dragon de Cracovie
Napoléon Pommier

ŒUVRES COMPLÈTES (vingt-neuf tomes parus)

MORCEAUX CHOISIS

1. *Réflexions énamourées sur les femmes*
2. *Réflexions pointées sur le sexe*
3. *Réflexions poivrées sur la jactance*
4. *Réflexions appuyées sur la connerie*
5. *Réflexions sur les gens de chez nous et d'ailleurs*
6. *Réflexions passionnées sur l'amour*
7. *Réflexions branlantes sur la philosophie*
8. *Réflexions croustillantes sur nos semblables*
9. *Réflexions définitives sur l'au-delà*
10. *Réflexions jubilatoires sur l'existence*

Mes délirades

SAN-ANTONIO

APRÈS VOUS, S'IL EN RESTE, MONSIEUR LE PRÉSIDENT

ROMAN

POCKET

Les éditions Pocket remercient Serge Amoré, membre de l'Association des Amis de San-Antonio, pour son aimable et précieuse collaboration.

ISBN 978-2-266-26803-5
ISSN 0768-1658

Pour Antoine de CAUNES
qui est digne de ses parents.

Avec tendresse.

San-A.

« Oui, dit-elle lentement en anglais avec un fort accent germanique. »

William BOYD

(Comme neige au soleil.)

ÇA SE PRÉPARE

Des années que je n'ai pas fait d'angine.

Et puis en voilà une !

Une vraie, bien brûlante : 40° à l'ombre capiteuse de mon trou de balle en fleur.

Le toubib m'a flanqué aux antibiotiques, tu penses, ce qui va me mettre flagada complet ; mais faut choisir entre la guérison rapide avec convalescence pâteuse et la longue maladie sans séquelles.

Alors, je gobe mes millions d'unités, stoïquement, comme s'il s'agissait de petits oursins trempés dans du vitriol.

Ils rechargent la rue devant chez nous et des odeurs de goudron chaud m'arrivent par bouffées dégueulasses, augmentant mon envie de gerber.

J'essaie de ligoter les titres du baveux, mais quelque chose, en moi, est déconnecté. Habituellement je me fous d'un tas de choses ; présentement, tout m'indiffère. Les trucs du monde, je t'en fais cadeau. Les misères éthiopiennes, les polypes cancéreux de Reagan, les attaques à mains armées de roquettes, j'en ai rien à cirer. Trois degrés de plus dans ta viande et tout est dépeuplé ! C'est notre destin à nous autres bestiaux. On se déclare pensants ; on le prouve. Et puis quelques microbes t'investissent et te revoilà bidoche à part entière ; pré-pourrissante.

Ma lourde fait un petit bruit en s'ouvrant. Ça ne vient pas des gonds, mais le bois a dû gonfler et elle frotte la moquette. C'est une caresse rêche, comme celle que tu donnes à un âne.

Félicie glisse jusqu'à moi, de ce pas de patineur qu'elle adopte lorsque je suis malade.

Je lui souris.

— Comment te sens-tu, Antoine ?

— Pas exactement comme le jour où j'ai été médaillé olympique du décathlon, m'man ; mais enfin j'ai franchi la ligne de partage des eaux !

Je m'efforce de gouailler pour la rassurer. Mes silences l'alarment toujours, Féloche. Contre toute attente, elle garde un visage crispé.

— Tu n'es pas en état de recevoir quelqu'un ?

Drôle de question. J'éprouve un intense sentiment de rejet.

— Je me sens pas très mondain ; de qui s'agit-il ?

Elle chuchote avec des lèvres guindées :

— Le Président.

M'man, pour tout te dire, elle vote plutôt à droite. Son créneau politique ce serait M. Chaban-Delmas dont elle déplore l'effacement et espère le retour. Quand on la pousse un peu, elle dit que M. Chirac l'a assassiné pour faire élire un homme qu'il devait assassiner à son tour par la suite. Elle le trouve shakespearien, le grand Chiraco, naufrageur par vocation. Elle prétend que c'est négatif une attitude pareille, et que le jeu patouilleur de la politique est une bien triste chose. Le présent locataire de l'Élysée, franchement, c'est pas son style, m'man. Toutefois elle respecte sa fonction. Elle pense qu'il a eu beau se faire limer les chailles, elles continuent de lui jaillir des babines.

Messagère de la République française, une et infiniment divisible, elle attend ma réponse. Faut-il que je sois mal en point pour ne pas avoir compris qu'il s'agissait de Sa Majesté l'Empereur Nez-Rond. Aucune autre personne en ce monde ne saurait motiver sa démarche.

— Dis-lui de monter !

Elle approuve mon courage d'un battement de cils. Allons, son garçon est digne de sa race. Il répond « Présent » quand la patrie le turlute.

Elle s'éclipse, laissant la porte ouverte. Ma pomme, je fais un effort pour me mettre sur mon séant ; me requinquer un chouïe, pas faire trop déjeté.

La fièvre cogne à mes tempes et mon regard est brûlant. Y a comme une vapeur tremblotante devant ma vue.

Un pas preste dans l'escalier.

Le voilà ! Tiens, je me rappelais plus qu'il était si petit. D'après Dalida qui a bien connu les deux, Napoléon Ier était de la même taille, mais en plus grand ; probablement à cause des bottes, de la gloire et du bicorne. Il suffit de pas grand-chose pour rehausser un homme, et d'encore moins pour l'abaisser.

Le Prestigieux est debout, à l'orée de ma chambre, captant celle-ci de son œil paterne de busard perché, engoncé dans ses plumes et guignant l'arrivée de la diligence.

Je rassemble ce qui me reste de salive, mais ma pauvre bouche martyre n'en contient pas plus qu'une banane déshydratée.

— M' rspct, m'st l' Prsdnt ! articulé-je tant mal

que bien, incapable de prononcer les belles et pleines voyelles, ces fruits mûrs de la langue.

Il s'avance de son pas mécanique d'automate d'avant-guerre. Y a même le bruit, mais il provient d'un début d'arthrose.

Il est saboulé en clair, dans ces teintes beigeâtres qu'il affectionne et qui sont si peu compatibles avec sa fonction. Un jour que son psychanalyste était soûl, il m'a confié que ce penchant pour les complets café au lait a pris sa source dans son adolescence, lorsque le futur illustre contemplait la vitrine des Dames de France de sa ville.

Le Président garde ses bras le long de son corps. Je n'aurai pas droit à la poignée de main contaminatrice.

Sa belle figure d'empereur romain constipé est mystérieuse comme une nuit dans la jungle birmane. Enfin, ses lèvres s'avancent pour proférer. Quand il va dire, une brusque malice maquignonne éclaire son regard.

Je pense qu'il va s'enquérir de ma santé ; au lieu de, il murmure en désignant le journal étalé sur le lit :

— Vous lisez *Libération* ?

— Oui, dis-je, c'est le seul hebdomadaire qui paraisse tous les jours.

Le plumier des Français charge ses lèvres d'une moue. Puis il déclare :

— Ces gens ont trop d'esprit pour être sincères. Ils me font davantage de mal que certains confrères de l'opposition.

Un temps.

J'ai la présence d'esprit de proposer :

— Asseyez-vous, monsieur le Président.

Mon visiteur avise une chaise ancienne, en bois de noyer, qui appartenait déjà à la grand-mère de Félicie. Il va l'emparer et la plante presque au mitan de ma turne, soucieux de préserver sa position de monarque et de mettre un espace convenable entre mes staphylocoques – fussent-ils dorés – et lui.

Son attitude est celle qu'il adopte pour se faire photographier en compagnie d'un chef d'État étranger ; que généralement, t'auras remarqué, les deux potes-en-tas sont assis à dache, à des années-lumière l'un de l'autre, ce qui doit les obliger à hurler pour échanger leurs confidences dans des dialectes différents.

— Votre visite m'honore, je lâche.

Toujours sans placer les voyelles, mais je les mets dans mon texte, pas que tu te fatigues la cérébrance.

Battements de paupières. Il conçoit qu'effectivement sa venue soit comblante. Il a la mimique du grossium qui lâche un pourboire démesuré mais que les remerciements agacent.

Les gonziers rechargeurs continuent de noyer notre rue sous des flots visqueux et l'air empeste le goudron en fusion.

J'attends que le Président s'explique. Mais rien ne vient. Il reste assis sur sa chaise comme sur son prie-dieu à la messe du dimanche ; bloqué dans sa rêverie boudeuse.

Ce genre de scène muette devient vite pénible ; aussi prends-je sur ma gorge de rompre le silence :

— Puis-je vous demander la raison de votre venue, monsieur le Président ?

De la main, il m'enjoint de la boucler, ce dont je ne demande pas que mieux, comme dirait Bérurier.

Puis le Précieux secoue sa tête de l'État :

— Je ne sais plus, avoue-t-il.

Dès lors, je sursaute. Alarmé ! Je passe outre ma fièvre, mon corgnolon en feu, ma tremblote…

Visiblement, quelque chose ne va pas.

Je flaire un danger, d'autant plus inquiétant qu'il est imprécis.

— Vous ne vous rappelez plus pourquoi vous êtes chez moi, monsieur le… ?

— Non. Je cherche…

J'efforce de lui viendre en aide (de camp) :

— Une mission délicate, probablement ?

— Vous pensez ?

— Ça me paraît plausible.

Il réfléchit.

— Attendez…

J'attends. Heureusement qu'il s'est constitué ce masque de souverain poncif : ça le protège, l'isole. Visage de bois, t'as pas besoin de trop penser derrière.

Soudain, son œil se remet à friser. Il s'est récupéré.

— Je sais ! s'écrie-t-il.

Il avance son séant tout au bord de la chaise pour gagner dix centimètres, ce qui va lui permettre de baisser quelque peu la voix.

— C'est à cause de cela que je viens vous voir, San-Antonio ; à cause de ces brusques pertes de mémoire.

— Je suis flic, monsieur le Président, pas neuropsychologue.

— J'ai consulté un neuropsychologue. Sans lui révéler l'étendue du problème, bien entendu. Vous connaissez ces gens, hein ? Le serment d'Hippocrate, sur l'oreiller, avec une donzelle perverse, vous m'avez compris !…

Il laisse aller les points de suspension comme un interminable passage clouté. Je ne sais quoi de vacillant en lui m'apitoie. Lorsque les grands de ce monde sont frappés, ils inspirent davantage de compassion que les locdus pour qui la merdouille est monnaie courante indévaluable. Il reste bloqué dans sa légende, beau comme un masque nègre, le regard tellement oblique qu'il semble clos, les lèvres minces, faites pour répudier ou proférer des sentences sans appel.

L'ombre de son sourire enfui continue de rôder sur ce beau visage amidonné par l'apothéose d'une réussite tortueuse. Malgré son désarroi, il s'obstine à couver stoïquement sa majesté, comme une poule des œufs, sans trop savoir si ceux-ci ont été pondus par elle ou par la cane du voisin.

Je sens que je dois aide et assistance à cet être d'exception, malgré les affres de l'angine qui me déchire le gosier.

— En quoi puis-je vous aider à surmonter ces défaillances de mémoire, monsieur le Président ?

Un pli, puis deux barrent son front de penseur.

— Quelles défaillances de mémoire ?

Yayaïe, dis, ça semble plutôt grave sur les bords, non ?

— Eh bien, heu, vous vous plaignez d'avoir des pannes sèches…

— Oh ! oui.

Il se penche.

— Il s'agit d'une agression contre ma personne, mon cher commissaire. Je suis victime d'un individu doué d'un pouvoir psychique effrayant.

— Vous le connaissez ?

— Non, mais je ne vois pas d'autre hypothèse satisfaisante. Et pourtant, je suis cartésien ! Moi, en dehors de Dieu, du Père Noël, du chiffre 13 et du pouvoir maléfique des plumes de paon, je ne crois pas en grand-chose. Mais là, je suis bien forcé de me tourner vers l'occulte ! Vous n'ignorez pas que nos amis russes font appel à ce genre de surdoués pour fausser, à l'avantage de leurs leaders, les parties d'échecs internationales ? Je suis convaincu qu'on a placé dans mon entourage un être de cet acabit, chargé de me faire perdre mes moyens. Cela s'opère de façon soudaine. Je suis là, j'exprime une idée, je développe un argument et tout à coup, crac : le schwartz ! Une ombre se projette sur ma pensée, la neutralise rapidement. Si je vous disais que je ne me rappelle plus le numéro du code secret de la force de frappe que mon prédécesseur m'a pourtant seriné pendant une heure le jour du sacre. Je crois me souvenir qu'il y a un 4 dedans, c'est tout ! Notez que ça n'est pas trop grave car notre force de dissuasion ne dissuaderait même pas les Albanais si d'aventure ils tentaient un débarquement sur nos côtes méditerranéennes. Seulement, il y a pire : j'ai oublié également certains numéros téléphoniques qui ne figurent pas dans l'annuaire. Cette situation ne saurait se prolonger. Levez-vous, venez avec moi et démasquez sans tarder mon agresseur mental !

— J'ai quarante et deux dixièmes de température, objecté-je.

Il entrouvre un tantisoit ses paupières.

— Il m'est arrivé de tenir des meetings avec davantage de fièvre, mon vieux. Si vous ne le faites pas pour moi, faites-le pour votre pays ! La France avec des trous de mémoire, c'est inconcevable. Trois millions de chômeurs et des absences cérébrales, ça va où, ça ? Et il y a les élections à gagner ! Je suis certain qu'on me joue ce mauvais tour à cause d'elles.

Il se lève et se décide à approcher ma pestiférence. Le Président ramasse courageusement ma main sur le drap.

— Je vais vous faire une confidence, San-Antonio. Justement, cela concerne les élections… J'avais un plan. Moi, vous me connaissez ? C'est dans les pires situations que je puise mon génie. Une partie semble perdue, hop ! je trouve la faille dans laquelle glisser la main pour saisir le fond du sac et le retourner. Un plan fumant, mon cher ! Qui doit les laisser dans leurs starting-blocks, tous ! Il était si somptueux, si imparable que je me relevais la nuit pour en rire à mon aise, loin de tous ces cons. Je mettais mon réveil sur trois heures pour le cas où la nécessité d'une miction nocturne ne m'arracherait pas du lit, et avant que la sonnerie ne cesse, je riais déjà à m'en faire une hernie.

Il saisit son chef de chef à deux mains.

— Figurez-vous que ce plan m'a échappé. J'ai beau ressasser, me concentrer, me stimuler : impossible de le retrouver. Le noir ! Le noir ! Dense, impénétrable… Si l'un de ces pédants rodomontants de l'opposition vient me casser les pieds à Matignon, ce sera faute d'avoir récupéré mon plan.

Ébranlé par le drame présidentiel, je gobe un rab de pénoche pour dompter plus vitement les squatters de ma gorge.

— Monsieur le Président, avant d'envisager un attentat contre votre psychisme, ne pourrait-on admettre que ces absences de mémoire aient une origine naturelle ?

Il retrouve sa voix grinçante comme quand on lui cause de Rocard.

— C'est ça, parlez-moi de mon âge ! Vieux, moi ?

Mais, commissaire, songez qu'à la fin de mon second mandat je n'aurai même pas quatre-vingts ans !

— Je ne faisais pas allusion à votre âge, mais au surmenage consécutif à votre charge. Vous nous portez, Président. Cinquante-cinq millions de gus sur les côtelettes, ça forme une sacrée pyramide humaine. Sans compter qu'il y en a qui remuent beaucoup dans le tas !

Il va pour déclarer :

— San-Antonio…

— Monsieur le Président ?

— Non, rien… Je… je ne sais plus ce que j'allais dire.

ÇA SE DESSINE

Bon, qu'est-ce que tu veux : fallait puiser dans mon stock d'héroïsme. Je pouvais pas le laisser patouiller dans son cloaque.

Il voulait être bien certain que j'allais l'accompagner. Je représentais une perspective de salut et il me surveillait comme un *dinamitero* surveille la combustion d'une mèche : s'assurer qu'elle crame convenablement avant de prendre le large.

J'ai conjugué tous mes efforts comme on dit puis. Toujours, tu verras : on conjugue ses efforts ; plus aisément que le verbe *moudre*. J'ai rabattu drap et couvrante ; me suis assis sur mon lit. Ça valsait intense. Comme je ne porte qu'une veste de pyjama, malade ou non, la peau de mes roustons s'étalait sur le matelas, vaste comme une aile delta. Par contre, l'angine me recroquevillait le bigorninche. Je sais des dames, comblées par mes soins assidus, qui auraient écarquillé grand les vasistas en m'avisant aussi mignard. La zifolette farceuse, c'est fou ce qu'elle change d'aspect selon ton état d'âme ou de santé. Tantôt mandrin féroce à défoncer les portes de granges, tantôt humble abat pour le chat, le vrai, celui qui fait « miaou » et qui a des moustaches.

Le Président, pudique, détournait son regard de statue africaine.

D'un élan, je me suis arraché. Embardée. J'ai eu que le temps de me rattraper à ma table de chevet. Comment m'étais-je démerdé pour avaler cette lampe à souder qui me balayait le tuyau de descente ?

— Ce serait dramatique si je ne me rasais pas, monsieur le Président ?

Il avait retrouvé son indomptable énergie de Machiavel diplômé de l'État.

— Généralement, les gens de mon entourage le sont, mon cher. Et quand ils ne le sont pas c'est parce qu'ils portent la barbe.

O.K. !

Pas de cadeau. Grandeur et servitude !

Je parvins à gagner ma salle de bains. La douche était à cinquante degrés, mais je claquais des dents dessous comme si elle m'avait arrosé d'eau glacée.

Après ce fut mon Braun, bourdon rageur, qui arpenta mes joues pour tondre ce foutu gazon dont le Magistral ne voulait pas.

Il m'attendait toujours dans ma chambre, assis, au milieu de la pièce sur la chaise-prie-Dieu, et j'eus le sentiment qu'il priait, justement. Cet homme comblé avait la foi et élevait son âme au-dessus du niveau de l'amer chaque fois qu'un turbin fâcheux le dépourvait. Là, il devait prier pour récupérer l'intégralité de sa mémoire. Mais se rappelait-il les paroles de sa prière ?

Je sortis des fringues de ma garde-robe. Puis j'appelai m'man. Quand elle me vit saboulé, elle ne put s'empêcher de lancer à notre Illustre :

— Mais il a quarante !

— L'Académie également, plaisanta l'Empereur, qui ne détestait pas de bouter en train à l'occasion.

— M'man, prépare-moi deux aspirines effervescentes, suppliai-je. Y a que ça pour te redonner une certaine vitesse de croisière.

Cinq minutes plus tard, nous descendions l'escadrin. La garde rapprochée du Souverain attendait dans notre salon. Ils étaient trois, capables d'allumer n'importe qui en moins d'une seconde. Pour l'heure, c'était des cigarettes qu'ils avaient allumées (après avoir demandé la permission à ma *mother*). Ils s'engrouillèrent de les écraser et se mirent en essaim autour du noyau.

Dans ma strasse fumante, d'un noir mouillé, tout neuf, mais bientôt salopé, des ouvriers immigrés tartinaient la chaussée en louchant sur les deux motards assis en amazone sur leurs péteuses au repos.

Deux bagnoles attendaient dans une zone déjà rechargée. La grosse noire du Président, et une Renault 11 d'escorte. Le Souverain m'invita à prendre place près de lui. Moins pour m'honorer que pour continuer la converse à voix basse.

— À compter de cet instant, vous ne me lâchez plus d'une semelle, décida-t-il. Vous passez tout au crible de votre observation que je sais aiguë. Si vous suspectez qui que ce soit, agissez immédiatement, n'importe si vous vous trompez. Vous avez les pleins pouvoirs, commissaire.

L'aspirine jointe à la douche prolongée me redonnait un peu de vitalité.

— Si vous me racontiez vos tout premiers symptômes ? lui fis-je. Cela a débuté comment et quand ?

Il regardait droit devant lui, comme toujours. Lui,

le futur : à nous deux, Paris ! Dans le fond, il avait toujours aperçu ce que les autres ne songeaient même pas à regarder. Un regard de prophète et de vigie, si tu mords le topo ? Les yeux à la fois *out* et *in*. Tournés vers les confins et braqués à l'intérieur de soi-même. Paré, imbaisable ! Il est gagnant, celui qui peut surveiller simultanément sa bite et ses miches.

— Cela, je me le rappelle, déclare triomphalement l'Auguste. C'était au cours d'une conférence de presse que je donnais à…

Il se crispe.

— C'est trop bête, je l'avais sur la langue. Un pays d'Afrique… Ou d'Europe… Enfin, bref, vous voyez ?

— Et donc, au cours de cette conférence de presse ?

— Des journalistes étrangers me posaient des questions par le canal d'un interprète. Notez que je parle toutes les langues usuelles, mais je fais semblant de n'en comprendre aucune afin de contraindre mes interlocuteurs à s'exprimer en français. Moi, *la mano dans la mano*, très peu, ce n'est pas mon genre. Je me livrais donc à ces assauts routiniers, car ce sont toujours les mêmes questions qui me sont posées et seules mes réponses diffèrent selon les circonstances. J'étais donc à pied d'œuvre lorsque, brusquement, j'ai senti mes idées se brouiller et mon entendement s'obscurcir. Je suis formel, San-Antonio, cela ressemblait à une espèce d'anesthésie.

La force de cet homme, c'est qu'il possède au plus haut point l'art de se faire croire. Un individu capable de transmettre des certitudes, voire de les imposer, est immanquablement promis aux plus hautes destinées.

Devant la force de son affirmation, je fis ce qu'avaient fait avant moi cinquante millions virgule quelque chose de Français : je pris ses paroles au pied de la lettre. « Bon, me dis-je, il doit avoir raison : on le neutralise de façon occulte. » Aussitôt me vint une immense indignation devant pareil forfait, car il est monstrueux de s'attaquer à la vie mentale d'un individu, plus encore qu'à sa vie organique. Et à tout prendre, qu'on eût zingué la mère Gandhi par exemple me parut plus propre que ces torves manœuvres destinées à diminuer l'un des hommes les plus brillants de ces vingt derniers siècles.

Le mouvement souple de la voiture pilotée par un virtuose éveillait en moi des nausées inopportunes. Je n'aurais voulu, en aucun cas, gerber dans la belle limousine élyséenne, ça ne se fait pas. Je me suis laissé dire que Raspoutine avait dégueulé dans le carrosse de Nicolas II, un lendemain de biture, et je conçois la gêne que dut éprouver ce bon moine.

Un court instant je fermai les yeux, me crispai, tous mes sens bloqués. Surmonter ce malaise absolument ! Dévier la fusée de sa rampe de lancement.

D'instinct, mon index cherchait le bistougnet de l'abaisse-vitre. L'air de la vitesse fit une pirouette à l'intérieur de l'auto. Je penchai mon chef par la portière et offris aux populations interloquées, qui déjà se découvraient sur le passage du Tsar, des reliquats de bile qui se tenaient peinards depuis lurette.

Le Président se rencogna pronominalement sur la banquette veloutée. Tandis que je torchais mes babines sanieuses, je l'aperçus dans le rétroviseur : il ressemblait de plus en plus à un oiseau de nuit troublé par les flonflons d'un bal musette.

Je n'eus pas la force de m'excuser. Quand le pire se produit, il est préférable de passer outre.

Un certain bien-être succéda à mon indécence.

— Donc, vous fûtes positivement hypnotisé ? revins-je à nos moutons égarés.

— Vous raffolez des adverbes, ronchonna l'Illustre.

— Ils permettent de mieux cerner la langue, plaidai-je. Je trouve le français trop évasif.

— S'il ne l'était pas, la politique ne constituerait pas une carrière, objecta mon fabuleux voisin.

Un temps s'écoula, flou, avec des pétarades motardes devant nous. Le Prince rejoignit le sujet pour lui donner un complément :

— En effet, je fus hypnotisé.

— Cela dura longtemps ?

— Je mis fin à la conférence discrètement, alléguant une obligation du dernier moment. Mon entourage se demanda ce qui se passait. Je dus aller m'enfermer vingt minutes avec je ne sais plus quel ministre du pays où j'étais reçu pour lui parler de mon élevage de moutons afin d'accréditer mon esquive.

— Le phénomène dura combien de temps ?

— Il cessa dès que j'eus quitté la salle de conférences.

— Quand se reproduisit-il ?

— Un mois plus tard, à Paris. Dans des circonstances presque analogues. J'étais allé visiter une exposition, à la requête de mon ministre de la Culture, lequel, entre nous soit dit, me pompe un peu l'air avec son art moderne ; si je vous disais qu'à cette manifestation, un artiste espagnol exposait un sac de pommes de terre. Un vrai sac, avec de vraies pommes de terre. « Où est l'art ? » ai-je chuchoté à mon ministre. « Partout ! m'a-t-il répondu. La décision d'exposer ce sac plein de tubercules est une expression artistique. Il y a désignation subconsciente. L'artiste se projette dans son choix. » On me brandit des micros, je répète cette profession de foi en y ajoutant quelques fioritures de mon cru, vous me faites confiance…

J'opinai pour le rassurer sur ce point.

— Et tout à coup, reprend mon Président, crac ! La panne. Les mots se distordent, pâlissent, pantèlent. Vous avez connu ces potages de pâtes qui représentent l'alphabet. Les petites lettres se gonflent dans l'eau. Là, le phénomène était inversé. Les lettres s'amenuisaient, se déshydrataient, devenaient un tout petit tas indiscernable au pied du mur de ma pensée.

Il pinça son regard entre le pouce et l'index, le malaxa, le fit grincer comme une girouette rouillée. De toute évidence, ces souvenirs le meurtrissaient.

— Et la fois suivante, monsieur le Président ? insistai-je inexorablement.

— Lors d'une réception à l'Élysée.

— Beaucoup de monde ?

— Trois ou quatre cents personnes.

— En somme, la chose ne s'est produite que lorsque vous étiez en public ?

— Au début, oui. Mais maintenant, elle m'arrive même lorsque je suis seul, dans ma salle de bains, par exemple, ou bien à mon bureau, ou encore devant mon crucifix. Je sens l'ombre gagner mon esprit, coiffer ma mémoire, l'étouffer comme avec un drap noir.

— Il n'y a pas une pièce plus propice que d'autres à cette manifestation ?

— Je n'ai pas remarqué. Voyez-vous, il me semble qu'une volonté supérieure à la mienne capte ma pensée et la neutralise. J'ai l'impression qu'un regard intense est braqué sur moi et me paralyse.

Une nouvelle gerbe m'arrivant, je réitérai le coup

de la portière. On déboulait dans Pantruche et un agent de carrefour, ayant reconnu le Président, saluait éperdument, la main à son kibour, vibrante comme un tomahawk qui vient de se ficher dans le poteau de tortures. Il dérouilla l'intégralité de mon trop-plein sur son bénouze et en parut à ce point médusé que si tu veux bien y aller voir, il doit se trouver encore dans la même posture.

— À quand la prochaine réunion publique, monsieur le Président ? demandai-je en rengorgeant d'autres malvenances à goût d'acide nitrique.

— Cet après-midi. J'ai grand peur, San-Antonio ; c'est pourquoi je suis allé vous chercher.

Cette marque de confiance me toucha. Je pris sa main sur la banquette et la passai dans l'essoreuse de la mienne pour lui insuffler des confiances nouvelles.

Nonobstant la familiarité du geste, il l'accepta pour ce qu'il valait et nous parvînmes à l'Élysée.

C'était une grande maison, assez simple et qui n'avait d'un palais que le nom. La cour d'honneur n'aurait pas fait bander un promoteur immobilier, malgré la valeur de l'emplacement. Un beau soleil désœuvré l'inondait en cette fin de matinée. Quelques soldats de parade couvaient leurs ombres et des gardiens de la paix punis glandaient sans entrain entre les hauts murs.

Nous gravîmes le perron de cette allure à la fois souple et noble que le Souverain a mise à la mode depuis son accession au trône. Jadis, il était de bon ton d'escalader les marches quatre à quatre pour montrer qu'on fignolait une France dynamique et en aucun cas rhumatisante ; mais le style a changé : on ne rate pas un degré, on le gravit en y affirmant sa présence car chaque marche compte, qui conduit au sommet.

Quand tu pénètres dans la taule, à droite, t'as les grands salons de réception, pleins de dorances, de moulures et de fromages. Depuis le Grand Siècle, le monde entier exprime le faste de la même façon conne et pompeuse. Nous traversâmes le hall et gravîmes l'escadrin menant au cœur du pays, c'est-à-dire à ces quelques pièces où se règlent le sort de la France et certains comptes particuliers.

Notre venue courbait les têtes, comme le vent les épis de blé. Le prélat bénissait, d'un sourire à peine esquissé, d'un brin de geste aussitôt avorté, voire d'un début de regard qui vite se reprenait pour récompenser d'autres échines.

C'était admirable comme dans une superproduction japonaise ; beau parce que silencieux. On sentait passer dans les voiles de l'Élysée le souffle de l'Histoire.

Ma fièvre radinait fissa et pilonnait mes tempes. J'avais comme un rouleau compresseur dans le gosier, en train de concasser des cailloux aigus et brûlants. Chaque fauteuil devant lequel je passais me tentait comme un cul de sommelière[1]. J'aurais voulu y faire halte, m'y lover pour tenter de reprendre vie. Mais l'énergique maître des lieux m'entraînait irrésistiblement. Nous fûmes dans son bureau : une pièce assez modeste, sobrement décorée du drapeau français et d'un photomontage humoristique qui représentait Georges Marchais en premier communiant.

Parvenu dans le sein du saint, il s'assit, soupira,

1. En français, il n'existe pas de féminin à sommelier. En Suisse, le mot sommelière désigne une serveuse de café.

Pierre LAROUSSE (qui n'amasse pas mousse).

croisa loin ses mains sur son maroquin grand comme la place Vendôme et leva sur moi un regard implorant.

— Maintenant, allez, commissaire. Enquêtez ! Démenez-vous ! Triomphez ! Montrez-vous digne de la confiance que je place en vous.

Je fis une génuflexion, les mots me manquant. Ensuite de quoi, je pris une chaise, étalai mon mouchoir dessus et m'en servis comme d'un escabeau pour examiner les quatre murs de la pièce.

Ces investigations n'ayant rien donné, je partis à l'aventure.

*
* *

Le Monarque ne dort pas volontiers dans son palais. Il aime ses habitudes civiles et leur reste attaché dans la mesure où sa charge le lui permet. Néanmoins, il a sa chambre à l'Élysée et c'est cette dernière que j'examinai en dernier ressort (à boudin) après avoir inspecté toutes les autres. Un beau costume bleu se trouvait déjà étalé sur le lit, ainsi qu'une chemise blanche et une cravate assez triste. Ce complet évoquait si parfaitement un homme étendu sur la courtepointe qu'il m'incita à m'allonger un instant à son côté. Je me sentais malade à crever et la position verticale relevait de l'exploit. J'ôtai mes pompes et me plaçai en travers de la couche royale. Ça se mit à tourner à toute vibure. Le plafond était un carrousel de cauchemar. Il semblait creuser un entonnoir en tournant.

Je dus fermer les yeux. Un sentiment d'angoisse me poignait. Je songeai que le palais présidentiel manquait de gonzesses. Je n'y avais rencontré que des hommes jusque-là, à croire que les femmes étaient jugées indignes de servir le premier des Français. On m'avait pourtant assuré, de sources multiples sinon très sûres, que l'hôte ne boudait pas le beau sexe, ce qui ajoutait à la considération que j'avais pour lui.

Dans la torpeur nauséeuse où je macérais, d'autres pensées inquiétantes participaient à mon délabrement interne. Le Président se trouvait dans une fichue situasse. Déjà que ces manques de mémoire lui avaient fait perdre comme qui dirait la clé du champ de tir, et voilà que son plan de bataille électoral barbotait dans les limbes de son esprit. Merde ! Ça ne pouvait pas continuer ainsi. Souffrait-il d'une brusque déficience mentale ? Je ne le croyais pas. Il continuait d'être brillant, affûté. Seulement, il y avait ces fichus couacs ! Comment pouvait-on s'y prendre pour lui chancetiquer la pensarde ? L'envoûtement ? Ça blessait mon entendement simpliste. Le merveilleux, pour moi, est une source délectable à laquelle j'adorerais m'abreuver, mais que je n'ai encore jamais rencontrée dans la vie réelle.

On devait saborder le grand homme autrement. Par des moyens peut-être chimiques, peut-être physiques ? Les savants modernes se livrent une lutte à mort concernant les gadgets en tout genre. J'imaginais assez une sorte de laser astucieux venant balayer le crâne de l'Unique, de temps à autre, pour lui faire gicler les neurones de la tronche comme les noyaux des cerises qu'on prépare à la confiture. Oui, je remuais tout cela dans la tambouillasse de ma fièvre. Je ne parvenais plus à avaler ma salive. Et d'abord, je ne fabriquais plus de salive.

Je finis par m'endormir, ou m'engloutir, ou tout ce que tu voudras, sur le couvre-lit, à côté du costard présidentiel.

*
* *

Une exclamation m'éveilla.

J'aperçus, debout à deux mètres vingt-huit de moi, un homme de courte taille à mine hostile et renfrognée qui me regardait avec cet œil impropre au pardon du corbeau baisé par le renard. Le personnage « me disait quelque chose », mais tout en étant persuadé de le connaître, je ne parvenais pas à lui « mettre un nom » comme on dit chez nous.

Il ressemblait confusément à Tino Rossi sur la fin de sa vie.

— Vous avez une curieuse manière d'enquêter, nota l'arrivant avec aigreur.

Sa voix sortait de lui par courtes giclées, comme le sang d'une entaille.

La phrase donnait ceci :

— Vous avez (*tiret*) une bien (*tiret*) curieuse (*tiret*) manière (*tiret*) d'enquêter.

Il semblait prendre son élan à chaque début de mot. Le tout pilonnait l'entendement de ses interlocuteurs. L'agacement du départ passé, c'en devenait fascinant.

« Je suis certain de l'avoir déjà vu », me dis-je désespérément.

Pour gagner du temps, je me mis sur mon séant et massai ma gorge en folie. C'était tout brûlant, enflé et glandu comme la jambe variqueuse d'une marchande des quatre-saisons.

— Vous me la (*tiret*) baillez bonne (*tiret*) San-Antonio, reprit le petit homme, de plus en plus flétrisseur.

Le voile se déchira, je le reconnus impétueusement le Président !

Il sortit du bref anonymat dans lequel mon

subconscient l'avait plongé. Je le retrouvai tel qu'en lui-même : scrutateur, sceptique et sans appel. Il avait pigé depuis des chiées de lustres que les hommes n'étaient tous que des serpillières et son pouvoir avait crû parallèlement à cette certitude.

Un hymne d'allégresse s'éleva dans mon pauvre être tourmenté par la maladie.

— Je crois que je viens de trouver, monsieur le Président sénateur maire ! articulé-je, hautement sonné.

Il retira son complet de grande réception d'un geste rageur car, en dormant, j'avais bavé sur l'une de ses manches et avec ce costard sur les endosses, il aurait eu l'air de revenir de la chasse aux escargots.

Il fallait que je domine ma misère animale. Ma fièvre devait battre un record absolu, quelque part. Je ne pouvais plus parler, ou alors juste avec des onomatopées.

Le Prince haussa les épaules.

— Vous me paraissez (*tiret*) franchement (*tiret*) mal en point !

Ça chantonnait sur la fin des syllabes. Léger, mais on sentait des relents méridionaux.

J'arrondis ma main pour simuler un verre, la portai à mes lèvres et fis mine de boire. Il comprit et se dirigea vers la salle de bains. Je l'entendis remuer de la verrerie, ouvrir puis fermer une porte d'armoire métallique. Quand il revint, il tenait un godet plein d'un breuvage mousseux qui bullait comme un fou.

— Buvez, c'est un tonic excellent contre les coups de pompe.

Je pris le verre d'une main, mon courage à deux autres mains (tiens, je devais ressembler à Bouddha) et entrepris d'avaler cette petite éruption volcanique. Ce fut horrible, pourtant j'y parvins après avoir ardemment demandé au Seigneur de m'assister.

Il y eut un moment de flou. Après quoi je dégueulai sur le couvre-lit broché. C'était la première fois que je dégobillais dans le lit d'un président de la République, en sa présence, et j'en éprouvai quelque gêne. Si je demandais pardon, j'étais foutu. Jouant mon va-tout, je fonçai :

— Ici se trouve la source de vos ennuis, monsieur le Président.

— Vous entendez : dans cette chambre ?

— Oui. Je viens d'en subir moi-même les effets.

— C'est-à-dire ?

— Il m'a fallu un certain temps pour vous reconnaître, je ne me rappelais plus qui vous étiez !

Il réfléchit, puis le début de joie que j'avais fait naître se mit à panteler comme la bite de l'ayatollah Khomeyni.

— Évidemment, vous êtes complètement groggy, mon pauvre vieux !

Le pauvre vieux secoua sa misérable tête.

— Je suis certain de ce que j'avance… Tout correspond…

— Tout quoi ?

Il me plumait, avec ses questions fulgurantes. J'arrivais pas à suivre, moi ; mon tout-à-l'égout incendié faisait de chaque syllabe proférée une ablation des amygdales sans anesthésie.

— Vous dormez ici après les grandes réceptions, n'est-ce pas ?

Il s'économisa d'un battement de cils affirmatif.

— Je suis convaincu que vous êtes victime d'un double effet. On vous agresse par hypnose d'abord, lors d'une manifestation publique, ensuite de quoi, on parachève l'effet du phénomène en vous « traitant » nuitamment.

— Et que serait ce traitement, commissaire ?

— Je vais trouver.

— Vous n'avez pas exploré cette chambre ?

— Je suis tombé en digue-digue peu après y être entré.

Il haussa les épaules.

— Tout cela me paraît bien fumeux…

— Qu'est-ce qui vous paraît fumeux ?

Il eut l'air las et absent.

— Je ne sais pas, de quoi parlez-vous ?

— Vous voyez que sitôt que vous êtes dans votre chambre, votre amnésie reprend.

— Quelle amnésie ?

Il était de plus en plus dans le sirop. Une couverture grise se rabattit lentement sur moi.

— Je ne sais pas, balbutiai-je, qui parle d'amnésie ?

Ça pouvait durer longtemps.

Quand j'y repense, je me dis qu'on devait faire un fameux duo, le Président et moi, à s'échanger les perplexités et les trous de mémoire comme des rugbymen s'échangent leur pastèque en cavalant vers les poteaux.

J'ai eu la présence d'esprit de l'entraîner hors de la chambre.

J'avais des choses à dire, mais ça me faisait trop souffrir. Je rêvais d'être davantage que pétomane : culiloque, afin de trouver un mode d'expression qui épargnât mon hémisphère nord.

Dans l'antichambre, y avait un larbin rase-mur, saboulé comme au théâtre. Il fourbissait des choses, ou faisait semblant, avec des gestes de démineur. Entre ses pattes expertes, les petits Sèvres pouvaient roupiller sur leurs deux anses. Le Président lui a commandé d'aller chercher un costard sombre et le harnachement conséquent et de lui apporter le blaud dans son cabinet de travail où il se changerait. Ma pensarde retrouvait des points d'appui. À nouveau j'allais pouvoir soulever le monde. Le médicament de l'Illustre me dopait superbe. J'allais redevenir opérationnel, bravo !

— Je peux téléphoner, Président ?

— Venez !

Il retrouvait sa confiance en moi et oubliait mes gerbes malencontreuses.

Une fois dans son burlingue, j'ai tubé à Mathias de venir me rejoindre dare-dare à l'Élysée. C'était son jour de congé et il devait emmener ses chiares au Luxembourg. Je lui ai conseillé de les flanquer, tous, dans une maison de redressement et de ne plus me bassiner les couilles avec ses proliférances de lapin. Il a répondu que, bon très bien, monsieur le commissaire, il arrivait.

Dans l'administration, on est tous soumis à des instances supérieures. Et quand t'arrives comme mon Président au poste suprême, t'es soumis au populo et alors là, attention les dégâts !

Il jubilait, le Président, me tapotait l'épaule en se mettant sur la pointe des pieds. Les yeux dans les yeux.

— Si vous (*tiret*) m'arrachez (*tiret*) cette épine (*tiret*) du pied (*tiret*) je vous revaudrai ça !

Revaloir « ça », c'est fastoche quand t'occupes sa place. T'as qu'à puiser, c'est tout bon. Seulement, pour l'heure, l'épine qu'il avait dans le pied, moi je me la faisais à la gorge. Et j'en avais au moins mille plantées autour de la luette (gentille aluette).

Messire le Roy s'est loqué dans son cabinet particulier. Il a fait un strip devant moi, comme moi devant lui tout à l'heure, on ne se gênait plus l'un de l'autre. Il portait de la lingerie indécise d'honnête homme. On comprenait que les coups furtifs, à la bonne aubaine, c'était révolu, ce temps-là. S'il calçait encore des frangines, ça devenait plus élaboré. Ça devait tourner autour des gentilles petites journalistes friponnes, et encore au fin fond de ses campagnes, après des séances de rêveries philosophales, style l'or du soir qui tombe, sur la nature exaltée. Un petit coup dans les baguettes, à l'abri de sa garde rapprochée. Moi, ça ne m'aurait pas plu, son turf au Président. Limer avec plein de guette-au-trou désœuvrés qui n'ont rien de mieux à fiche que de mater le comment tu l'embroques, Ninette, si c'est à la papa ou façon grand veneur, j'aurais déjanté. D'ailleurs, malgré son tempérament de feu, ça lui coupait fatalement les tendresses, à force d'à force. Et il était à un âge où, si tu perds l'accoutumance de la gode, tu peux faire coudre l'ouverture de ton slip kangourou. Tu te trimbales une navrance fluide au lieu du chouette bâton de dynamite gros comme celui avec lequel Eddie Barclay se fait sauter la gorge. Son mandat terminé, il allait se retrouver avec une canne à pêche entre les doigts, le Fameux. Et il lancerait pas loin, crois-moi !

On s'était récupérés, les deux.

— Alors vous croyez avoir découvert le pot aux roses, commissaire ?

— J'en ai l'intime conviction, Monseigneur.

Peu après, Mathias s'est pointé. Beau comme une exposition internationale de bites. Costard sombre, cravetoche de soie marine, pochette blanche. Juste les croquenots étaient à lanières, genre sandales. À spartiates, tout va bien ! comme je dis souvent, quand je me sens d'humeur plaisante.

Je lui ai résumé le topo. Il m'écoutait, son regard éperdu d'admiration posé sur le Président.

Ce dernier a eu pour le Rouquin un regard de père. Ça lui arrivait parfois ; bien que chez lui, ce ne fût pas sa tasse de thé habituelle. Il avait des disciples, mais peu d'enfants.

— On lui donnera la Légion d'honneur, s'il nous arrange ça, murmura le Poignant ; ça ira bien avec sa couleur de cheveux.

Les taches de rousseur de l'Incendié se sont mises à en jeter comme des gyrophares de pompiers.

Je lui ai expliqué qu'il existait dans la chambre du Président un fluide de perlimpinpin destiné à provoquer des pertes de mémoire. Fallait qu'il sagace à mort pour le dégauchir. Au bout d'un moment, comme lui-même subirait les effets de la potion magique, j'irais le récupérer, s'il n'avait rien trouvé, ce serait à moi de chercher, et ainsi de suite jusqu'à l'aboutissement. O.K. ?

Il s'est prosterné avant de pénétrer dans la chambre. Il avait un peu envie de se signer en plusieurs exemplaires, ayant été élevé religieusement par un père qui, comme celui du général de Gaulle, professait dans un institut extrêmement catholique ; mais l'aspect laïc de la chose républicaine le retint.

Il disparut à notre vue, l'échine arquée, le cul menu dans son falsoche, comme un qui vient apporter l'extrême-onction au roi avec une onction extrême.

Ma pomme, je n'avais plus qu'une idée en tronche : trouver un autre coinceteau où somnoler sur mon angine. J'expliquai au Président qu'il me fallait un bout de P.C. (deux lettres qui le font sortir de ses gonds) pour conduire l'opération. Il m'attribua le salon bleu, ainsi nommé parce qu'il est tendu de soie grège, mais sur la cheminée duquel trônent deux potiches de Sèvres-Babylone aux tons Delft. D'entrée de jeu je repérai un canapé susceptible de convenir à mes desseins. J'ôtai mes targettes et m'y allongeai en chien de fusil. Je claquais des chailles comme un râtelier dans un verre d'eau quand le fantôme du château pénètre dans la chambre. Des frissons puissants comme des soubresauts m'agitaient. Franchement, j'étais pas en état de sauver la France.

*
* *

Un cauchemar…

On était à la table du Président, Bérurier et moi. On bouffait un *chili con carne*, ce plat brésilien que les travelos de Rio nous ont apporté en même temps que le Sida. *Because* ma gargane fanée, je parvenais mal à avaler cette bouffe plantureuse. Le Président se méprenait sur mon apparente inappétence, croyait que je redoutais les flatulences qui consécuteraient. Il expliquait que ces haricots noirs étaient américains du Nord, non du Sud, et qu'ils avaient été traités de manière à ne pas causer de gaz après ingestion[1]. Du coup, Béru qui bâfrait comme douze ogres, s'indignait jusqu'à l'incarnat, comme quoi vous-pouvez-t-il-me-dire-à-quoi-ça-rime-t-il-de-claper-ce-machin-là-si-t'enlèves-la-moitié-du-plaisir.

Je tentais d'avaler ma bouchée de fayots, mais bernique, elle exigeait sa liberté. Alors je la restituai. Et ça

1. De tels haricots existent : je les ai rencontrés.

San-A.

me réveilla. Je dégueulai sur l'Aubusson du salon bleu. Pas du *chili con carne*, mais des cloaques sans nom. Le Président, saboulé grand siècle, me contemplait, flanqué de Mathias. Il avait enfilé son gilet pare-balles de cérémonie et il paraissait tout compact à l'intérieur, comme une tortue sous sa carapace.

— Décidément, nota le Suprême, vous n'épargnerez aucune des pièces de cette maison !

Malgré sa bougonnerie, il semblait enjoué. Je compris pourquoi lorsque Mathias brandit un flacon d'eau de toilette coiffé d'un gros bouchon de verre.

— J'ai trouvé, monsieur le commissaire.

Sans attendre que je me sois récupéré, il enjamba ma vilaine flaque pour me présenter la bouteille.

Docte, il expliqua en présence du Tout-Grand :

— Chaque pointe des facettes est percée d'un trou. Par ailleurs, vous le constaterez, le bouchon est prolongé par un tube de verre plongeant dans le liquide. À l'intérieur du tube se trouve une mèche semblable à celle d'un brûle-parfum. Par capillarité, le liquide monte dans la grosse tête de verre taillé du bouchon et s'évapore par les petits trous de celui-ci.

J'opinai :

— Champion, Rouillé ! C'est classe d'avoir trouvé si vite ; comment t'y es-tu pris ?

— J'ai tout de suite pensé qu'il s'agissait d'un produit destiné à être inhalé, donc j'ai cherché du liquide et, partant, je suis allé droit à la commode. J'emporte immédiatement cela au laboratoire pour l'analyser.

— Minute !

— Pardon, monsieur le commissaire ?

— Transvase d'abord cette charognerie dans un autre flacon, vide. Remplace-la par une autre, innocente, mais de même couleur. Onc ne doit savoir que nous avons découvert « la chose ».

— Entendu, monsieur le commissaire.

— Quelqu'un t'a vu sortir de la chambre avec ça à la main ?

— Je l'avais glissé dans ma poche, monsieur le commissaire.

— Irréprochable, Mathias ! complimentai-je. Tu mérites bien cette Légion d'honneur que M. le Président t'a promise.

J'ignorais qu'il pouvait rougir davantage, l'artiste.

Ben si !

Le Président, primesautier, lui pinça l'oreille, comme l'un de ses devanciers le faisait aux héros non morts.

— Il l'aura ! Je tiens toujours mes promesses quand la chose est possible, assura l'Empereur.

Happy hand ! Pardon : *end.*

— Tu me communiqueras les résultats dès que possible. Rouquemoute, je rentre chez moi pour tenter le record du monde de température, je dois déjà avoisiner le 41°.

Il acquiesça, adressa une révérence au Superbe, qui écoutait, altier comme une tirelire suisse, dans son beau gilet qu'il n'y a que cotte de mailles qui lui aille.

— Je dois descendre à la réception champêtre, annonça Sa Majesté.

Il éleva la main à la hauteur de l'épaule pour une rapide bénédiction, celle qu'il a enseignée à Jean-Paul II et qui procède un peu du salut scout ; très pratique dans les bains de foule et les réceptions en petit comité. Hop ! Deux doigts, avec les autres joints par-dessous. Vite fait sur le gaz ! Je te connais bien. Va, tes écrouelles sont en bonne voie !

Deux larmes perlèrent aux cils presque blancs du presque albinos.

— Merci, éjacula-t-il dans un souffle pâmé.

Et il retourna dans la chambre pour y transvaser le liquide.

Le Président me désigna mes déjections.

— Vous n'oublierez pas cela avant de partir, n'est-ce pas ?

Il s'emporta majestueusement, bâté de sa protection métallique qui le caparaçonnait tel un cheval de corrida.

Épuisé, je m'allongeai à nouveau. J'avais trop tiré sur la ficelle, mon pote. Il était raide nazé, l'Antonio joli.

Bon pour la casse.

Je tentai de me tenir droit, mais j'étais au bout du circuit ; pas mèche de se remettre en circulation.

Inhumain de comporter de la sorte !

J'étais même pas joyce de notre rapide victoire. Au fond de mes gambergeries, elle me paraissait trop fastoche. Elle faisait truquée. Tout ce bigntz survenant au Président, et ma pomme s'allonge dans son royal pucier, somnole, se réveille en semi-amnésie… Allô, Mathias ! Il se pointe ! Voilà le flacon, commissaire ! Non, non ! Ça me débottait, ça faisait film en accéléré sur la culture des asperges. Je déteste les questions à dix francs. Piège à con, style les annonces pourléchantes des baveux. *Voulez-vous gagner un voyage autour du monde ? Citez-nous une capitale de la France et n'oubliez pas de joindre un mandat de cent pions pour les frais de victoire. Le premier qui aura trouvé aura droit à sa photo dans le journal et à une pipe exécutée par une haute personnalité du monde artistique.*

J'avais beau faire du 40 et des, je me rendais parfaitement compte qu'on chavirait dans la mer des Facilités.

C'est un peu le moribond auquel tu affirmes qu'il a mal digéré les frites de la veille.

J'aurais bien aimé oublier tout ce circus un instant. C'était lui qui me flanquait des nausées. Mon canapé tanguait comme une chaloupe sans rames sur une mer démontée ayant des creux de dix mètres vingt-cinq.

Ça grimpait, plongeait, roulait. Il m'arrivait encore des sous-produits à évacuer d'urgence. J'ai penché la tête par-dessus bord, et vlaouf ! Affreux ! En plein palais de l'Élysée ! Merci bien, tu me la copyright ! J'y allais de tous mes sabords. Des bordées monstres ! Feu ! Flaoff !

L'ignominie ! Y avait qu'à moi ! Faut ben être un écrivain de moins que rien pour se livrer à des saloperies pareilles ! Faut avoir tout perdu : veau, vache, cochon, couvée, sens commun, pour oser raconter des immonderies d'un tel calibre ! Se soucier de plus rien ni personne ! Avoir abdiqué toute possibilité de projet d'ambitions ! Voguer en plein je-m'en-foutisme absolu ! N'être plus que la statue du bras d'honneur ! La Mecque du poil à gratter ! Régner sur le j'emmerdisme international. Somptueux, triomphal !

Dans le fond, c'est vachement arrangeant d'être seul : personne vient te faire chier dans ta boutique. Tu l'ouvres ou la laisses fermée, selon ton humeur. T'es pisseur-au-cul par vocation. Bouffeur de sottises. Miam-miam. De là, l'indigestion. Trop à claper, tu te goinfres. Tiens, je me fais encore ce con ! Et puis encore celui-ci. À force d'à force, ça t'encombre l'estom'.

J'ignore pendant combien de temps j'ai lutté avec ma maladie, mes pensées torves, mes angoisses. J'avais plus envie de rien à la longue, même pas de guérir ! Un comble, non ?

Une sourde rumeur m'arrivait de l'extérieur. Pas une rumeur de fête, non, c'était un brouhaha sage, dompté. Rampant ! J'ai pensé qu'il s'agissait du ronron de la réception.

Je suis parvenu à me charrier jusqu'à la fenêtre. J'ai écarté les doubles rideaux. Un Renoir républicain s'étalait sous les frondaisons du parc. Le Président dans toute sa pompe, dans toutes ses bonnes zœuvres. Sourire Fantômas aux lèvres. Masque aux dents blanches. Grévin, plus que nature. Magnanime, condescendant, le coude à la taille pour tendre la main. Il décollait les lèvres à peine pour proférer. Le chef du protocole à manger de la tarte présentait des lavedus empressés, cauteleux, parés pour la monstre sucerie. Serrements de phalanges. Malgré tes serrements, tes promesses (air connu). Des buffets champêtres croulant sous des bonnes choses pas phrygiennes la moindre. Larbins gantés de blanc, à épaulettes dorées. Bidasses de luxe. Ministres de meute rassemblés pour la curée au toast. J'avisai des vedettes de ciné ou de la chanson. Des journalistes illustres aux épaules robustes, ce qui leur permettait de changer leur fusil de côté à volonté. Des belles gonzesses sortant d'on peut pas croire, élégantes à t'en filer des souffles au cœur. Elles sont omniprésentes, pullulantes. N'importe les régimes, les républiques, tu les trouves partout où c'est chic et où y a du champ' ; partout où il convient d'être vu. Où y a du prestige à moissonner, du fric, de la bitounette fraîche, des articles de presse, des perspectives…

Ils semblaient bien joyces, tous. Se trouvaient importants d'être là, s'entre-souriaient, se pressaient follement la louche, tâchaient de se faire flasher et de se montrer au Souverain. Les frères ennemis oubliaient leurs dissentiments, se bichaient par le bras pour la photo souvenir. La nausée me revenait, à les visionner, tous ces nœuds volants, j'avais décidément le dégueulis à marée haute.

Voulant faire un geste en faveur du tapis, j'ai ouvert la fenêtre pour parachuter le potage. Ça a fait une chouette fusée romaine dans la beauté de l'été. Quèque chose qui ressemblait à la photo d'un ectoplasme. C'est parti en molle dérive par-dessus les massifs à la française. Une grosse femme de président-de-je-ne-sais-plus-quoi-de-pas-tellement-important en a dégusté plein sa capeline bouquetière. Elle a rien senti et ne s'est pas arrêtée de perrucher malgré mes stalactites qui déguisaient son bada en chapeau breton. Juste un garde républicain qui m'a vu derrière son sabre au clair et qui s'est fendu la gueule (pas avec son sabre heureusement !).

Allez, ça suffisait, je devais rallier mon *home* et me zoner pour de bon. Huit jours en cale sèche pour me remettre en état, je pressentais. J'avais de monstres brèches à colmater. L'angine dégénérait. Je ramifiais dans les pneumonies. On allait me virguler à l'hosto, du train où j'imprudençais.

Moi, cette dégueulanche éperdue, je me rappelais pas en avoir subi de pareille. Ça sous-entendait d'autres problos. Tout qui craquait chez l'Antonio : la rate, le gésier, les soufflets, l'éponge, les rognons, la boîte à ragoût. Je disloquais entièrement, me répandais comme les pièces d'un lego bousculé.

Allez, adios, joies élyséennes !

J'ai refermé la croisée.

Et c'est dans le mouvement que je l'ai aperçue et que mon sang daubé n'a fait qu'un tour.

Une splendeur !

Hindoue, ça tu peux y compter. Grande : tige d'arum, liane souple et autres culteries descriptives de romanciers collection Colombine. La peau verte, le regard sombre « ombragé » (comme ils disent toujours, mes confrères guimauve) de sourcils d'un noir de (tu l'as deviné, René) jais (ou geai si le « j » te fait chier). *Very* superbe, crois-en un amateur de frangines qui en a passé des centaines à l'établi. Vêtue d'un sari bleu intense avec des bandes vert émeraude dans le bas. Un fabuleux collier d'or captait tout l'été. Elle portait en plein mitan du front un tatouage rond qui ressemblait à une cible. Tu la pralinais à ce point précis et t'étais certain que sa cervelle mignonne partait en vacances.

Elle se tenait immobile contre un arbre du parc, les bras allongés sur son ventre plat avec, tout au bout, les mains qui se superposaient devant sa moule. D'où j'étais, comme elle me faisait face, je pouvais capter l'intensité extrême de son regard braqué sur le Président. Elle ne bronchait pas d'un poil. En état d'hypnose aurait-on dit. Lointaine. Sauvage. Elle fixait le petit bonhomme pavaneur d'une manière éperdue. À croire qu'elle allait se projeter en lui. S'incruster (partiellement puisqu'elle était plus grande) dans sa personne, comme les martyrs d'Hiroshima s'incrustèrent dans les murs encore debout.

Chose inouïe, personne ne paraissait se préoccuper d'elle, ni seulement l'admirer. Y avait plein de mâles avantageux, de ganaches surdécorées, friandes de culs mignons pourtant, plein d'artistes capables d'admirer ce qui est beau, et nul ne lui accordait la moindre attention.

Le Glorieux palabrait au milieu de sa cour, lâchant des répliques uniques au monde avec le seul coin de la bouche. Son léger sourire sardonique (à l'huile d'olive) imprégnait son beau faciès d'une grâce que je vas qualifier de démoniaque (comme Ajax démoniaqué) cré bon gu !

Il était à l'aise, fier de lui et dominateur, selon le Général dont il fut la mouche à merde attitrée. Il se sentait enfin dégagé, l'Extrême. Maître de son époustouflant destin. Par moments, sa sérénité était si totale qu'il faisait semblant d'être grand, lui aussi. Il lui poussait nez et oreilles comme au père la Victoire. Mulatier, Morchoine, Ricord, mes fabuleux mousquetaires du dessin, l'auraient croqué en éléphant et non plus en dindon comme d'habitude. Il bombait de partout, confondant tour de taille et stature dans l'euphorie de sa sécurité mentale retrouvée.

Ma pomme, je matais la scène comme au tennis, allant d'un personnage à l'autre : l'Hindoue, le Président ; le Président, l'Hindoue… J'attendais ce qui allait se produire ; car je savais que ça se produirait. Et puis la chose a eu lieu, brutalement.

Tout à coup, le Monarque a cessé pile de jaspiner. Il s'est arrêté en milieu de sa phrase, j'ai bien compris. La bouche enfin ouverte sous l'effet de la surprise, le regard enfin rond et plus du tout en guillemets. Frappé comme par une crise cardiaque. Étourdi, insolationné. Le mur, le blanc, le noir, l'opposition ! Monolithique ! Monosperme[1] ! Eu[2] !

1. Monosperme : se dit des fruits qui ne contiennent qu'une graine.
2. Eu : du verbe « avoir été eu ».

J'ai prié le ciel (en ses lieu et place) pour le remercier qu'aucun photographe ne le portraiture en cet instant de désarroi profond. Dieu merci, il travaille pas à *Paris Match*, le Président, comme les Grimaldi qui appartiennent à la rédaction de mère en filles. Même qu'ils vont obtenir la médaille des vieux travailleurs à Monaco pour avoir, si tant longtemps, livré au grand hebdromadaire le choc de leurs photos et le poids de leurs maux.

La misère de ce cher Immense m'a bouleversé. Fallait que je lui fasse le don complet de ma personne, mon Suzerain. J'allais en crever, fatal, dans mon état. Mais ouitche ! Donner sa vie à un être de cette qualité, c'était la justifier, non ? Quel meilleur emploi pouvais-je en faire ?

Je me suis cramponné des deux mains au dossier du canapé, éloignant mes pinceaux le plus possible. Qu'après quoi j'y suis allé d'un nouveau voyage stellaire. Beurg ! Beurg ! Toute l'artillerie de marine donnait en même temps.

Ouf !

Raide comme barre, j'ai descendu l'escadrin.

Primo : gagner le buffet et écluser un double n'importe quoi.

Justement, le général-serveur venait d'aligner une chiée de verres pleins sur un plateau. J'ai saisi le premier. Glaoup ! Féroce ! Un trait de feu dans mon tube. Au suivant pour cautériser les méfaits du premier. Re-glaoup ! Descendez, on vous requiert ! Les loufiats me mataient sévèrement, se demandant à quel malotru gougnafieur ils avaient affaire. Mes manières s'accordaient mal à la majesté de l'endroit.

Je les ai achevés en m'enfonçant un troisième glass.

Je pensais que, de deux choses l'une : soit je redistribuais séance tenante cette bonne marchandise au petit bonheur la chance, soit je parvenais à la conserver par-devers moi et alors elle produirait fatalement son effet. Lequel ? J'étais anxieux de le savoir.

Un raz de marée intérieur m'a balayé les boyasses.

La tornade féroce, en spirale, kif la feuille du bananier enroulée autour de sa hampe, tel un drapeau, avant qu'elle n'éclose.

Y avait résurgence de la camelote absorbée si vitement. Une folle remontée au carburo. La marée noire de la « noix de coco de Cadix » (comme dit Béru). Déjà mes dents du fond baignaient. Ça grimpait encore. J'ai fermé les lèvres, les yeux, mon sphincter. Une exhortation intense m'est venue. J'ai lancé de toute mon âme : « Ô maman, ma vieille chérie, je t'en conjure, fais quelque chose pour moi ! »

Le miracle a répondu « Présent ». Quelque chose s'est débouché en dessous de ma glotte. La bonde de sécurité, tu crois ? Ou alors je suis devenu poreux de partout, brusquement, car le liquide ingurgité s'est faufilé dans ma carcasse au petit bonheur et jusqu'à mes doigts de pieds. Ça boumait, j'avais surmonté l'insurmontable, endigué la vague montante, ravalé ma fusée.

Un mieux très sensible a répandu ses bienfaits dans mon pauvre corps dévasté, comme l'écrivait avec délicatesse une grande romancière des îles Fidji.

Relax, Max. Je me suis approché du Président. Il restait bloqué comme Chateaubriand sur son rocher à marée haute. Son entourage commençait à l'avoir à la caille. Le chargé de machin et le porte-truc s'inquiétaient :

— Un malaise, monsieur le Président ?

— Non, non, balbutiait le Guide, je… heu… pense…

Ça les a rassurés. Du moment qu'il pensait c'est qu'il était, hein ?

Moi, familièrement, j'ai passé mon bras sous celui du grand chef. L'assistance en a été sciée en quatre. Mais d'où est-ce que je sortais-t-il pour me permettre une pareille privauté ? Sans me soucier du regard furibard à Chose, le président du Parti-sans-demander-son-reste, j'ai obligé l'Illustre à s'enquiller sous les frondaisons où les merles moqueurs s'amusent à siffler les locataires du domaine. Tout en l'entraînant, je cherchais la belle Hindoue des yeux et ne la voyais plus.

— Vous me reconnaissez, Président : commissaire San-Antonio. Vous venez d'avoir une nouvelle absence, n'est-ce pas ? Ça va passer. J'en connais la cause. Tenez bon. Restez maussade, comme la plupart du temps, c'est ça votre style.

Il demeurait inerte comme un gant vide dans un tiroir.

— Ressaisissez-vous ! Qu'est-ce que je vous montre, là ?

Il n'a rien dit. Je lui ai soufflé :

— Une mm… Une mm…

— Une merde ? il a cru deviner.

— Non, Président : une main ! Allez, du cran, vous n'en manquez pas ! Songez à votre prodigieuse carrière ! Vous n'avez pas fait tout ce chemin pour venir donner du front contre un mur ! Vous vous rendez compte, Président, de tout ce qu'il vous a fallu accomplir pour en arriver là ? Changer de parti, vous dédire, vous contredire, presser des millions de mains dégueulasses, parler pendant des heures et des heures dans des locaux glacés ou surchauffés, sauter des grilles, boire des coups de rouge à des zincs mal torchés, promettre en vous efforçant de ne pas trop battre des paupières, sourire, sourire et encore sourire, devenir masque à sourire, sourire à vos alliés les plus cons, à vos ennemis les plus roués, sourire en vous rasant de peur de perdre le mode d'emploi ! Retomber à zéro, repartir. Prendre des claques. Présider ! Banqueter, colérer, conjurer ! Oh ! Président, pour l'amour du Ciel, faites front !

Il a fini par opiner.

— Je… je peux vous demander un petit renseignement ? a-t-il soupiré d'une voix blanche.

— Si je puis vous le fournir, ce sera avec plaisir.

Il a encore baissé la sono et dans un souffle a demandé :

— Quel est mon nom, déjà ?

ÇA COMMENCE

Au bout d'un certain temps, comme on dit dans l'horlogerie de haute précision, il s'est dégagé un peu des brumes. Se rappelait son blaze, son adresse, sa fonction, le prénom de Marchais, celui de sa femme et de quelle race était son chien.

Je l'ai relancé sur ses rails. Maintenant me fallait m'occuper de la belle Hindoue. Je pressentais qu'elle s'était esbignée et, de fait, après avoir fait à plusieurs reprises le tour de l'assistance, je ne l'avais pas retrouvée.

Alors j'ai pris le chef du protocole à l'écart pour l'interviewer au sujet de la mystérieuse femme au sari bleu. Il se rappelait l'avoir vue, mais n'était pas foutu de me dire qui elle était. Il la supposait l'épouse de quelque diplomate asiatique prié aux festivités quatorze-juillaises. Je lui ai déclaré qu'il me fallait la liste des invités dare-dare et il a chargé son vice-sous-chef d'aller la chercher.

Pendant qu'on branle-basait à ma requête, je me suis rendu dans la cour d'honneur et j'ai interrogé les gardes républicains.

Ils avaient vu repartir la dame comme je te vois, au

bras d'un homme de type hindou lui aussi, assez âgé, portant des lunettes cerclées d'or et qui avait les cheveux complètement blancs. Non, le couple ne disposait pas de voiture officielle et s'était retiré à pince-broque par la rue du Faubourg-Saint-Honoré.

Je gagnai icelle. Tiens, j'allais beaucoup mieux depuis mes trois scotches. Ça cognait moins fort dans mes veines et ma gorge me foutait un peu la paix. En tout cas, côté nausées, j'avais droit à une puissante rémission. Les factionnaires, eux aussi, me parlèrent des deux Hindous. Ceux-ci avaient fait quelques pas en direction de la rue Royale. Puis une bagnole les avait rejoints et ils s'y étaient engouffrés. Un adjudant de gardiens de la paix, homme sagace, intègre, âgé de 46 ans, père de quatre enfants dont l'aîné faisait médecine, s'il vous plaît, m'apprit que l'automobile portait une plaque CD, qu'il s'agissait d'une BMW noire et qu'il se rappelait le nombre 42 placé quelque part sur la plaque d'immatriculation. Certes il y avait d'autres chiffres avant et après, mais ce 42 l'avait frappé car c'était l'âge de son épouse, Marguerite, dont il s'apprêtait à célébrer l'anniversaire le surlendemain, tu te rends compte le combien c'est coïncidant, la vie ? Elle clopine d'un détail à l'autre, nous lâchant de-ci et de-là d'humbles avertissements, de menus symboles, voire de vagues présages qu'il convient d'interpréter si tu ne veux pas te laisser sodomiser par elle comme tout un chacun qui finit par s'attraper un vrai cul de singe gros comme une citrouille, à force d'enculades express.

J'ai annoncé à l'adjudant qu'il serait appelé à des destinées pas piquées des vers, intelligent comme je le découvrais. Et quel était son nom, que je puisse appuyer sur le tube de sa carrière pour que ça gicle le plus loin possible ?

Il s'appelait François-Georges Martinet, ce qui est une raison sociale très convenable pour devenir préfet de police un jour. On s'en est serré cinq (chacun), à l'issue de quoi il m'a demandé si je ne faisais pas une grosse fièvre ?

Tant de perspicacité chez un homme lâché sur un trottoir m'émut. Je me retins de l'embrasser et retournai à mes préoccupations.

*
* *

L'homme qui se tenait penché au-dessus de moi avait un visage familier.

— Bonjour, monsieur le Président, lui dis-je.

— Il a le délire, chuchota la voix éplorée de ma Félicie.

Je visionnai l'homme d'un peu mieux et reconnus le docteur Guilleray, notre médecin de famille.

Il avait une seringue à la main. Vide. Son contenu, je le compris, vadrouillait déjà dans mes miches, à la recherche de mes foutus microbes auxquels il allait faire leur fête.

— Comment vous sentez-vous ? demanda le toubib.

— Comme vous voyez, doc, m'efforçai-je de répondre.

Je cherchai quel cheminement m'avait ramené à la maison mère. Mais je cloaquais du bulbe. Je n'avais que des soubresauts d'images. Je voyais l'adjudant Martinet, la rue populeuse du Faubourg-Saint-Honoré-à-la-Crème, les sentinelles bien briquées devant leurs guitounes…

Et ensuite ?

Ça raccrochait plus du tout. Et cette absence, ce coma, me donnaient envie de gueuler.

— Qu'est-ce qui m'est arrivé ? ai-je gémi.

— Tu t'es évanoui devant l'Élysée, mon chéri, a expliqué maman. Un adjudant de gardiens de la paix t'a ramené ici et m'a aidée à te coucher.

— C'est l'anniversaire de sa femme après-demain, il faudra trouver son adresse et lui envoyer des fleurs, décidai-je.

— Mais oui, mon grand, mais oui.

M'man me croyait encore en déblocage incontrôlé. J'avais pas le courage de la dissuader.

J'avais trop tiré sur la ficelle, pas étonnant qu'elle se fût rompue.

— Il y a longtemps que je suis de retour ?

— Deux heures. Le docteur Guilleray est venu tout de suite.

Le susnommé rangeait son matériel dans une vieille Samsonite, du genre attaché-case déglingué. Il passait pour être radin, de fait, il s'obstinait à conserver sa vieille bagnole, sa vieille trousse, et sa vieille veste de tweed à pustules rouges dont les coudes foiraient. Sa mégère y avait cousu des pièces en faux cuir.

C'était un bon praticien qui nous avait toujours tirés de toutes les mistouilles.

Il me prenait pour un zozo dépravé et gauchisant, lui qui votait Le Pen des deux mains, et considérait qu'avec mes écrits j'étais un artisan de la dégénérescence des mœurs.

Bougon, il grommela :

— À présent, finies vos guignolades, l'ami ! Vous gardez la chambre pendant huit jours au moins. Si vous mettez le nez dehors avant ce délai, inutile de me rappeler, vous vous chercherez un autre médecin !

Il s'installa à ma petite table de travail où je commettais mes turpitudes et se mit à rédiger une ordonnance longue comme le traité de Versailles.

J'ai attendu qu'il se soit fait la paire pour réclamer le bigophone à ma mère préférée. Elle a bien tenté de protester qu'il me fallait le repos ab-so-lu, mais j'étais décidé ; alors elle est allée chercher le poste à longue prise qu'on sort dans les grandes occases et l'a posé à côté dans le plumard.

J'ai eu la force de tuber à Mathias et à Pinuche, après quoi j'ai formellement compris que je devais absolument me laisser cuire au bain-marie ; alors je me suis enfoncé profond sous mes toiles et j'ai lâché prise.

*
* *

Il s'est passé deux jours au cours desquels mes anticorps se sont bigornés comme des zouaves avec les chieries qui m'avaient investi la carcasse. J'ai dû suer six litres d'eau. Après quoi j'avais maigri pis que le douanier Démis Roussos. Je ressemblais à un tubard d'avant la pénicilline, quand ses soufflets étaient en vraie charpie. Félicie pleurait en me voyant à ce point démantelé. Elle passait ses journées à confectionner des laits de poule et des gâteaux de riz auxquels je touchais à peine.

J'ai chopé le journal que la Féloche continuait de déposer au pied de mon plume. Ça disait comme quoi le Président venait de maller pour le Fort de Brégançon où il allait bouffer un aïoli avec le chancelier ouest-allemand (un grand tas, avec une montre, en compagnie de qui il avait fait Verdun, la main dans la main). Peut-être qu'il allait mieux, le Vénéré ? Qu'il avait retrouvé la mémoire ? À moins qu'il ne se tînt à l'écart pour essayer de récupérer ?

Me voyant en pleine renaissance, Féloche s'est apportée avec deux missives cachetées. On les avait délivrées par exprès pendant mes torpeurs. À présent que j'amorçais ma convalo, elle m'estimait apte à les lire.

La première était de Mathias. Le Rouquemoute m'y apprenait que le produit trouvé dans « l'inhalateur » était du Brimboryon dispensé 13 dont on se sert parfois en anesthésie pour traiter les opérés souffrant de troubles vibromasseurs complexes. Ce produit crée un engourdissement longue durée des centres neuroblédinés mixtes. Son usage répété peut conduire à une perte de mémoire accompagnée d'un état dc torpeur endémique.

Je griffonnai un ordre pour qu'on enquêtât discrètement afin de découvrir qui avait déposé le flacon sur la coiffeuse présidentielle.

Après quoi j'ouvris le second « exprès ». De Pinaud, celui-là. Le vieux crocodile édenté avait déniché le propriétaire de la voiture des Hindous. Un certain Peter Stone-Kiroul, attaché d'ambassade au consulat général de Grande-Bretagne à Paris (75).

Je me mis à gamberger un bon bout de moment en regardant cette lézarde du plafond de ma chambre qui me semble représenter un visage (de dieu grec, je crois bien). Ce personnage a toujours été de bon conseil avec moi. Combien de fois l'ai-je muettement interrogé, dans les cas difficiles ! Toujours, il m'a inspiré la bonne réponse.

À l'issue (des pieds) de cette aimable confrontation,

le gars Zeus me souffle de charger Pinuche d'un complément d'information. J'appelle le noble vieillard et lui dis que je veux tout savoir sur Peter Stone-Kiroul et en particulier sur ses accointances avec une belle Hindoue portant un tatouage en forme de bouton-pression au milieu du front.

— Je vais m'y atteler tout de suite, promet la vieille haridelle.

Rassuré, je gobe mes médiques et rempile pour une dorme salvatrice.

*
* *

M'man m'a confectionné un hachis parmentier. Une merveille ! La purée est authentiquement mousseline et la viande tendre comme une petite chatte de lycéenne. Ayant clapé au lit, je me lève pour une douche et un rasage soigné. Qu'ensuite de quoi je me saboule princier. Gué-ri ! M'man a un haut-le-corps en me voyant descendre l'escadrin.

— Antoine ! Mais tu n'y penses pas ! Tu sais ce que t'a dit le docteur Guilleray : huit jours de chambre ! Et ça ne fait que trois jours…

Je la prends dans mes bras et la presse sur mon cœur. J'aime bien son odeur, Féloche. Pas mèche de te la raconter. Elle sent « le foyer bien tenu », et puis la verveine avec un soupçon de cannelle et de rose trémière.

— Tes jours de soins comptent triple, m'man, donc j'ai largement mon taf.

Une bisouille et me voilà dehors. Un peu flottant, certes, mais comme nettoyé de fond en comble.

*
* *

C'est Mme Pinuche qui vient m'ouvrir. Elle porte une blouse ancienne, mauve, un tablier genre scandinave, des gants de caoutchouc mousseux car elle était en train de faire la vaisselle.

C'est une dame sans grande importance collective, dirait Sartre, faite pour des malheurs quotidiens, des états grippaux, des ulcères stomacaux, des ovaires foireux et des ablations presque annuelles. Elle a été tant de fois opérée que je me demande comment elle peut vivre avec ce qui lui reste ! Elle porte sa tracasserie d'être comme un cilice mais avec une touchante volonté de paraître résignée. Ils ont fini par déteindre l'un sur l'autre, César et sa rombière, pour composer une forme de couple idéal.

La bouille sinistrée de la Pinaude se fend d'un sourire à ma venue. On s'échange la petite salve de couenneries usuelles : « Comment t'allez-vous ? » « Je tale bien, merci, et vous ? »

Fâcheuse contre-question.

À bout portant je morfle une bassinée de ses chieries de l'heure. Ça « péclote » mochement dans son entrepont : les rognons qui filtrent mal. Plus sa plaie variqueuse qui s'est rouverte. Et elle me cause pas d'une bronchite inguérissable qui continue de la faire tousser comme une perdue (là, elle place une quinte témoin). J'enregistre tous ses naufrages. Profère les paroles qu'elle attend, auxquelles elle ne croit pas, mais qui lui permettent d'étaler ses angoisses.

Et puis, bon, au bout de dix broquilles de tarte aux fraises, je réclame après Pinuche.

Le Racorni est à la tévé, en pyjama plus que

douteux : pelucheux, grisâtre, auréolé de jaune par-devant et par-derrière, avec la lacette de la taille distendue. Il porte de fortes charentaises grosses comme deux bagnoles de formule 1. Son éternel mégot vissé au coin du bec, il regarde, avec un certain détachement, les exploits d'un cove-bois de série américaine. Le gonzier course une diligence sans postillon (tué par les Peaux-Rouges) dont les chevaux emballés foncent comme des fous en direction d'un précipice vertigineux. À l'intérieur, une ravissante jeune fille hurle à s'en disjoncter le clitoris. Folle de terreur, la pauvrette ! On la comprend.

— Je te parie à dix contre un que le cow-boy arrivera à temps pour stopper l'attelage ! fais-je à la Vieillasse.

Le géronte se tourne vers moi, radieux dans ses rabougrances. Il a le rire en colique verte.

— Il me semblait bien avoir entendu sonner, dit-il. Tu es sur pied ?

— Non, mais je fais si bien semblant de me tenir debout que les gens croient à ma verticalité.

Il se lève, tourne un siège vers mon arrière-train et, du menton, m'intime de l'occuper. Ce dont je.

Conformément à mes pronostics, le cove-bois est en train de remonter la diligence. Mais ça va être du peu au jus car le ravin est à moins de cent mètres et ces enfoirés de bourrins mettent toute la sauce !

— Tu as quelque chose sur Peter Stone-Kiroul ?

— Oui, je te demande une seconde.

Il passe dans sa chambre pour fouiller ses poches. Il en ramène un mètre dix de ruban hygiénique double face, satiné et parfumé à la lavande des Alpes. Le parchemin est couvert de son écriture cursive, dont les lettres à boucles ressemblent à une haie de cyprès courbés par le vent.

Tandis qu'il enroule le papyrus dans le bon sens, afin de pouvoir m'en donner lecture, le cove-bois crie à la petite péteuse d'ouvrir la lourde de la diligence et de sauter sur la croupe de son canasson. Mais elle ose pas, paralysée par la terreur, cette connasse. Or, retiens bien ceci : le cañon est à trois enjambées. Que fait le cove-bois ? Ce que toi ou moi ferions à sa place, mon gars : il saisit la donzelle par les cheveux et l'arrache de la diligence ni plus ni moins que si elle était un paquet de linge sale à perruque. Une volte faramineuse ! Ouf ! Sauvée ! La diligence et ses quatre canassons de merde valdinguent dans les abysses. *Good night the childrens !*

— Voilà, fait la Navrance qui a trouvé le bon bout de son faf-à-train-pense-bête. Peter Stone-Kiroul, sujet britannique, habitant 245 rue Pierre-Premier-de-Serbie. Célibataire. Travaille à l'ambassade de Grande-Bretagne. Vie nocturne assez intense. Fréquente tout particulièrement des boîtes d'homos, principalement *Le Doigt dedans*, *Le Monoculé*, *Le Petit Machin*. Passe pour avoir un riche protecteur originaire des Indes…

Il continue de dérouler son document précieux. À cet instant, un petit rectangle glacé tombe sur le parquet. César le ramasse et me le tend.

— J'ai pu me procurer une photo de l'intéressé.

— De quelle manière ?

— J'ai mis le petit inspecteur Rigolet en faction devant son immeuble. C'est un as de la photo. Celle-ci est parfaite.

Je fais connaissance de Stone-Kiroul. Il ressemble à Anthony Perkins jeune. Brun, l'œil luisant et langoureux, plutôt romantique, saboulé avec une extrême élégance. J'empoche le document.

— Voilà de l'excellent boulot, mon père !

— Tu prendras bien une larme de vin d'orange ?

— Non, merci.

— C'est ma femme qui le fait ! insiste-t-il, croyant me convaincre.

Un frisson me gouline l'échine.

— Je regrette, mais je suis encore aux antibiotiques et l'alcool m'est provisoirement interdit.

— Tant pis… Attends, j'ai encore son numéro de téléphone à te communiquer.

Il continue de dérouler son papelard et épelle des chiffres, de sa voix bêlante de vieux bélier podagre qui n'arrive plus à recoller au troupeau.

— Je peux utiliser ton biniou, Césarin ?

— Je t'en prie, mais vas-y doucement car il n'est pas en très bon état.

Effectivement, le combiné a été brisé et ne tient plus que par du scotch. Pour garder la communication, il convient de respecter une parfaite immobilité, sinon elle s'interrompt.

J'obtiens un serviteur, probablement asiatique, cela s'entend à sa voix déférente et un tantinet zézayante.

Il m'apprend que Monsieur est sorti et qu'il rentrera très tard. Y a-t-il un message à lui laisser ?

Je rétorque que je rappellerai.

Ma montre m'annonce vingt et une heures trente-huit.

— Je te laisse, Pinuche. Bravo pour ta prestation.

Il me tire par la manche.

— Antoine, puisque tu travailles en direct pour le Président, ne pourrais-tu pas lui parler de moi ?

Le Chenu pendouille sur ses os, comme des algues à l'armature d'un ponton hors d'eau.

— Légion d'honneur ? Promotion ? Réajustement de pension ? Esquimaux Gervais ? Toblerone ?

— Je voudrais sa photo dédicacée au nom de notre concierge. Elle aimerait faire endêver son époux, lequel est communiste. Elle s'appelle Mme Courjus. Adélaïde Courjus, faut-il te le marquer ?

— Note-le sur un bout de papier, je dirai au Président qu'il s'agit d'une princesse.

Le Fané décide de me raccompagner jusqu'à ma voiture.

Sur l'écran, le cove-bois intrépide épouse la petite glandeuse de la diligence et lui roule une galoche superbe, bourrée de Sida.

La nuit est lourde comme le manteau du sacre de Bokassa. Des cumulus jouent aux nimbus.

Pinuche, décontracté, arque d'un pas glissé de garde royal faisant le con devant Buckingham Palace, *because* les énormes pantoufles. Sans vergogne, il déambule en pyjama. Avant de sortir, il a seulement décroché son bitos à la patère du vestibule car il ne supporte pas de mettre le nez dehors tête nue.

Pas seulement par frileusité, mais parce qu'il s'agit d'une habitude solidement établie, ancrée, inexpugnable et qu'une habitude, ben mon vieux lapin, quand tu veux t'en débarrasser, tu peux toujours essayer de la saupoudrer de désherbant, ou bien mâcher des cachous à la place : impossible de la faire se sauver. Obstinée comme chien errant ou mouche à miel, elle est.

Nous atteignons ma chignole.

— Tu vas où cela ? s'enquiert le Filandreux au moment où je lui tends la main.

— À la recherche du temps perdu au cours de ma maladie.

— Metz Angkor ?

— Il faut que je trouve le gars Stone-Kiroul dans une de ses boîtes de tantes.

César ouvre la portière côté passager.

— Je vais avec toi.

Mon effarement pourrait être turc car il va croissant.

— En pyjama !

— Bien entendu je t'attendrai dans la voiture. Ça te fera de la compagnie si tu ne le trouves pas immédiatement. Mme Pinaud est en grand ménage du soir car elle va chez sa sœur dans le Loiret, demain ; elle ne sera pas au lit avant deux bonnes heures.

Il prend place. On dirait que je ramène à l'hosto un grabataire qui s'en serait sauvé.

On commence par *Le Monoculé*, rue Sainte-Anne. La présence de la Pine me permet de laisser ma tire en double file, charge à elle de la déplacer en cas d'urgerie.

La boîte est loin d'être bondée vu que, dix heures du soir, c'est un peu l'aube des nuiteux.

Nez en moins, c'est déjà peuplé de gentils couples, chuchoteurs comme des ruisseaux printaniers. Ils se paluchent ou se bécotent dans les pénombres propices tandis qu'une musique à te décoller les oreilles fait vibrer la salle tel un début de séisme.

Je parcours l'établissement de part en part sans apercevoir le moindre bipède qui ressemblât à Peter Stone-Kiroul.

— Tu cherches quelqu'un, chaton ? me demande un loufiat déguisé en archange (il porte une chasuble blanche avec comme deux ailes dorées dans le dos et marche les pieds nus, mais t'affole pas : y a de la moquette épaisse comme du gazon anglais au sol).

Le chaton adresse un sourire embobelineur à la follingue de service.

— Tu n'as pas aperçu Peter, ma biche ?

— Quel Peter, l'Angliche ?

— Oui.

— C'est pas son heure, grand fou ! Il finit par nous, tu le sais donc pas ?

— J'ai dû me gourer. Et par où commence-t-il ?

— *Le Doigt dedans*, à Saint-Germain-des-Prés. C'est là-bas qu'il mange son croque-monsieur du soir.

— Merci.

Pinaud s'est endormi bien que seize voitures lui klaxonnent au fion pour obtenir le passage. Je démarre en trombe et la Vieillasse se réveille.

— Rien ? demande-t-il.

— Si : un tuyau. Tu es sûr que tu ne veux pas rentrer faire dodo ?

— Je ne pourrais pas dormir, j'ai une période d'insomnie.

— Des soucis ?

— C'est ma femme qui m'inquiète. Ses reins. Je crains bien qu'une intervention soit nécessaire.

Il me raconte des choses passionnantes à propos du viscère pair de sa chère épouse, allant jusqu'à déclarer que, le cas échéant, il est prêt à lui consacrer l'un de ses propres rognons.

— Ce ne serait pas un cadeau, le douché-je. Avec les camions-citernes de muscadet que tu as éclusés, les tiens doivent ressembler à deux vieux porte-monnaie de cuir râpé.

Il bougonne que, s'il a pu se permettre les excès évoqués, c'est, précisément, parce qu'il possédait des filtres de qualité.

Cette conversation paramédicale, dont l'intérêt ne t'échappe pas, nous permet de traverser la Seine et d'atterrir à Saint-Germain-des-Prés. Parvenu devant *Le Doigt dedans*, même manège. Seconde file ! Je fonce dans la boîte. Le cadre diffère. C'est moins feutré que *Le Monoculé*, plus « vivant ». Un immense bar où des gars consomment des nourritures à main, des tables où l'on peut manger sur assiettes... Le « salon » se situe au premier étage. N'ayant pas aperçu mon client dans la partie restaurant, je gravis l'escalier tendu de velours bleu *night*. En haut, c'est rupinos. Imagine une immense cheminée Louis XIII avec un petit feu, malgré l'été, pour créer l'ambiance. Des banquettes coussineuses, des tables basses sur chacune desquelles somnole la flamme sage d'une bougie fichée dans un bougeoir ancien. Au mur, des tableaux style hollandais qu'on devine plus qu'on n'admire à cause de l'obscurité.

Inspection express. Pas de Stone-Kiroul.

Merde !

Mon tour de salon incommode les minets en action. Ils ne me sentent pas des leurs et donc me suspectent des noirs desseins.

Bonsoir, m'sieurs-dames ! Je redescends.

Et depuis le coude de l'escadrin, bol ! J'avise Peter au bar. Il est arrivé pendant que j'explorais le premier laitage.

Il est beau, très pâle, très mince, un peu flou. Vient de se jucher sur un haut tabouret. Semble fatigué, et j'ajouterais même épuisé.

Veine : il y a une place disponible auprès de lui.

Hop ! L'Antoine s'y perche comme un ouistiti sur sa branche.

Le barman qui connaît les habitudes de l'Anglais lui a déjà filé un croque dans le grille-bred. Il pose une assiette devant lui, avec une serviette de papier frappée du motif de l'enseigne qui est un médius dressé au milieu d'un poing.

Il sert un scotch de *twenty years* et se tourne vers ma pomme.

— Pareil ! lui dis-je en montrant le glass de mon voisin.

Stone-Kiroul ne réagit pas. Il est plongé dans des pensées qu'on pressent pas fofolles le moindre. Ça ne va pas être fastoche d'engager la converse. Un Anglais triste, pour lui dévisser la menteuse, faut s'employer, espère !

Je risque un sourire engageant, mais il paraît ne pas le voir. À cet instant, j'entends des rires derrière moi. Mon Anglais se retourne et le voilà qui se poile aussi. Une main décharnée se pose sur le pli de mon coude.

— Je te demande pardon, grand, mais tu as emporté les clés de ta voiture machinalement et on gêne un car de perdreaux.

Pinuche ! En pyje et pantoufles, son chapeau à la main ! Si t'as déjà vu du plus cocasse, envoie, j'achète ! Les *gays* du *Doigt dedans* sont cisaillés par l'apparition. Ils croient à une attraction.

Rageur, je présente mes clés à Baderne-Baderne.

— Il vaut mieux que tu y ailles toi-même, grand, car je n'ai pas mon permis de conduire sur moi, et ces crétins refusent de croire que j'appartiens à la Grande Maison.

Fou de rage, je m'arrache du bar et fonce vers la sortie. Les poulets de nuit rouscaillent avec des relents de beaujolais-village, comme quoi, qui est-ce qui m'a-t-il permis des fantaisies de ce genre ? Étais-je-t-il tellement pressé d'aller me faire tailler un petit calumet par les lopes de cette boîte ? Quand c'est qu'on veut prend' du rond, on gare au moins sa bagnole avant de se faire miser, bon Dieu ! Allez ! Papiers ! Et que ça saute ! Ils vont m' faire voir ce qu'on encourt à bloquer une rue pour se ruer à l'œil de bronze ! Et en abandonnant son vieux protecteur en pyjama dans sa tire, en sus ! Outrage aux mœurs pour ainsi dire ! Oust !

Je produis ma brème. Ils regardent, lisent, la bouclent, saluent.

— Puisque vous êtes là, les gars, leur dis-je, vous allez me faire embarquer l'une de ces bagnoles mal garées et ensuite vous mettrez la mienne à la place.

Lorsque je fais retour au rade, je trouve l'Éminent Pinaud en grande converse avec Peter Stone-Kiroul. Le Rosbif, ce type déboulant dans une taule de *gays* en pyjama, ça l'hilarise complet. Il a proposé un gorgeon à la Vieillasse, laquelle ne se fait jamais répéter ce genre d'invite, si bien qu'il écluse un godet de chablis frappé à la perfection. Il raconte que son ami (moi) étant venu lui rendre visite alors qu'il était déjà au lit, il l'a raccompagné sur son palier. Un courant d'air a claqué la porte ! De ce fait, il est « enfermé dehors » et doit attendre le retour de sa bergère, laquelle est ouvreuse dans un cinoche. Version excellente et que je ratifie de bout en bout.

Peter se présente, moi itou (en taisant mon job, *of course*). L'Anglais clape son croque-monsieur avec grâce. Moi, insidieux, je lui déclare l'avoir rencontré au *Monoculé*, à moins que ce ne soit au *Petit Machin*. Il admet fréquenter ces lieux amis. Comme je suis un impétueux, j'aborde sans tergir ni verser le délicat problo qui m'amène. Ce qui m'enhardit c'est de constater que j'ai un monstre ticket avec l'attaché d'embrassade. Il m'enrôle d'office dans son harem, cézigue.

Œil de velours, sourire entrouvert. Promesses du soir, espoir ! Je le laisse grimper en mayonnaise.

Je prends quasiment pour ainsi dire un ton boudeur pour l'attaquer :

— Je suis sûr de vous avoir aperçu en galante compagnie, avec une fille.

Il y va des vasistas et des ramasse-miettes.

— *Me !* il égosille dans sa langue maternelle.

— Une Hindoue, certifié-je, de plus en plus maussade.

Sa figure se décrispe.

— Oh ! *I see.*

Il *see*, donc il voit ! Et comme il voit, il explique :

— C'est la nièce d'un vieil ami à moi, un maharaja du Bihar qui vit davantage à Paris que dans son palais de Mormoalkipur.

— Belle bête ! dis-je. Pour un peu, avec un verre de trop, on se laisserait haler.

Il a une moue répulsive.

— Je la préfère en photo que dans mon lit.

Il déguste une gorgée de scotch sec, comme pour se désinfecter la bouche. Un irréductible. Lui, il est sensible à un beau fessier, mais à condition qu'il y ait une grosse bitoune de l'autre côté.

— Ça existe toujours, les maharajas ? ricané-je.

Il opine (il adore).

— Ça n'est plus ce que ça a eu été, mais on en trouve encore.

— Et il fait quoi, le vôtre ?

— Diplomate.

— Pour réparer le toit du palais ?

— Non, par vocation. C'est un type qui entend servir son pays autrement qu'en se baguenaudant sur le dos d'un éléphant blanc.

— Et sa ravissante nièce ? Dans la carrière également ?

Il sourit.

— Oh ! pour elle, il s'agit d'autre chose...

— C'est indiscret de vous demander ?

— Dites, on pourrait penser qu'elle vous a fait de l'effet ?

— J'avoue que oui. Pas ce que vous pouvez croire. Elle m'a impressionné psychiquement. Nos regards se sont croisés et j'ai reçu comme une... Vous me promettez de ne pas rigoler ? Comme une décharge électrique.

Il ne rit pas.

— Je sais. Justement, c'est ça, son hobby : la télépathie. Elle a reçu la révélation de je ne sais quel vieux type de chez elle et depuis, elle traite les gens à problèmes.

— Qu'entendez-vous par « traiter », Peter ?

Il fait signe au loufiat de renouveler les breuvages. Puis, répondant à ma question :

— Elle soigne par télépathie toutes sortes de maux. Surtout des affections mentales.

— Intéressant.

— Très.

— C'est un exercice de la médecine, somme toute ?

— Sauf qu'elle n'a aucun diplôme et pratique en dilettante, sans rémunération.

— Où est son intérêt ? Philanthropie ?

— Elle cultive son don, plus exactement. C'est en forgeant qu'on devient forgeron.

— J'aimerais drôlement la rencontrer.

— Vous souffrez de quelque chose ?

— D'une curiosité aiguë. Pour être franc, le sujet me passionne. Vous pourriez m'arranger une entrevue avec votre ravissant phénomène, Peter ?

— Quand elle sera de retour, avec plaisir.

Il consulte sa montre.

— Elle s'envole dans deux heures pour Le Caire.

— Elle part longtemps ?

— Avec elle, on ne sait jamais. Peut-être huit jours, peut-être un mois.

Je carme les dernières consos et je déclare qu'il est grand temps de rentrer mon pote Pinaud *at home*. On se reverra dans l'une de nos boîtes d'élection, Peter et moi. Et alors, l'avenir nous appartiendra. Il me sourit et soupire :

— N'attendez pas trop, j'aimerais tant vous retrouver. On ne pourrait pas dîner ensemble demain soir ?

— Ici ?

— Si vous voulez.

— Je ferai mon possible, mais je ne vous promets rien. De toute manière, à un de ces soirs.

On taille la route.

*
* *

Il reste encore des places en *first* sur le vol du Caire. J'aligne ma brème de l'American Express et m'en achète une, côté hublot siouplaît, que je puisse admirer les anges.

— Prends-en deux ! décide brusquement la Vieillasse.

Sa requête me transforme en radeau (il me méduse).

J'ai déjà entendu beaucoup d'énormités dans ma vie, et j'en ai personnellement proféré davantage encore, mais ce vieux monsieur en pantoufles et pyjama, sans papiers, qui prétend s'embarquer pour l'Égypte dépasse de loin la plus stupéfiante des ahurisseries.

— Non, mais dis donc, l'Écrémé, t'as le cervelet qui fait de la haute voltige ! Venir au Caire dans cet accoutrement, avec aucun faf sur toi, c'est de la sénilité, non pas précoce dans ton cas, mais tardive !

La Pinerie me fait un signe romain de la dextre et déboulonne sa veste de pyjama. Par-dessous, il porte un tricot de corps fané, couleur de papier-monnaie tiers-mondiste. Il remonte ledit. Alors j'aperçois une sorte de réticule plat, en flanelle, suspendu à son cou par un lacet. À l'intérieur de la poche d'étoffe se trouve un opuscule bleuâtre, ramolli, qui s'avère être un passeport. À l'intérieur, il y a un billet de mille francs suisses, raide et neuf, lui, bien que plié en deux.

— Je ne me sépare jamais de mon passeport et de ce viatique, déclare-t-il, fort du principe que je peux toujours être amené à partir sans avoir le temps de m'habiller. Donc, question papiers, l'affaire est réglée. Avec cet argent, je pourrai m'acheter des fringues demain au Caire.

Vaincu et ébaubi, j'acquiers un second billet à son nom.

Un trèpe somnolent attend dans la salle d'embarquement. Que de monde ! Tu crois que tout ça va pouvoir s'engouffrer dans un seul zinc et qu'ensuite il pourra décoller ? Prodige ! Chaque fois j'admire la technique qui nous envole à bord d'une lampe à souder et nous permet de sauter mers, océans, continents par bonds fabuleux.

Dans la foule, je retapisse vite la nièce du maharaja de Mormoalkipur. Ce doit être l'Hindou aux cheveux blancs en compagnie duquel elle a quitté l'Élysée l'autre jour.

— À partir de dorénavant, je ne te connais plus, soufflé-je à Pinuche.

J'ai pas envie de passer pour un montreur de phénomène. Chose étrange, les voyageurs ne tiquent pas tellement sur son accoutrement. Sans doute le prend-on pour quelque Oriental en costume national ?

La ravissante porte un tailleur d'été, léger, dans les blanc cassé. Elle tient un *vanity-case* de croco signé Hermès sur ses genoux bien joints. Sa carte d'embarquement est fichée dans une poche du tailleur ; elle voyage en *first* elle aussi. Alors tu connais l'Antoine ? Il te parie un sac d'embrouilles contre un sac de nœuds bien durs qu'il va s'arranger pour voyager au côté de la merveilleuse.

Nonchalant, je m'approche du bureau d'information où deux jolies hôtesses de terre se racontent comme Hervé baise bien et comme Matthieu l'a grosse comme ça. J'interromps leur discussion d'un sourire qui ferait mouiller un os de seiche. Ensuite de quoi, elles ont droit à ma carte professionnelle. Ça les rend graves, comme toujours, ce rectangle barré de tricolore.

— Mes chéries, leur dis-je, vous voyez cette personne hindoue, assise sous la pendule ? Elle voyage en *first*, comme moi. Vous devez vous arranger coûte que coûte pour que nous soyons assis côte à côte ; le sort de la France en dépend.

Mon ton grave les pénètre. En attendant mieux !

La plus blonde me dit de lui confier ma carte et d'attendre.

Je lui remets, en supplément, une œillade dont elle parlera encore sur son lit de mort à ses arrière-petits-enfants.

Qu'ensuite, je me baguenaude dans la salle sinistros

où les futurs voyageurs ressemblent à un paquet d'émigrants attendant le prochain *boat-people*.

Au bout d'un instant, le haut-parleur prie M. Krackziboum de se présenter au bureau information. Un gros adipeux coiffé à l'huile d'olive vierge s'approche de mes deux hôtesses, intrigué. Ça parlemente. Puis il leur remet sa brème d'embarquement en échange de la mienne. Bien joué ! Me reste plus que d'aller cueillir la sienne.

— Vous êtes deux déesses absolues, je leur déclare. À mon retour, je vous inviterai à dîner, un soir. Vous verrez : je l'ai plus grosse que Matthieu et je baise encore mieux qu'Hervé.

Elles se marrent.

Mais dans leurs friponnes prunelles, je vois bien qu'elles ont tendance à me croire. J'inspire confiance.

ÇA SE DÉVELOPPE

Ne te fais pas d'illuse, mon Druze : je suis au côté d'une bombe amorcée. Songe un peu au danger que représente un être comme la superbe Hindoue, doué du pouvoir d'infléchir la pensée d'autrui, de la rendre malléable sans le concours de la biochimie, du seul fait de sa volonté. Tu es sans défense. Si je mets cette donzelle en alerte, il lui suffira de concentrer son esprit sur moi pour me transformer en agnelet bêlant ou en toutou lève-patte. Et qui sait si, de surcroît, elle n'a pas le don de télépathie lui permettant de lire dans ma tronche ces pensées qui la concernent ?

Elle est assise côté hublot ; elle a refusé la bectance et renversé son siège. Les pinceaux sur le coussin de sol triangulaire, elle s'est endormie sans m'accorder la moindre attention. Un parfum délicat, opiacé, se dégage de sa personne. Je louche discrètement sur ses formes admirables. Callipyge, si tu vois ce que je veux dire ? Bien qu'elle soit assise, ça se constate facile, surtout quand, comme moi, tu sais interpréter les détails révélateurs, leur donner le prolongement auquel ils ont droit.

Pourtant, c'est à cause de cette frangine que je me valdingue dans les éthers au lieu de convalescer chez moi, peinardement, à déguster les petits plats revigorants de mon excellente femme de mère.

Cette gerce, je le sens bien, n'est pas une souris comme les autres, que tu chambres au bagout et à l'œillade prometteuse. Pour forcer son intimité, faut employer des moyens peu communs dont je n'ai pas encore reçu le catalogue.

En attendant, elle se repose, soucieuse d'utiliser le temps mort du voyage à des fins utiles.

De mon côté, je ferais bien comme Duval, le fameux dormeur. Mais j'ai la nervouze en émoi.

Les mains ocre de la belle envoûteuse sont posées noblement sur ses jambes effilées. Lui en caresser une pendant son sommeil, et lui susurrer des « pardonnez-moi mon audace, mais je ne puis résister davantage à la tentation, mon cœur et tout le montant de mon livret Écureuil sont à vos pieds de fée » me tenterait assez.

Je l'ai eu fait et ça a eu marché, parfois.

Le Boeing ronronne dans l'espace. Par le hublot je distingue un ciel qui ressemble aux manches de feu le brave maréchal Pétrin. L'hôtesse, roulée main, accomplit son service avec grâce. Elle me propose de la jaffe. Je refuse son plateau gastronomique d'un sourire. Elle appelle alors ma voisine. La nièce du maharaja ouvre ses yeux et décline à son tour.

— Ce n'est pas une heure pour manger, je lui murmure en anglais.

Elle m'accorde un brin d'expression et referme les yeux. J'ai connu des coffres de banque plus aisés à effracter que cette gerce.

Un assoupissement général s'empare des passagers, consécutif à la tortore. C'est à cet instant que trois mecs jaillissent de leurs sièges. Deux foncent coudes au corps vers le poste de pilotage. Le troisième se plante au milieu de la travée, un pistolet-mitrailleur en pogne.

— Les mains sur la tête, tout le monde ! hurle-t-il en anglais, c'est un détournement !

« Allons bon, me dis-je familièrement, voilà autre chose ! »

Docilement, je place mes paluches croisées sur mon chef.

Ça glaglate mochement dans l'appareil. Les endormis se réveillent, les liseurs abandonnent leur bouquin, les amoureux cessent de se bécoter, les courageux se taisent, les muets parlent, les chiasseux se pissent dans les hardes, les petits enfants applaudissent, quelques dames névrosées mouillent, des vieillards cessent d'assumer leur dentier et le recrachent comme un noyau de cerise, les grands se tassent, les petits se fissurent, les croyants prient, les incroyants prient aussi, un Anglais bâille, et moi, commissaire San-Antonio, je me mets à étudier la situation afin de l'orienter selon mes intérêts.

À mon côté, la jeune Hindoue ne s'émeut pas. Elle fixe l'homme au pistolet-mitrailleur.

« Évidemment, songé-je, elle va faire donner ses dons à pleins gaz pour neutraliser les terroristes. »

Mais l'homme armé ne paraît pas incommodé. C'est un Arabe bien mis : costard léger dans les bleu foncé, chemise blanche. Il a chaussé des lunettes teintées à grosse monture.

Campé au bout de l'allée, il tient son avant-bras gauche replié à hauteur de la poitrine. Le canon de son arme est posé sur son poignet. On devine l'homme entraîné, doté d'un calme à toute épreuve.

Ce qui m'inquiète le plus chez lui, c'est qu'il prend un

foot terrible à vivre cette situasse, à la créer. Mauvais : l'homme grisé est dangereux.

Je pressens que ce lascar vilain a un louche appétit de meurtre. Il ne rêve que d'allumer l'un de nous afin de créer l'irréparable. Lorsqu'il aura buté un passager, il aura assuré sa suprématie. Et c'est de cela qu'il a besoin. Alors, gare aux taches !

Ce qui se passe, pendant ce temps, dans le poste de pilotage n'est pas duraille à imaginer. Contrainte du pilote. On lui impose un itinéraire imprévu. Beyrouth ? Tripoli ? Damas ? Avec eux c'est toujours du kif (si je puis dire). Les croisières terroristes varient peu. Jamais encore des détourneurs de zincs n'ont obligé un pilote à se poser à Oslo, à Varsovie ou à Londres.

Voilà soudain qu'un passager de la classe éco, un grand blond en T-shirt noir qu'il y a marqué dessus *I cœur N Y* en blanc et rouge, se met à jouer Bayard. Il s'est emparé d'une bouteille de vin non encore débouchée accompagnant son plateau-repas, et avec une adresse diabolique (il est joueur de base-ball) la propulse sur notre tagoniste. Le flacon a trop de trajet à parcourir pour avoir une chance de surprendre le gars. Pourtant, il est si tellement vachement bien lancé qu'il l'atteint à l'épaule, malgré son esquive pivotante.

En riposte, le terroriste virgule une volée de frelons. Ça fait comme une brève quinte de toux catarrheuse. Trois personnes sont touchées : une vieille dame à cheveux blancs, le grand blond et un gros Levantin grisonnant. Ce dernier a été praliné au-dessus de l'oreille et il lui manque un petit bout de tronche. Le blond s'en est effacé un max dans le T-shirt où le rouge domine de plus en plus. La vieille dame anglaise, je te parie la petite Albion contre la grande, tellement elle reste digne, s'est fait scrafer la main droite dont avec laquelle elle tenait les pages 11 et 12 du *Times*.

Les autres passagers se mettent à geindre, vagir, vageindre, tout ça en chœur. J'en entends même qui prient.

La rafale a dû calmer les nerfs du gars qui s'est payé sa tournée de suprématie absolue.

— Le premier qui bouge, je fais sauter l'avion ! bieurle-t-il en sortant avec sa main libre une grenade de sa fouille.

Une courageuse hôtesse, si jolie que l'archevêque de Canterbury l'échangerait contre son archevêché, s'adresse au terroriste :

— On ne peut pas laisser ces blessés sans soins ! elle lui supplie, il faut faire quelque chose.

L'homme, tu sais quoi ? Il lui file un coup de crosse sur la nuque en guise de réponse et l'exquise s'écroule. Le silence qui succède nous semble survenir du cosmos. On n'entend plus le bruit des réacteurs. On ne perçoit plus le moindre gémissement. C'est un instant en dehors du temps. Nécessaire pour assainir un peu la conjoncture présente. Dans un coup de main de ce genre, il existe une période confuse, celle au cours de laquelle attaquants et attaqués lient connaissance. Bourreau et victimes vivent une tranche d'existence commune qui les rapproche bon gré mal gré.

Au bout d'un lapsus de temps assez important (comme le dit Béru), l'homme au pistolet-mitrailleur demande, d'un ton féroce :

— Y a-t-il un médecin dans l'avion ?

Tu verrais la promptitude du mec ! Pas dire deux fois. Je lève la main.

— Moi !

Le zigomuche me fait signe de me lever. Je m'exécute (ce qui est mieux que de me laisser exécuter par lui).

— Occupez-vous des blessés. Et tenez-vous tranquille !

Sans un mot, je m'approche des trois personnes qu'il vient de pistolo-mitrailler.

Le blond a perdu connaissance et râle avec tant d'insistance qu'on le dissuaderait d'essayer de vivre encore. Le gros type au crâne ébréché touche sa plaie pâteuse, gluante, dégoulinante, se regarde les doigts, les reporte à sa tempe, recommence, apeuré comme s'il s'attendait à ce que sa cervelle lui choie dans la main. Je me tourne vers le terroriste.

— Qu'on me donne la trousse de secours, vite !

Il a une brève hésitation, puis ordonne à l'une des hôtesses de déférer à mon exigence. Ma pomme, à toute vibure, dresse un plan d'action. L'homme des cas désespérés, tu le sais. Dans un premier temps, continuer de chiquer au toubib puis agir dès qu'il sera moins sur le qui-vive.

On me donne une boîte métallique frappée de la Croix-Rouge. Alcool à nonante degrés. Ça ne peut pas faire de mal au blessé. Un tampon bien imbibé. Je le plaque sur la plaie. L'autre croit que sa trombine prend feu et hurle à gorge d'employé. Je maintiens le tampon à l'aide de sparadrap. À la vieille Britiche à présent. Sa main anglaise est en bouillie. Elle a été déchiquetée par le projectile et les doigts – à l'exception du pouce – pendent, seulement accrochés par des lambeaux de viandasse. J'arrache le couvercle d'une boîte de compresses, place sa pauvre dextre à plat, dessus.

— Serrez fortement les dents, madame ! l'exhorté-je.

J'arrose le tout d'alcool. Mémère reste impavide

comme si elle continuait de ligoter son baveux devant un feu de tourbe.

Ensuite, j'entortille de gaze main et couvercle; puis je confectionne un support pour lui permettre de conserver sa main au-dessus de son ventre, à l'horizontale. La pharmacie contient quelques seringues toutes prêtes de sérum antitétanique.

— Vous allez me piquer ? elle demande, effrayée.

— Il le faut, madame.

— Quelle horreur ! Devant tout le monde !

— Allons vers l'avant, derrière le rideau.

Je la laisse passer. Elle marche en direction du terroriste, pâle et vaillante, anglaise, quoi ! Je la suis, tenant la seringue pointe en l'air, décapuchonnée.

— Stop ! hurle le type au pistolet.

On s'immobilise.

— Que faites-vous ? il s'inquiète.

— Madame refuse que je lui fasse une piqûre devant tout le monde, expliqué-je en m'approchant. Elle est britannique et vous connaissez le puritanisme de ces gens ?

— Vous la lui faites ici, ou pas ! tranche le terroriste.

La vieille secoue la tête.

— Non, non ! Un peu de délicatesse, je vous en prie. On peut être terroriste et demeurer gentleman !

L'autre lui coule un regard sauvage.

— Alors, pas de piqûre, espèce de vieille carne occidentale !

Pendant qu'il s'adresse à mémère, je suis parvenu à gagner quelques centimètres encore dans sa direction.

— Voyons, madame, laissez-vous faire, les passagers détourneront la tête, plaidé-je.

Mais elle s'obstine :

— N'insistez pas !

J'ai un geste d'impuissance, ma seringue toujours en main.

— Ça suffit, dit l'assaillant, laissez tomber.

— Ma foi, je ne peux pas aller contre sa volonté, déclaré-je avec un haussement d'épaules.

Et vzoum ! Je me fends ! À la fin de l'envoi je touche. Je ne connais que certains cobras de Saône-et-Loire capables d'une telle promptitude. Personne n'a eu le temps de voir ce que je faisais. Même pas le terroriste. Il a pris l'aiguille de la seringue dans l'œil gauche et pousse un cri sauvage. Il n'a même pas le réflexe de me flinguer. D'un bond, je suis sur lui, le bloquant d'une formidable manchette à la glotte. Il choit.

Je ramasse son feu et fonce vers le poste de pilotage. La porte en est entrouverte. J'avise les deux copains du borgne, de dos. Ils gueulent en suraigu des instructions au pilote. Ce dernier dénègue tant que ça peut, affirmant qu'il lui est impossible de poser son long-courrier sur cet aéroport (je n'ai pas entendu duquel il s'agit).

Perplexe, je me demande comment poursuivre ma petite opération de commando. Ils sont deux. S'il y a le moindre grabuge, le cockpit risque d'éclater et alors l'avion dépressurisé deviendra incontrôlable.

Pour éviter des désagréments, je règle l'arme sur le coup par coup. Pas moyen de prendre des gants, il faut agir à une vitesse supersonique. Je glisse la pointe de mon soulier dans l'entrebâillement et j'entreprends d'ouvrir très lentement la porte. Allez, à toi ! C'est du tout de suite ou alors le grand valdingue pour tous. Le salut de plusieurs centaines de pégreleux dépend de ta promptitude et de ta détermination, Tonio. Je les vise aux rognons. Les balles resteront dans leurs brioches, au pire elles se perdront dans les dossiers des pilotes. De la méthode. Pas de quartier !

Tchouf ! (virgule) Tchouf !

Les deux gonziers bondissent sous le double impact. Je suis prêt. Y a tellement peu de place dans l'habitacle et ils sont si vilainement touchés qu'ils n'ont pas le loisir d'organiser leur riposte. Avant même d'avoir vu leur antagoniste ils sont abattus d'un seul coup de crosse ravageur à travers la gueule. Le même pour les deux. Le premier a une dizaine de ratiches déclavetées par l'impact. Le second, un peu plus petit que son pote, déguste la fin de course sur le temporal.

Ils se rebiffent encore cependant. Alors, mézigue, pensant aux chers passagers, ne pensant qu'à eux, je le jure, j'écrase le pif du plus belliqueux. Sonné. Le second essaie de me pointer avec son feu. Il a droit à une praline dans le cœur. La dernière du magasin ! Un lot, une affaire !

À présent, la situation est éclaircie. Le *captain* Godiveau, un peu emperlé de sueur, me regarde.

— Beau travail. Vous êtes du métier ?

— Plus ou moins, mais oubliez de me le demander en public, je vous prie.

Clin d'œil.

Il me tend la main.

— Sans vous, on n'était pas encore sortis de la merde ! déclare-t-il.

Le radio tube tous azimuts que les détourneurs viennent d'être neutralisés et réclame des instructions. On lui répond de retourner se poser à Paris.

— Où ces messieurs voulaient-ils se rendre ? demandé-je.

— Gibraltar.

De saisissement, j'ai mon testicule droit qui m'échappe du kangourou.

— À Gibraltar ?

— Textuel !

— Mais dans quel but ? C'était une opération sans perspectives pour eux.

— Il faut croire que si !

Aidé des stewards, j'entrave les deux forcenés encore vivants pour pallier toute mauvaise surprise.

Quand je réapparais, c'est un slave d'applaudissements, comme dit Béru. Tout le monde veut me congratuler. Les mains se tendent vers moi. Y a une dame qui me touche la queue en douce, un prince arabe par contumace me file dans la poche une chevalière ornée d'un caillou de quinze carats.

Je parviens à endiguer le flot de reconnaissance et à retrouver ma place auprès de la belle Hindoue.

Elle a un léger hochement de tête.

— C'était très bien, me dit-elle. Sans doute nous avez-vous sauvé la vie, à tous ?

Et moi… Non, je te jure, y a des moments je me demande pourquoi je cède à de telles impulsions.

Moi, de lui demander :

— Votre pouvoir est resté sans effet sur cet homme, n'est-ce pas ?

Tu crois qu'elle est stupéfiée, qu'elle s'écrie quoi et qu'est-ce ? Mon cul !

— Il n'agit qu'après une longue préparation, me dit-elle.

C'est tout. Elle regarde sa montre et soupire :

— Je me demande quand j'arriverai au Caire !

Du coup, c'est messire ma pomme qui est baba.

Décontenancerté, je vais secouer Pinaud qui dort comme mille bienheureux.

— On est arrivés ? il demande.

Le chéri ! En pleine roupille il ne s'est même pas aperçu de ce qui s'est passé à bord.

— Pas encore.

— Alors, pourquoi me réveilles-tu ?

C'est vrai : pourquoi ?

*
* *

J'ai beau me sonder la vessie, j'arrive pas à piger la raison qui m'a poussé à faire allusion au don de la belle Hindoue ; je n'assimile pas davantage son manque de surprise comme je lui ai balancé la vanne. À croire que tout cela était cousu de fil blanc, qu'elle « savait » ce que je faisais auprès d'elle et que mon subconscient avait pigé qu'elle était au courant. Peut-être qu'on s'entre-télépathait, les deux ? Il est des zones mal explorées de notre existence, Dieu merci. Des pages non écrites, laissées à notre discrétion, sur lesquelles nous tentons maladroitement de tracer des bribes de notre destin. Mais ouitche, il s'agit de bâtons maladroits, tremblés, qui n'expriment que notre ignorance profonde.

— Savez-vous qui je suis ? lui demandé-je, mi-figue sèche, mi-raisin de Corinthe.

Elle opine.

Sa peau est plus douce que celle d'une pêche ou que la peau d'un soir d'été. Son regard brille comme des pierres noires. Cette fille est un mystère vivant. Cependant, bien qu'elle soit belle et faite à la perfection, elle ne m'inspire aucun désir. Tu admires probablement la Joconde, ô lecteur de mon père, ô mon lecteur que j'aime ! Mais tu n'as pas pour autant envie de la baiser ; ou alors dis-le-moi et je t'indiquerai l'adresse d'un copain à moi psychiatre qui est un peu moins con que les autres.

— Et qui suis-je ? insisté-je, non sans une niaiserie sous-jacente d'écolier qui se tient les bourses et demande à un copain de deviner combien il a de couilles dans sa main.

Elle dit :

— Vous êtes l'homme embusqué au premier étage de l'Élysée pendant la réception et qui m'a dérangée.

— Touché ! dis-je, en bretteur magnanime.

Un silence.

— Vous prétendez que je vous ai dérangée, enchaîné-je, effectivement vous êtes partie précipitamment.

— Parce que les transes interrompues me provoquent des douleurs très pénibles.

— Navré de vous les avoir infligées. Je me félicite tout de même que mon intervention ait pu suspendre le « traitement » que vous infligiez au Président de ma République.

— Et pourquoi le souhaitez-vous ? rebiffe-t-elle avec une vivacité tout à fait féminine.

— Parce que je tiens au parfait équilibre du personnage qui assume le fonctionnement du pays.

— Eh bien ! on ne le dirait pas ! maussade-t-elle.

Je me mets en état d'alerte générale, avec tous mes clignotants au rouge et mes sonneries d'alarme en tohubohance.

— Prétendriez-vous, mademoiselle… Mademoiselle comment, au fait ?

— Iria Jélaraipur.

— Prétendriez-vous, mademoiselle Jélaraipur, que

vos agissements vis-à-vis du Président soient bénéfiques pour lui ?

— Bien entendu !

— J'aimerais que vous développiez votre argument.

— Vous n'êtes donc pas au courant des troubles dont souffre cet homme ?

— Si, et alors ?

— Lorsque son entourage les a constatés, on a fait appel à la médecine légale ; mais cela n'a rien donné sinon des avis contraires et des analyses inutiles. En désespoir de cause, et sur le conseil d'une éminente personnalité de l'État ayant séjourné en Inde, on m'a priée d'intervenir.

Alors là, *baby*, je choucroute du bulbe comme tu ne sauras jamais, ô toi qu'en secret j'adore. Mes ondes gougnafiennes partent dans toutes les directions en un chassé (le naturel, il revient au) croisé infernal.

Attends, Lanture, bouge pas… Cette très belle se prétend thérapeute et non jeteuse de maléfices. Elle assure guérir le Président alors que je croyais qu'elle le faisait sombrer !

Je réfléchis. Supposons que son « entourage » soit intervenu à son insu et tente un traitement parapsycho-hypnotique, en grand secret. Mais lui, le pauvre cher Majestueux, aux prises avec sa détresse, luttant vaillamment, et seul, contre la ténèbre qui le gagne, ne sachant à quelle branche d'olivier se raccrocher, pense juste le contraire de…

Attends…

Ça vient ! Ça surgit ! Ça rugit ! Je pige…

On perturbe le Président (drogue du flacon).

Cette perturbation alarme ses proches qui essaient de la soigner et finissent par mander Iria Jélaraipur.

Et ma pomme, l'Auguste de service en qui le pauvre cher noble Président place sa confiance, je découvre les deux sources coup sur coup : celle du mal et celle de la guérison, les fourre dans le même sac et fais le paon comme un connard !

Mais le flic qui vivote en moi jette ses soubresauts.

— Votre traitement s'accompagne de pertes de mémoire, n'est-ce pas ? Car l'autre après-midi, dans le parc de l'Élysée, le Président était dans ce qu'à l'Académie française nous nommons « les vapes ».

— Naturellement, tout est basé sur le vide qui précède une injection d'idées neuves.

Putain ! Mais c'est bien sûr !

— Pourquoi ne traitez-vous pas le Président carrément, au lieu de placer votre fluide, si fluide il y a, à la dérobée ?

— Mais parce que la condition majeure de ma réussite est qu'il ignore tout de mon intervention, sinon son subconscient se met en état de défense et se bloque, m'empêchant de pénétrer son esprit.

— De quoi souffre-t-il, au juste ?

— D'élasticité mentale. Les symptômes sont très divers. Ils vont de l'oubli total de choses importantes, jusqu'à l'autotransgression de la volonté. Il peut donner des instructions en formelle contradiction avec sa ligne de conduite, ne pas tenir ses engagements préprésidentiels, par exemple faire une politique capitaliste, ordonner des interventions militaires saugrenues, renverser des alliances, faire couler des bateaux, suivre le Tour de France, renoncer à des options politiques qui lui étaient capitales auparavant, se désintéresser du chômage, se…

— Seigneur ! N'en jetez plus !

Le commandant de bord nous demande d'attacher

nos ceintures, vu que nous allons bientôt nous poser à Charles-Colombey-les-Dos-Iglésias.

Il ajoute qu'après une série de formalités policières et techniques dues au détournement dont nous fûmes les victimes, notre vol sera ajourné jusqu'à demain, mais que les voyageurs seront logés par l'aimable Compagnie Air France dans un hôtel de qualité, où ils trouveront la bouffe, l'eau chaude et froide, des cartes postales et des téléphones en état de fonctionnement. En outre, assure cet homme émérite, les slips souillés par la peur due aux événements, seront remis en état par un service de pressing spécialisé.

Tout le monde applaudit, sans rechigner, conscient de ce qu'il est préférable d'arriver en retard au Caire qu'en avance au paradis.

ÇA CONTINUE

Ayant eu l'occasion de rencontrer Auguste Bajazet, le conseiller intime, personnel et privé du Président dans une exposition consacrée à l'horlogerie à travers les siècles (du sablier à la montre Panthère de chez Cartier), je me permis de lui passer un coup de tube en m'éveillant à l'hôtel *Hilton* où les services d'Air France nous avaient gracieusement couchés.

Auguste Bajazet est un garçon dont la vocation profonde est d'être major partout où il passe. J'ai rarement vu une tête pensante penser autant que la sienne. On a envie de lui conseiller le port d'une minerve, tant on la devine lourde et capable de briser, dans une brusque embardée, la tige qui la porte.

Derrière ses lunettes d'hyperpensant, il produit un visage lointain, et qui serait préoccupé si les pensées de cet homme ne l'amenaient à n'attacher qu'une importance relative aux faits et méfaits de l'existence. Il sait tout, mais sobrement et ce n'est que dans quelques ouvrages, d'une lecture moins aisée que celle du présent livre, qu'il ouvre un fenestron sur son esprit prodigieux.

Que le Président se soit attaché cet homme d'exception et joue avec lui les François Premier en s'assurant l'exclusivité de son intelligence révèle bien la sagesse éperdue de notre monarque.

J'avais peu et mal dormi à la suite d'une énorme bandaison consécutive à la fatigue et à la longue veille. J'accueille toujours ce phénomène avec bonheur et gratitude, et jamais je ne me sens aussi proche de mon Créateur que lorsqu'un braque de vingt-deux centimètres (heure française) me transforme en hallebardier.

J'y vois une grâce du ciel, un signe indéniable de sa miséricorde et une approbation confuse de l'usage que j'en fais.

Mais en cette fin de nuit, ma fabuleuse chopine ne me servait de rien puisque j'étais seul à l'admirer et qu'aucune donzelle ne se trouvait à point nommé pour la justifier. Comme cette vaillante érection n'abdiquait point, je finis par la passer sous un jet d'eau froide, ce qui, au lieu de courber sa tête de fier Sicambre, parut fouetter encore son moral d'acier. Je dus subir plusieurs heures d'hébétude, à contempler le monstre, mi-admiratif, mi-navré, comme un homme gavé de cantharide jusqu'aux sourcils.

L'idée me vint d'aller frapper avec l'objet à la porte d'Iria Jélaraipur et de le lui montrer. Quelle femme, devant un tel triomphe, n'aurait eu à cœur de s'y associer ?

Je m'abstins de risquer la démarche, convaincu que, si la belle Hindoue m'avait ouvert, ma gloire se serait évanouie. Timidité, rejet de nature ? Le seul fait que j'entretinsse un pareil doute me convainquait de ma déroute, car je suis hélas un cérébral du style : « Je pense, donc je fuis ».

Pour tenter de faire diversion (quel dommage, mes

chéries !), je me mis à étudier le problème présidentiel. Il me fallait vérifier qu'Iria avait dit vrai et qu'elle avait bel et bien été mandée par les familiers du roi. Je passai donc en revue ceux qu'il m'était possible d'approcher et qui pouvaient être susceptibles d'éclairer ma lanterne.

Je pensai à l'épouse, naturellement, mais je ne la connaissais pas et il me paraissait que son physique décourageait la pêche aux confidences. Son côté guide féminin de haute montagne vous incitait à laisser trois mètres de corde entre elle et vous. Ensuite, l'idée me vint de m'adresser au beau-frère qui comptait parmi mes amis et les individus pour lesquels j'éprouve une profonde estime, seulement je le savais occupé à faire l'acteur au fin fond de l'Afrique. Me restait encore le président de l'Assemblée nationale, lequel m'honorait de sa sympathie et qui, soit dit confidentiellement, est beaucoup plus drôle dans le privé que son aspect austère ne le laisse espérer. Ce qui me retint, ce fut le fait qu'il était un ami, non un familier vivant la vie du Souverain, et qu'en lui posant des questions, je risquais de lui révéler un secret d'État qu'il ignorait, au lieu d'en obtenir les renseignements. En désespoir de cause, j'optai pour Bajazet. Intelligent par profession, je le redis, il saurait interpréter ma perplexité et, probablement, la guérir.

L'avion pour Le Caire partait à dix heures. Il était neuf heures lorsque j'obtins l'aide-penseur présidentiel, dont la cervelle fraîche sentait encore l'eau de toilette pour intellectuel de gauche.

Je crois lui avoir fort bien résumé la situation, en phrases courtes (les meilleures), m'appuyant sur des mots précis. Le génie élyséen comprit immédiatement mon embarras.

— J'ai vaguement entendu dire qu'une personne, fort crédule à mon avis et proche de M. le Président, avait obtenu qu'on fît appel à la demoiselle en question. Je suis peu porté sur le charlatanisme et n'ai pas voulu en savoir davantage. Vous-même, commissaire, qu'en pensez-vous ?

En un éclair, je revécus la scène du détournement au cours de laquelle Iria avait vainement tenté d'infléchir la volonté du pirate.

— Rien de très positif, répondis-je. Mais tout comme vous, j'ai foi davantage en la médecine qu'en l'occultisme. Ce qu'il m'importait de savoir, c'était que la donzelle m'eût dit la vérité.

Par politesse, je lui demandai encore s'il avait un chef-d'œuvre en chantier ; il m'apprit qu'il s'était attelé à un traité sur le principe des vases communicants qui l'avait toujours agacé quelque part et auquel il trouvait une faille. J'applaudis à cette entreprise et raccrochai en décidant que je n'irais pas au Caire. Qu'à quoi bon, je te le demande ?

Peu après, le téléphone de ma chambre sonna et un concierge dévoué m'avertit que le bus pour l'aéroport attendait les voyageurs. Je fis part à ce zélé de mon annulation ; après quoi, n'ayant rien de mieux à fiche, je me rendormis.

Et ce fut la fin de ce que l'on pourrait considérer la première époque de cette histoire, si elle avait la démarche d'un feuilleton, mais, sachant de sources sûres, par des indiscrétions de couloir, qu'il va être primé par l'Académie et le comice agricole de Saint-Locdu-le-Vieux, je me garderai bien de l'affubler d'une telle appellation.

*
* *

Quid de Pinaud ?

Fallait-il que je fusse fatigué pour ne m'en être point soucié, hier soir.

Il est vrai que j'avais été congratulé jusqu'à ma chambre par les passagers en délire, après avoir établi un long rapport fastidieux sur les circonstances du détournement et la promptitude de mon intervention.

De la Vieillasse je n'avais eu aucune préoccupation.

Ce fut seulement lors de mon second éveil (donc de mon réveil) que je pensai à César.

Ma montre, inexorable, indiquait douze heures pile, à moins qu'il n'y manquât une aiguille. Je décrochis le tubophone pour demander des œufs au jambon, un triple café et M. César Pinaud.

On me réponda que j'aurais les œufs et le café dans le quart d'heure, mais que M. Pinaud avait pris l'avion pour Le Caire.

Le préposé ne comprit pas l'éclat de rire qui fit trembler mon sommier malmené par des baiseurs hâtifs.

Tout était bien qui finissait mal. Il semblait que le pauvre Président fût atteint d'un mal consécutif sans doute à l'âge et au surmenage, contre lequel personne ne pouvait rien. Tout homme illustre cesse un jour, car tel est le socialisme divin qui nous nivelle en fin de vie, grands et petits et nous engloutit pêle-mêle dans la fosse commune afin que nous restituions à la terre ce que les nécessités de notre durée lui ont dérobé. Le Fameux entrait en délabrance et devait s'y résoudre. Un autre allait bientôt prendre sa place, il n'y aurait que l'embarras du choix.

Il n'empêche que je me sentais en proie aux amertumes.

Malgré ma brillante conduite dans l'avion, je ressentais une sensation d'échec. J'étais triste de ne pouvoir aider le Président. Il avait espéré en moi et je décevais cet espoir. Seul côté amusant : la vision de Pinaud toujours en pyjama qui allait débarquer au Caire d'ici une vingtaine de minutes. Par ma faute ! J'aurais dû le prévenir que j'annulais le voyage désormais sans objet. La Vieillasse se taperait les Pyramides pour des nèfles. Je l'imaginais, à dos de chameau, au pied de Chéops, son chapeau enfoncé si bas qu'il lui rabattait les oreilles, la braguette de sa culotte de pyjama béant sur des hideurs inavouables. Sa bobonne, sans nouvelles de lui, devait se cailler la laitance, changer de maladie au pied levé, oublier ses rognons défectueux pour se rabattre sur son système circulatoire en perdition. Je lui prévoyais un pontage à brève déchéance, Mémère. Opération à ciel ouvert ! Une implantation cardiaque, qui savait ?

Mes œufs avaient fini de cuire dans les couloirs et croustillaient. Le café me rasséréna.

Je m'offris une longue douche voluptueuse. J'aurais donné beaucoup, et peut-être même davantage encore, pour trouver une gonzesse comestible dans mon lit en quittant la salle de bains. Hélas il était désert. Par contre, mon bigophone carillonnait.

Je décrochis.

La standardiste m'annonça qu'on m'appelait du Caire.

« Tiens, songé-je, le Débris est déjà arrivé. »

En effet, sa voix chevrotante me mit de la tendresse dans les cages à miel.

— Ah ! bon, tu es encore au *Hilton* ! Je le sentais. Tu t'es oublié ?

Je lui mentis en répondant affirmativement. À quoi bon lui avouer que c'était lui que j'avais oublié.

Le Gentil toussota.

— Je suis très contrarié, Antoine…

Il y avait de quoi.

J'attendais une vague de doléances hautement justifiées, mais l'Ineffable me dit, tout à trac :

— La jeune femme hindoue n'était pas dans l'avion, en arrivant au Caire.

Là, il commençait à m'intéresser foutralement, César.

— Raconte.

— Nous avons pris le bus ensemble, de l'hôtel à l'aéroport. J'étais inquiet de ton absence, puis j'ai pensé que tu avais dû partir devant. On nous a conduits jusqu'à la salle d'embarquement ; la petite était toujours là. Moi, tourmenté comme personne, je te cherchais désespérément. Je n'avais pas un sou de monnaie sur moi pour appeler l'hôtel et il m'était impossible de changer mon billet de mille francs suisses dans la salle d'embarquement. On nous a appelés très vite. J'ai hésité, mais en fin de compte j'ai pris l'avion pour continuer de suivre la personne en question. J'ai été le dernier à prendre place. À peine suis-je entré dans le compartiment des *first* que j'ai vu deux fauteuils vides. La fille n'était pas montée. On a décollé aussitôt. Dès qu'il a été permis de détacher les ceintures, j'ai parcouru l'avion de bout en bout, espérant la voir, hélas elle ne se trouvait pas dans l'appareil. En arrivant ici, je me suis placé près de la sortie pour vérifier de nouveau : rien ! Elle est restée à Paris, mon cher, il faut se rendre à l'évidence.

— Tu ne l'as pas vue quitter la salle d'embarquement ?

— Non. Je te guettais désespérément, jusqu'au dernier moment, comprends-tu ?

— Et tu es certain qu'elle s'y trouvait ?

— Certain. Elle se tenait assise près de la porte de sortie, sa carte à la main.

— Intéressant.

Ça y est, me voilà reparti d'un pied neuf. Mon sentiment d'échec s'éloigne. Je piaffe du cervelet…

— Que dois-je faire, Antoine ?

— Rentrer chez toi.

— Tu es bon, il n'y a pas d'avion avant demain.

— Visite les Pyramides et fais du chameau, je t'en conjure !

« Mme Pinaud n'a jamais eu la vérole ? »

— Non, pourquoi ?

— Si tu te fais une pute de là-bas, elle a une chance que tu la lui ramènes, ça compléterait sa collection.

Je raccroche, pas le ruiner en téléphone, le pauvre biquet. C'est beaucoup d'artiche, mille francs suisses, mais de nos jours, les consciences exceptées, tout est tellement hors de prix.

*
* *

Et le plus marrant, tu sais quoi ?

En déboulant dans l'ex-salle d'embarquement du vol pour Le Caire, qu'aspers-je ? Mes deux gentilles hôtesses de la veille, tu te souviens ? Les friponnes qui ont réussi à m'avoir la place auprès d'Iria Jélaraipur.

Elles en sortent dans leur coquet uniforme, leurs sacoches de cuir sous le bras, rieuses, jolies, pleines d'excitation.

— Tiens ! disent-elles-en me renouchant : notre héros !

C'est Virginie qui exclame ça. Dorine, sa copine (la blonde), lève le pouce.

— Chapeau. On vous trouvait déjà beau gosse, mais on ne se doutait pas que vous étiez Superman !

Je ricane :

— Dans les cas difficiles on peut compter sur moi, mes chéries. Vous étiez là, ce *morning* quand le nouveau départ pour Le Caire a eu lieu ?

— Oui, on espérait vous revoir.

— Vous avez aperçu la belle Hindoue à côté de qui vous avez bien voulu me recaser ?

— Bien sûr.

— Elle n'aurait pas raté le vol, des fois ?

— En effet.

— On va boire un pot pour que vous puissiez me narrer l'historiette à tête reposée ?

Dorine louche sur sa Swatch.

— Alors en vitesse parce que je suis attendue.

— Matthieu ?

— Non, Hervé.

— Pardonnez la confusion. Ce mec a trop de chance, il ne me déplaît pas de le faire languir un peu.

J'ajoute avec un clin d'œil :

— Ça n'en sera que meilleur.

Nous gagnons le bar et ça marche pour trois gin-fizz. Visiblement, j'émoustille ces perruches. Mes questions pourtant innocentes leur font l'effet de joyeuses gauloiseries. Je leur demande si elles font toujours équipe, et paraît que non, c'est plutôt rare. De même je m'étonne qu'elles eussent été de service hier, tard dans la soirée, et qu'elles le fussent encore ce matin ; elles m'expliquent que c'est le jour du changement. Leur noye a été brève, mais Hervé, ce con, qui est chef steward, se trouvait à Bagdad pour ses Mille et Une Nuits ; quant à Matthieu, il est radio et tripotait les hertziennes dans les parages du Japon.

— Bon, alors, mon Hindoue ?

D'après mes nanas, Iria Jélaraipur aurait téléphoné depuis la salle d'embarquement, juste avant l'appel des passagers. Elle ne serait sortie de la cabine insonorisée qu'après le départ de tous les passagers. Elle s'est alors présentée aux hôtesses pour leur signaler qu'à la suite de sa communication téléphonique, un événement d'ordre privé lui interdisait de partir et qu'elle annulait son voyage.

— Et ses bagages ?

— Elle n'en avait pas.

Bibi-la-Crème, en l'occurrence messire Moi-même, fils unique, aîné et préféré de Félicie, se dit tout de go qu'il y a du mou dans la corde à nœuds. Hier soir, après notre aventure, on a restitué leurs valdingues aux passagers (excepté à Pinuche et à moi qui n'en avions point). Iria possédait deux Samsonite noires. Je le sais, tu permets : c'est ma pomme qui les ai coltinées jusqu'au bus.

— Dites, mes poules bleues, supposons que la fille en question ait enregistré ses bagages, puis qu'elle ait ensuite détaché les tickets correspondants de son billet, elle pourrait prétendre n'en pas avoir, et si les siens contenaient une bombinette mignonne qui explose en vol…

Virginie (la moins blonde) m'interrompt :

— Ce serait trop simple. Vous oubliez l'ordinateur. Le nombre des bagages est enregistré en même temps que leurs propriétaires. Nous avons contrôlé avant de lui laisser quitter la salle d'embarquement.

Je me dis que si Iria n'a pas enregistré ses valoches ce matin, c'est qu'elle comptait ne pas prendre le vol du Caire. Alors pourquoi ce simulacre ? Parce qu'elle se savait observée ?

À suivre…

Je suis distrait de ce mystère par mon locataire du dessous qui se remet à exiger que je l'emmène au cirque. La présence des deux jolies sauterelles, probable. Le fait aussi qu'il est sevré depuis lulure avec ma foutue angine et tout ce bigntz présidentiel.

Je louche sur les académies des ravissantes. Pile ma pointure ! Deux gerces commak à pied d'œuvre et y a des records qui tombent pis que des feuilles d'automne ou d'impôts.

— Vous semblez tout chose, remarque Dorine.

— JE SUIS tout chose, confirmé-je, si vous acceptiez de me confier votre main un instant, je vous en fournirais une preuve tangible.

Elle rougit.

— Vous alors…

— Ben oui, moi !

— Ce serait pas de la vantardise ? ricane Virginie.

Elle, je le devine, elle est assez partante pour accepter de procéder à la vérification que je leur propose. Suffit d'un léger encouragement, prendre ça sur le mode badin.

— Qui a peur du gros méchant loup ? je demande avec le sourire. C'est un lot, c'est une affaire, vous savez.

Alors elle avance la main sous la table et va aux renseignements.

— Seigneur ! C'est pas possible ! balbutie-t-elle en lâchant sa prise comme si elle redoutait qu'elle fût piégée.

Je prends l'air accablé.

— Vous n'allez pas me dire que vous allez larguer seul dans Paris un type nanti d'un machin pareil ! Non-assistance à personne en danger, ça peut vous coûter chérot, les mômes !

Virginie ne rit plus. Elle trémousse du fion sur son siège et a du mal avec sa glotte.

— Écoutez, mes chéries, je leur déclare, dans un cas comme celui-ci, hésiter constitue un crime. On va prendre ma guinde et foncer se mettre le sensoriel à jour dans un petit studio peinard que je connais.

— Moi, impossible, j'ai rendez-vous avec Hervé, assure Dorine d'une voix blanche de déception.

— Moule-nous avec ton steward, ma poule, je te ferai un mot pour lui ! exclamé-je.

— Non, vraiment, je…

Je baisse la voix :

— On commencera par « la chevauchée cosaque », mes chéries. C'est une figure qui n'est pas mentionnée dans le *Kâma-Sûtra*, mais qui me vaut toujours un franc succès. Ensuite, je vous propose « la pyramide mongole », une indiscutable réussite que j'ai ramenée de Oulan-Bator. On passera alors à ma dernière trouvaille baptisée « la fusée Ariane à Naxos » et si à cet instant vous n'appelez pas vos chères mamans à coups de contre-ut c'est que votre système glandulaire est bon pour la casse !

— J'en suis ! décide brusquement Virginie en se levant. C'est pas tous les jours qu'on a l'occasion de s'offrir un héros avec une trique pareille !

Je saisis aussitôt chacune des très chéries par la taille et les entraîne. Mais qu'est-ce que je vois-t-il brusquement, Fernand ? En passant devant le couloir vitré des salles d'embarquement ? T'as deviné ? T'es sûr ? Dis-y moi à l'oreille, pour voir ? Iria Jélaraipur ? Bravo, t'as gagné.

C'est elle, c'est bien elle que j'aperçois à travers plusieurs parois de verre. Elle, altière, sublime…

Je fais un saut en arrière.

— Que vous arrive-t-il ? s'inquiètent mes potesses.

— L'Hindoue, là-bas, vous la voyez ?

Elles en conviennent.

— Elle va prendre le vol pour Tanger, m'assurent les greluses qui connaissent leur réoport sur le bout des doigts.

— Il part dans combien de temps ?

— Une dizaine de minutes.

— Navré, les mômes, mais je dois remettre la partouzette Trianon à un peu plus tard. Mission d'État ! Vous, Virginie, courez prévenir que je devrai embarquer après tous les autres passagers et voyager dans la queue de l'avion… Vous, Dorine, retenez-moi dare-dare une place en éco pour Tanger.

Tu mordrais leurs frimousses avaneuses ! Elles me pardonnent mal leurs mignons slips mouillés pour la gloire, ces biches ! Elles apprécient pas qu'on leur fasse palper le zobinche du siècle, qu'on leur conditionne la chaglaglatte à outrance pour, au moment de l'équipée sauvage, leur dire « *Bye-bye*, à la revoyure ». Ah ! la vie est dure quand t'es hôtesse de l'air avec un fessier à faire danser un ours blanc.

D'autant qu'après tout, je vais y faire quoi t'est-ce, à Tanger, dis, l'artiste ?

*
* *

Ce qui nous facilite les choses, en avion, nous autres poulets de choc, c'est qu'un zinc comporte deux issues très distinctes. Pour les ceuss d'entre toi qui ignoreraient tout des aéronefs, je précise qu'il en existe une à l'avant et l'autre à l'arrière.

Iria Jélaraipur voyageant en *first*, débarque par l'avant ; ma pomme, par la queue (naturellement). À ce propos, j'ouvre une parenthèse dans la carlingue pour te signaler, ma commère, que je continue de m'en trimbaler une qui ne tiendrait pas dans une musette. Je crois que c'est une réaction post-angineuse. Dans un premier temps, les antibiotiques m'ont foutu sur les genoux, mais mon organisme reprenant le dessus, le voilà qui se met à coqueriquer. C'est réconfortant, mais gênant, la bandoche, lorsque t'es à la verticale. Elle t'oblige à marcher au pas de l'oie, kif les bons nazis de jadis, et les gens te prennent pour un mutilé possédant une jambe articulée qui articule mal.

Par veine, y a pas de bus convoyeur et l'avion s'est arrêté non loin de la sortie.

Je me fais tout petit derrière une grosse dame un peu belge si j'en juge à son accent, ne quittant pas son ombre parasolaire d'une broque. Mon Hindoue est en tête du peloton. Elle franchit la douane la première et mézigue, pauvre crêpe, songeant soudain qu'elle est sans bagages, se dit qu'il va la paumer puisqu'elle va quitter aussi sec la raie au porc. Je me mets à jouer des hanches et de la bitoune pour m'effrayer un passage, comme dirait Béru, mais ça rouscaille dans le Landerneau. Gringrins, ils sont, partout, toujours. Intolérants. Ils veulent bien laisser violer les adolescentes dans les stations de métro, mais que tu leur passes devant dans une file (j'ai pas dit une queue afin de ne pas aggraver mon cas) et c'est le méchant tollé ! Le lynchage assuré en cas de persistance. Ils te tombent dessus, bras raccourcis, les gueux. Comme quoi, pas de ça Lisette, chacun-son-tour-j'attends-bien-moi ! Je pourrais leur montrer ma carte policière, mais ça risquerait d'attirer l'attention des flics marocains et, crois-moi, dans aucun pays du monde les draupers n'admettent que des collègues étrangers la ramènent.

Alors je resquille de mon mieux, m'efforçant, à coups de cul et de paroles mansuétiques, de tracer ma piste dans ce monceau de merde en gestation.

Qu'enfin, ouf !

Je mate de droite, de gauche et même devant. Plus d'Hindoue.

Je me catapulte en catastrophe jusqu'à la file de taxis en attente, prépare un talbin de cinq dollars qui traîne dans ma vague et le montre au chauffeur de tête. C'est un chenu, blanchi, voûté, avec un blair de viticulteur bourguignon, bien qu'il ne picole que du thé à la menthe ou du café ultra-fort.

— Dites-moi, ami, n'auriez-vous-t-il pas vu une ravissante Hindoue dans un tailleur beige ?

Il regarde le bifton que je lui tends.

— C'est pour moi ? demande-t-il.

— J'anticipe sur ma reconnaissance et vous l'offre afin de vous remercier de m'avoir renseigné, conviens-je.

— C'est des dollars, note le vieil homme.

— Pur fruit.

— Il y en a cinq ?

— Bien groupés.

Il repousse le billet.

— Je n'accepte que les pourboires mérités, m'assure ce sage. Quant à votre jeune Hindoue, fort belle ma foi, et tatouée d'un gros point au milieu du front, elle est montée dans le véhicule d'un de mes confrères pour, m'a-t-il semblé entendre, se faire conduire au port.

— Monsieur, déclaré-je, vous êtes un saint homme, et si vous apparteniez à ma religion, je prierais notre pape de bien vouloir instruire votre procès en canonisation. Accepterez-vous de me piloter à mon tour jusqu'au port ?

— Je le ferai d'autant plus volontiers que c'est mon métier, m'assure le sage vieillard. Montez, et que nos dieux respectifs nous gardent.

Sur l'instant, je ne comprends pas le sens profond de ses paroles, les juge plutôt sibyllines. Mais une fois qu'il a démarré, leur évidence se jette sur moi. Ce vieux bonhomme pilote comme à un Grand Prix de formule 1 sa Pigeot déglinguée : il double à droite, il double à gauche, monte à l'occasion sur les trottoirs, coupe les carrefours en diagonale, se désintéresse des feux rouges et lâche son volant pour adresser des bras d'honneur aux piétons qu'il vient de rater.

— Vous n'avez jamais eu d'accident ? lui demandé-je à l'arrivée.

— Non, m'assure-t-il, je prie en conduisant.

— Allah est grand qui vous accorde de pouvoir faire deux choses à la fois.

Et je le gratifie du pourboire qu'il a refusé naguère. Cette fois, il l'accepte, conscient de l'avoir mérité. À cet instant, il se défenestre pour faire des gestes de sémaphore détraqué à un tomobiliste arrivant en sens contraire.

Il s'agit d'un autre taxi. Mon doux et téméraire vieillard lui jacte des choses auxquelles l'interpellé répond par d'autres aussi gutturales et précipitées.

Qu'après quoi, mon bienveillant driveur m'annonce :

— C'est lui qui a conduit l'Hindoue. Elle est allée prendre l'hydroglisseur pour Gibraltar.

Ça fait « Chplaofff ! » dans ma tronche.

En plus violent !

Gibraltar !

Les pirates de l'air voulaient détourner l'avion d'hier pour le faire se poser au pied du fameux rocher qui se dresse devant moi dans une brume dorée.

— L'hydroglisseur est parti ?

— Dans une heure seulement.

— Il y a un autre moyen de rallier Gibraltar très vite ?

— Vous pouvez affréter une vedette rapide, mais cela coûte cher, répond le vénérable taximan.

— Je vais néanmoins le faire, décidé-je ; conduisez-moi à l'embarcadère.

— Que votre Dieu prenne encore soin de vous, soupire le cher homme, car ces pilotes sont d'une témérité qui me fait frissonner.

ÇA PREND DE L'AMPLEUR !

À mon avis (que je partage entièrement), deux choses essentielles singularisent Gibraltar.

La première c'est qu'il possède le seul aéroport dont la piste est coupée d'un passage à niveau ; la seconde c'est qu'on y sert des tortillas dans des pubs britanniques. Sinon la ville est une longue rue commerçante, débordant de produits détaxés, ceux-là même que l'on trouve dans tous les *duty free* du monde : radios, photos, alcools. Chaque boutique vend exactement les mêmes denrées que celle d'à côté, aux mêmes prix, aux mêmes touristes avides d'économiser sur le superflu de leur existence de crabes marchant à reculons. Les agités du focal ! En transe devant de nouveaux objectifs, de nouveaux filtres et autres techniqueries qui leur donnent l'impression de s'affirmer. Moi qui suis un homme libre (du moins autant que faire se puisse), je ne m'embarrasse pas de ces agressions endémiques que représentent les bandoulièries[1] kodakeuses ou nikonesques. Ces forçats de la pelloche me font pitié, quelque part, d'être sans cesse aux aguets pour flasher.

1. De bandoulière.

Ne regardant qu'en fonction d'un objectif et jamais pour le compte de leur émotivité personnelle.

Emmagasineurs d'images ! J'ai déjà tant dit, tant craché d'eux que j'ose à peine reprendre l'antienne. Et pourtant, dès que je fous le pif dans un haut lieu, je leur marche dedans, effroyables merdes à dragonnes. M'interfère sans le vouloir. M'interpose entre leur trou de balle noir crénelé et la carte postale en puissance. Je te parie la Lune, mon fils, qu'en lisière et arrière-plan de chiées de photos japonaises, hollandaises, teutonnes, parisiennes, tu trouveras la frime de Sana. Moi, bloqué par les simagrées d'un konkodak en posture. Mais pas assez défiant par rapport aux grands angulaires ! Moi, l'objection de conscience universelle, stoppé par un jean-foutre à petit bonnet ou à casquette longue visière qui concentre tout son individu sur un trou de voyeur, plus fasciné par une table de restaurant où galimafrent sa hideuse rombière et ses chiares abrutis que par Armstrong posant le pied (lequel, au fait ?) sur la Lune.

Quand je ne serai plus, je continuerai de faire de la sous-présence furtive dans les albums de famille ; pris en flagrant délit de haïssure fugitive. Le nombre de nœuds volants des cinq continents qui m'auront volé sans le savoir, kidnappé bel et bien avec leur Rolleimoncul, leur Bitaflex, leur Kodakon ! Qu'ils sachent que je leur porte plainte pour violation de gueule ! Outrage à homme libre ! Enlèvement suivi de séquestration ! J'exige qu'ils me retirent de leur vie cancrelate ! Qu'ils me gouachent le portrait, même si je ne suis qu'en lointain entre les palmiers, sinon je leur pisse dans la boîte à diapos, je leur défèque plein l'album pour les apprendre. Merde, moi je ne faisais que passer sur cette planète ! Juste pour dire de fabriquer quelques gosses, quelques polars, quelques conneries. Je comptais pas séjourner, je voulais pas laisser ma frite chez Pierre, Paul, Jacques ; ni chez Yukio, Azusa, Kanetoshi. J'arrive du néant, moi, et j'y retourne. Je refuse de laisser des scories.

Cette première inspection rapidement faite, après m'être acheté un chapeau de toile à la con, de grosses lunettes à la con et un T-shirt à la con sur lequel est écrit « Ne me touchez pas, je suis équipé en 220 volts ». Après avoir également fait emplette d'un crayon à cils pour me dessiner une moustache et d'un paquet de chouingomme pour gonfler mes lèvres, je vais attendre l'arrivée de l'hydroglisseur. Me tiens embusqué derrière une guitoune morose, peinte en gris, d'où je ne perds pas une miette du débarquement. La file des touristes s'étire entre les barrières conduisant au contrôle de police et des douanes. Les fonctionnaires britisches sont aussi raides et compassés qu'en Angleterre. Ils mènent la douane dure aux Nord-Africains, because la drogue. Ce qui les chicane surtout, c'est les femmes enceintes. Depuis qu'on a découvert que certaines d'entre elles se livraient au trafic de la came. Avant, les bonnes femmes passeuses s'en caraient là où j'ose pas dire, mais les gapians ont éventé la combine et se sont équipés d'un appareil pour les radioscoper. Comme les rayons X perturbent les grossesses, les dames en situation dite intéressante y coupaient. Les trafiquants s'étant aperçus de la chose ont voulu employer les futures mères comme véhicules. Mais les Rosbifs, dis, tu les connais ? Ils ont engagé des toubibs pour la bonne vieille exploration des familles.

La belle Iria, dans son tailleur pêche de chez Dior,

avec son sac Hermès en croco beige[1], ils lui foutent une paix royale, bien qu'elle soit *coloured woman*.

Juste ouvrir son sac, pour dire. Le petit coup de périscope discret.

Elle sort du bureau, et aussitôt un homme l'aborde. Un Anglais, j'en jurerais. Assez corpulent, chauve, des moustaches bien taillées, le teint pourpre, l'œil clair. Il porte un costume blanc, une chemise bleue et une cravate mal nouée dans des tons gorge-de-pigeon, c'est-à-dire indéfinissables.

Il tient son bada à la main, un chapeau de paille noir agrémenté d'un ruban écossais ; s'incline devant Iria. Elle lui présente sa dextre qu'il presse avec componction. Une bagnole découverte, basse, genre Minimock, s'approche, pilotée par un jeune gars trapu en bras de chemise.

Iria l'escalade, pas le gars, la voiture, car le véhicule n'a pas de porte. L'est contrainte de relever haut sa jupe pour pouvoir enjamber le montant. J'ai le temps d'une vision blanche. Donc : slip blanc ! Sur sa peau d'ambre, ça doit en jeter ! Mon tricotin soubresaute malgré mon peu d'inclination pour cette déesse.

Marron, l'Antoine ! J'ai pas de tuture sous la main.

Juste le temps de mémoriser le numéro de la tire. Je cavale derrière. Va-t-elle quitter le territoire ?

Non : elle prend *centre town* ! Dieu soit loué.

Dans un patelin tellement exigu, il n'est pas duraille de retapisser une voiture aussi particularisée.

En chasse, Tonio ! Taïaut ! Taïaut !

1. Les crocodiles beiges sont les plus recherchés, de même que les lie-de-vin ; mais y en a de moins en moins.

Georges Louis Leclerc, comte de Buffon.

*
* *

Une ruelle blanche « éclaboussée de soleil » comme l'a écrit la lauréate du Prix Comumpier[1] dans son très remarquable ouvrage intitulé *Le Bois Sansoif*, grimpe à l'assaut d'une importante construction de style vaguement colonial. La tache jaune de la Minimock ressemble au cœur d'une marguerite (Duras) se détachant au milieu de ses pétaux. Des soldats de parade vont et viennent dans les abords immédiats.

M'a pas fallu long pour la retrouver, cette putain de Mini.

À l'angle de la *street* et d'une placette plantée d'orangers, se trouve un pub d'où s'échappent des relents de frigousse. Atmosphère très britannique bien que l'établissement fût tenu par un grand frisé à moustache noire, entièrement passé au brou de noix.

Je commande une bière. Un vieil unijambiste, en équilibre entre une paire de vétustes béquilles, malmène un appareil lumineux et bruyant. Sans céziguepâte qui se croit à Macao, la paix du pub serait virgilienne.

Je désigne la grande bâtisse au taulier.

— C'est quoi, cette grande boutique, là-bas ?

Il jette un rapide coup d'œil.

— La résidence du gouverneur, clapote-t-il en un anglais monosyllabique.

Dis, elle se met bien, la môme Iria, décidément. Ne fréquente que les endroits classe. Je la devine chébran tous azimuts.

1. La plus haute récompense littéraire puisqu'elle est décernée au Mont-Cenis.

L'uniguibolliste a paumé sa fraîche et béquille jusqu'à une table du fond. Il commande un grand coup de raide, histoire de se refaire un moral et s'abîme dans le souvenir de sa jambe perdue, la façon qu'elle avait un beau mollet et portait bien la chaussure. Il avait jamais vu une jambe droite pareille, et puis il a fallu cet éclat d'obus, ou bien cette balle, voire cet accident à la con, j'sais pas mais c'est pareil, pour qu'il se trouve veuf d'elle, à faire la cloche entre deux perchoirs à perroquet. Un mec qui avait fait second au cent yards, jadis ! T'avoueras, la vie, quel pot à merde !

Il en rouscaille encore, quarante balais et mèche plus tard, mister Martin. Des yeux troubles aperçoivent des choses enfuies qui jamais plus ne reviendront. Des gros lambeaux de passé flottant au vent de la mémoire comme une chemise fixée à une rame transformée en mât sert de pavillon à des naufragés (du moins sur les dessins moristiques).

Un léger glissement se fait entendre derrière moi.

Je me retourne et vois arriver une gonzesse comestible de partout. Une brune, genre Andalouse aux seins brunis, avec de longs cheveux à la Esmeralda qui finissent à l'endroit où moi j'aimerais commencer, s'avance en ondulant. Elle est vêtue d'un bout de robe noire, très simple, fendue sur le côté. Moi, ce genre de mise sauvageonne, je résiste pas. Un choc sous la table m'avertit que m'sieur Popol, dont les nerfs sont à vif, partage entièrement ce point de vue. Il est à bout de résistance, le pauvret. Si je lui calme pas les ardeurs fissa il va se taper le trou dans le mur devant moi, par lequel passait un tuyau à bière pression, jadis avant la pose d'une pompe sophistiquée.

La fille est ardente comme l'Espagne. C'est un ballet flamenco à elle toute seule. Une corrida ! Une féria !

Elle demande au patron si Johnson est venu. Le Jamaïquain (je viens de décider que le patron est Jamaïquain) répond qu'il est venu, qu'il a attendu et qu'il est reparti en déclarant qu'elle était une foutue garce.

La môme se marre et commande un punch Caballero avec beaucoup de glace.

Je n'attends pas davantage pour risquer de trouver un centre d'hébergement à mon follingue du rez-de-chaussée.

— Pardonnez-moi, *señorita*, mais cette nuit j'ai rêvé que je remplaçais au pied levé un type du nom de Johnson, ça ne vous paraît pas stupéfiant ?

La môme fronce les sourcils. La vraie sauvageonne, je te dis ! Les baratineurs de bistrots, elle en a rien à cirer.

Elle me balance un truc en patois andalou dont je ne pige que l'intonation, laquelle me paraît moins que pas gentille.

Elle tourne ostensiblement la tête dans la direction opposée (à la mienne).

Je m'avouerais peut-être vaincu, mais l'ami Nestor, lui, pas de ça, Lisette ! Il en veut dur comme fer.

J'ôte mes foutues lunettes noires et efface ma moustache dessinée, au moyen d'une serviette en papier puisée à un présentoir de table.

— *Señorita !* l'hélé-je.

Elle me regarde et s'étonne visiblement de mon changement.

— C'était pas une vraie moustache, dis-je.

Je crache dans ma main les deux bandes caoutchouteuses insérées entre lèvres et gencives.

— Et je n'ai pas non plus la bouche en cul de singe. D'aucunes assurent même que je suis plutôt joli garçon. Une femme, si tu veux qu'elle s'intéresse à toi, y a pas quarante-quatre moyens, y en a deux : fais-la rire et intrigue-la. Point !

— Trouvez-vous un notable changement entre « avant » et « après », *señorita* ?

Conchita hoche la tête, sourit vaguement.

— C'est de l'enfantillage, suppose-t-elle.

— Je suis très enfantilleur. C'est bon, le truc que vous buvez ?

— C'est *sweet*.

— J'adore les douceurs. Vous me permettez de vous en offrir un second et de trinquer avec vous ?

*
* *

Elle habite une chambre à peine plus grande qu'une boîte à chaussures, sous un toit brûlant comme une chatte en chasse. Un vasistas dérouille en prise directe les rayons du mahomet. Elle a bien essayé de fixer un rideau pendouilleur dessous, mais il ne contient pas plus la chaleur qu'un panier ne retient l'eau.

Elle s'appelle Dolorès, comme quoi je ne suis pas passé loin en te disant Conchita.

La carburation se fait bien, nous deux. Ça vient de ce qu'une fois assis à son côté je lui ai pris la main avec autorité, au beau mitan d'une phrase anodine et la lui ai placée sur mister Hyperbrac, fidèle à mon système éprouvé qui me vaut une mornifle dans dix pour cent des cas et une partie de cuissettes dans les nonante autres.

Comme ma douce petite hôtesse de l'air, tout à

l'heure, elle n'en a pas cru ses doigts. L'a douté de son sens tactile, elle aussi. M'a pris pour un guerrier en civil qui placarderait sa mitraillette dans son Éminence.

— Vous avez déjà mis un homme dans un état pareil, *señorita* ? lui ai-je glissé dans le conduit auditif.

Pour lors, le Johnson, elle a plus su qu'il avait existé, Dolorès. Un Anglo-Saxon, comment veux-tu !

Ma brune conquête est vendeuse dans une boutique où l'on brade des singes peints sur des cendriers et des baromètres. *Souvenir de Gibraltar !* Écrit dans toutes les langues zuzuelles. *Made in Taïwan.* Les singes du rocher, là-haut, où te grimpe un funiculaire funicula tralalallala pour aller kodaker leurs culs potironnesques. Et puis elle vend aussi des montres-robots, et des vouaquemanes si commodes pour écouter Duran-Duran pendant la grand-messe ; et encore des jeux lectroniques : la pieuvre, les crocodiles, la bataille aérienne japonaise (encore un kamikaze, v'là l' vitrier qui passe). Des saloperies rutilantes, DÉTAXÉES ! La magie ! *Duty free, tutti frutti !* Chers autres, parmi moi à ce point étrangers ! Que sont-ils, cons ou gamins ? Ou les deux, crois-tu ? Oui, hein ? Les deux ? T'as raison, faut les aimer, les chérir, les pardonner, racler leurs turpitudes avec un tesson de poterie.

Dans la chambrette : un lit, un placard mural, une chaise, un lavabo.

Pas trop tôt ! Ah la majesté d'un plumard quand tu as la monstre trique ! Le plus indigne grabat prend alors les lignes d'une Ferrari, d'une Maserati, d'une Porsche ! Une paillasse se transforme en couche pleine d'odeurs légères…

Et pourtant, le jasmin et le patchouli dominent sec chez ma belle.

À peine la porte close, je la prends dans mes bras. C'est l'insigne instant où ma frénésie sensorielle va triompher. Diogène cherchait un homme ? Regarde comme Dolorès l'a bien trouvé !

Un vrai, authentique, complet ! Pas farinacé le moindre. Beau à damner ! Fort à hurler ! Membré à déchiqueter !

Elle est lascive, Dolorès. Quand c'est parti, c'est parti, avec cette greluse. En deux couilles les gros t'as franchi le point de non-retour.

Elle m'étreint farouchement.

Je la porte.

Elle me transporte.

On s'abat (comme la reine de) sur sa couche sensible dont les ressorts poussent des cris de liesse en nous accueillant.

Par quoi je l'entreprends ? Tu veux le savoir, bazu ? Par « la horde sauvage ». Je l'investis de partout en même temps ! Dix doigts, une langue, une trique : douze raisons d'aimer Contrex !

À nous deux, on devient un même broyeur Moulinex. C'est le fougueux enchevêtrement cosaque. Y a que les hurlements du sommier et nos souffles rauques.

Sinon tout est sueur et harmonie, plénitude par intense complémentarité. On aperçoit les rivages du bonheur, pas loin, dans la brume dorée.

Et soudain, notre paix est troublée par des cris, des applaudissements, des coups de sifflets, des pétarades motardes.

Vzoum ! On déchante, déjante !

Importuné par le vacarme, je prends mes distances.

— Qu’est-ce que c’est ? je demande.

Dolorès grimpe sur le plume, écarte le rideau mal tendu sous le vasistas et se débuste par l’ouverture.

— Oh ! oui, j’avais oublié, dit-elle, en espagnol puisqu’elle parle couramment cette langue.

Elle s’attarde. Moi, revenant à mes moutons, je profite de sa posture pour lui remonter les colonnes d’Hercule et lui tutoyer le minouche. Ça l’incite à refaire la planche sur le lit.

En prenant cette merveilleuse position horizontale qui est notre ultime, elle murmure :

— C’est le prince Charles et Lady Di qui rendent visite au Rocher. Ils sont reçus chez le gouverneur…

Puis elle attend la suite de mes entreprises, confiante dans mon esprit inventif.

Mais un instant se passe et, rien ne venant, elle rouvre ses grands yeux noirs.

Que découvre-t-elle alors, la belle incandescente ? Un homme pensif, agenouillé entre ses merveilleuses jambes fuselées, le glafouneur en chute libre.

— Ben qu’est-ce qui t’arrive ? s’inquiète la chérie, alarmée, ô combien !

Je saute du lit, rengaine Coquette dans ses appartements privés et me donne un coup de peigne.

— Je te demande infiniment pardon : une course de la plus haute importance. Surtout, ne referme pas tes jambes, je reviendrai un peu plus tard.

Et je m’élance (d’arrosage) dans l’étroit escalier.

ÇA GRIMPE ENCORE

Pas un rigolard, le secrétaire du gouverneur. Mécontent d'être importuné en pleine réception. Un grand blond tirant sur le roux, au visage blafard et tavelé. Lèvres minces, regard inquisiteur.

Y a fallu que je fasse des panards et des paluches pour être reçu. Duraille de passer les portes de cette crèche. Ma carte, mon insistance, mes accents pathétiques et mon charme discret ont fini par triompher.

Larry Golade me reçoit pratiquement entre deux portes, dans une pièce intermédiaire, conçue comme un sas entre une théorie de salons.

J'y raconte que je suis commissaire spécial, attaché à la Présidence de la République française et que je m'intéresse aux agissements d'une jeune et belle dame hindoue nommée Iria Jélaraipur. Cette personne figure-t-elle parmi les invités du gouverneur ?

Larry Golade tire sur les deux pointes de son spencer (Tracy).

— J'y ai effectivement aperçu une dame hindoue, confirme-t-il.

— Monsieur le secrétaire, il est indispensable que je puisse jeter un regard sur cette fille afin d'étudier son comportement. Il faudrait que je puisse l'observer sans être vu d'elle. Ce ne serait l'affaire que de quelques minutes.

Comme il paraît peu coopératif, j'ajoute :

— Si vous avez des réticences à mon propos, je vous prie d'appeler l'Élysée et de parler de moi au Président ou, à la rigueur, à son conseiller, M. Auguste Bajazet.

Larry Golade hoche le chef.

Pardon ? Qu'est-ce tu dis ? J'ai déjà eu un Larry Golade dans l'une de mes précédentes z'œuvres ? Je te demande pardon. Et Larry Post ? Tu te rappelles plus ? Ou bien, tiens, Larry Tournell ? Non, hein ? Bon : on garde Larry Tournell. Donc, Larry Tournell branle le chef, déterminé.

— Suivez-moi !

Il m'entraîne dans un long couloir. À l'extrémité dudit l'en est un autre, moins large. Un brouhaha de salon s'enfle à mesure que nous avançons.

Larry Tournell ouvre une petite porte et pénètre dans la salle où se tient la fiesta.

Cette vaste pièce ouvre sur une terrasse. Le buffet est dressé dans la pièce, mais les invités se tiennent de préférence à l'extérieur. De part et d'autre du buffet, de grands paravents de bambou masquent les denrées prêtes à renouveler celles qui seront consommées par les invités. Mon mentor (qui n'est jamais cru, même quand il dit la vérité) me fait signe de venir m'embusquer derrière l'un de ces paravents. Entre les panneaux, il subsiste un intervalle d'au moins cinq centimètres par lequel on obtient une vue complète sur l'assistance.

— Mettez-vous ici et n'en bougez plus ! m'enjoint-il.

— Mille mercis, monsieur le premier secrétaire.

L'homme au spencer s'arrête brusquement.

— Ne prenez pas ma requête en mauvaise part, monsieur le commissaire, me dit-il ; mais je voudrais m'assurer que vous n'avez pas d'arme sur vous.

Avec un sourire de pardon, je lève mes bras pour l'inviter à me fouiller. Il le fait rapidement, efficacement, et de haut en bas. Heureusement que j'ai dégodé, sinon il allait croire des choses.

Son inspection achevée, il m'adresse une mimique de reconnaissance et va se mêler à la foule.

Moi, très vite, je retapisse la môme Iria. Déjà en plein turf. Et je te vas expliquer bien succinctement l'en quoi cela consiste. Elle a, selon son habitude, choisi un poste d'observation adéquat (les meilleurs) près d'un pilier et fixe Lady Di, laquelle est en converse avec un amiral de la flotte britannouille.

L'amiral est un bel homme au poil gris, au teint patiné par le grand air de la dunette, ou par celui du scotch (terrier). Physique de médaille ! Sa converse doit avoir de l'agrément car la future reine rit de ses trente et une dents (il lui en manque une, au fond et à gauche, consécutive à une noisette résistante).

Iria est braquée, tel un rayon laser, sur la belle princesse que moi, franchement, d'accord, elle est sympa, charmante, pas mal roulée, mais y a vraiment pas de quoi se mettre la queue en trompette.

De son côté, le prince Charles, en grande tenue écossaise (il a choisi celle-ci because la chaleur, ça lui permet d'aérer ses balloches préroyales) raconte les dernières de Buckingham au gouverneur et à sa dondon à peau porcine. *Of course*, les courtisans forment des groupes autour des deux hôtes fameux et écoutent, en retenant des filets de bave admirative, l'échine en crosse d'évêque.

Ma môme Iria, crois-moi, elle en colle un pacsif à sa cliente. J'ignore de quelle pensée elle charge son fluide, toujours est-il qu'elle y va plein cadre.

J'évite de la fixer moi-même, pas la perturber et détourner ensuite son attention sur ma pomme comme ç'a été le cas (d'astre) à l'Élysée-m'as-tu-vu. Je suis curieux de voir dans quelle direction elle oriente sa démarche psychique.

J'observe de préférence la chère Lady Di, si opportune pour les magazines de France et Navarre. Je l'imagine, dans vingt ou trente piges, en plein règne et ménopause, quand elle sera devenue dodue, avec des chapeaux forestiers, plus tartes que ceux d'aujourd'hui, pleins d'oiseaux et de fleurs foisonnantes. Je la vois, sourire figé, entourée des siens et de la considération de tous, coincée dans les fastes du palais, ou bien passant la garde en revue sur le cheval blanc d'Henri IV dont on se rappelle jamais la couleur ! Roulant carrosse, au grand dam de ses hémorroïdes. Je la vois en bonnet à poils et tunique rouge. Au diable la varice ! Toutes les princesses de rêve finissent avec la bouille de Mme Pipi.

Lady Di, tiens, que se passe-t-il ? Elle a cessé de rire. Son expression est devenue tendue, perdue…

Jeanne d'Arc écoutant ses voix un jour que la communication passait mal. Elle vagabonde par l'esprit. Reusement, l'amiral Lord Anyboat continue la jactance en roue libre. Derrière mon paravent, je peux pas entendre ce qu'il cause, mais il le fait avec une nonchalance aristocratique. Un demi-sourire de déférence aux lèvres. Il a de la bouteille (à la mer), mais son charme demeure intact.

Je pressens qu'il va se passer quelque chose. Il y a un

je ne sais quoi de médiumnique dans l'attitude soudainement figée de la princesse.

Ça se produit brusquement, presque innocemment. Je vois la tendre Lady avancer sa main vers la braguette de l'amiral. Lui ne se rend compte de rien et continue d'emmener son escadre de mots sur les flots calmes du bon ton.

La menotte princessière n'est plus qu'à dix centimètres du futal blanc de son terlocuteur.

Elle paraît hésiter telle la colombe (elle est gantée de blanc) cherchant le rameau sur lequel elle se posera.

L'amiral explique dans le sérieux, il doit raconter Gibraltar, selon moi, ces enviandés d'Espingouins, qui la ramènent, réclament leur caillou, comme quoi, merde, ils se sont farci les Arbis pendant des siècles, c'est pas pour tolérer les Rosbifs jusqu'à plus soif, sans blague ! Eux aussi, ils en sont du Marché commun. La Méditerranée ils sont cap' de la garder aussi bien que les scouts à la belle-doche de Di, non mais des fois !

Et puis il reste la bouche ouverte, l'amiral, au risque de couler par cette voie d'eau qui le laisse sans voix ! Mme Windsor jeune vient de lui empoigner le bec verseur. Qu'alors là, au grand et au petit jamais on a vu pareille chose chez ces illustres.

Commako, en plein salon ! La main au décolleté de M. l'amiral. Le coup du saute-au-paf ! Je te tiens, tu me tiens par la barbichette !

Le vieux gonzier, tu le verrais, à bout d'époustouflance, reculer misérablement, manière d'échapper à l'étreinte. Que toute sa glorieuse carrière est remise en question ; et, qui pisé, ses concepts, sa notion profonde de la souveraineté de l'empire britannoche. Lui, la famille royale, c'était le top, jusqu'à cet instant. L'inébranlable ! Et voilà qu'elle le branle !

Merde ! Impossible !

Iria continue de fixer Lady Di. Et celle-ci fait en avançant le pas que l'amiral a fait en reculant.

J'adresse un signe au loufiat le plus proche : un rondouillard couleur bacon.

— Allez immédiatement chercher mister Larry Golade, je vous prie !

— Je croyais que vous l'aviez rebaptisé Larry Tournell ou Larry Bambell ? s'étonne l'esclave.

— En effet ; veuillez pardonner cette distraction d'auteur surmené.

Le serveur part à la recherche de Larry Boulding et me le ramène le temps de compter posément jusqu'à trois.

— *What ?* demande le secrétaire.

Il aurait mis deux « t », la lumière aurait jailli !

— Regardez attentivement les mains de la princesse.

Je m'écarte pour lui laisser le créneau. Mais je continue de mater par-dessus son épaule. La chère Lady renouvelle son geste calamiteux. Plus fougueuse cette fois. Elle empoigne toute la panoplie à l'amiral. Le pauvre homme, il serait japonais, tu pourrais déjà nettoyer son sabre à l'alcool à 90° pour l'harakiri inévitable.

Larry Baude a un sursaut. Il se détourne, très pâle.

— C'est épouvantable ! balbutie-t-il.

Il regarde mourir l'Angleterre, cézigue. Sa chère vieille Albioche ! Et il voudrait anéantir tout ce qui nous entoure : la maison, les invités, le rocher Suchard avec ses singes…

— C'est la faute de l'Hindoue, lui dis-je. Emmenez-la immédiatement car cette fille suggestionne votre princesse, mon vieux. Il s'agit d'un envoûtement. Mesurez l'ampleur du scandale s'il est connu du monde entier.

Tu penses qu'il mesure ! Pas besoin de chaîne d'arpenteur !

N'écoutant que mon conseil, il fonce. Je le vois aborder Iria. Celle-ci a un tressaillement suivi d'un froncement de sourcils irrité ; puis son expression devient urbaine. Le secrétaire lui fait signe de l'accompagner. Elle obéit. Ils sortent de la pièce.

Presque aussitôt, la princesse lâche sa proie.

Ouf ! Deux ou trois personnes pétrifiées commençaient à réagir et s'apprêtaient à alerter les autres convives pour les prendre à témoin de l'incroyable scène.

L'amiral récupère sa bitoune et se taille pour aller cacher sa honte sous les palétuviers roses du jardin.

Il se dit que ça va chier pour ses galons, à l'amirauté. On va lui apprendre ce qu'il en coûte de se laisser taper un rassis par la princesse, au beau milieu d'une réception ! Et en terre presque étrangère encore ! Ils lui feront porter le chapeau, au Lord amiral ! Comme quoi c'est lui qui aura eu les privautés, tu penses ! Va falloir la blanchir Omo, la Lady. Défarguer le scandale sur pépère à cent pour cent ! L'Histoire, ça s'adapte. Question d'interprétation. De l'eau coulera sous le pont de la Tour de Londres avant que Decaux rétablisse la vérité du Bon Dieu sur nos écrans !

Y aura des vagues dans la Royale Navy, espère ! Des creux de quinze mètres qui vont l'engloutir corps et biens.

Pendant que ça chuchote à la ronde, qu'on observe la comportance de Lady Di, savoir si elle va pas encore grimper au chibre, la pauvrette, son bonhomme, grand glandeur devant l'Éternel, continue d'écouter les giries de Pierre, Paul, Jacques, plutôt de Peter, John, William, les mains dans le dos, comme y a appris son papa, m'sieur Consort (et qu'on oublie de rentrer). Il a le sourire Sigrand, perpétuel. Que même pour dormir on le lui fixe au collodion et à l'albuplast. Princier, si tu vois ce fameux sourire. Léger, entendu. Pas vanneur ni supérieur, juste clément. C'est pas le tout, y va être roi, sa pomme. Faut pas qu'il manque une prémolaire à ses guêtres. C'est dans la mâchoire, la majesté, chez les Windsor. Pour ça qu'ils ont tous un petit je ne sais quoi de chevalin dans le tiroir du bas. Il ignore les dévergondages occultes de sa petite mousmé, le Glandu. Ils auront beau dire, à la cour, que si elle y tâtait le neutron à l'amiral Anyboat, c'était pour s'assurer qu'il lavait bien ses lainages avec Woolite, ça lui filera le masque, à Charlot-les-grandes-étiquettes, de ligoter ça dans les gazettes.

Débarrassé d'Iria, je dégage du paravent et vais renoucher la célèbre victime de l'Hindoue. Comme mon Président, l'autre aprèm', dans les jardins de l'Élysée, elle est pâle et hagarde après cette dure séance. Pauvre chère âme ! Une secousse pareille, t'envisages la perturbance de son métabolisme ? Son prochain baby risque de naître biscornu comme si elle buvait de la Talidomide à la place de son *tea* !

Tu l'imagines, coltinant cette opprobre jusqu'à la fin de ses jours au côté de son Charles III ? Non, non ! Le Seigneur est grand qui accorde l'oubli aux infortunés, victimes de coups fourrés abominables.

Elle se remet de l'expérience comme d'un étourdissement. Disons qu'elle a eu un étourdissement ; juste un passage à vide ; pas de quoi péter une pendule, merde !

Ça t'est jamais arrivé, tézigue, de tâter la bistounette d'un monsieur à l'improviste, commako, en camarade, juste pour lui témoigner ta sympathie ? Ose prétendre le contraire, voyouse, en regardant comme mon fond de l'œil est frais !

Rassuré sur son sort, je les quitte, elle et son hareng saur, pour aller dire trois-quatre mots à miss Jélaraipur.

*
* *

Dans l'antichambre, je me bute à un Maure de Venise du dix-huitième siècle qui brandit une torche éteinte. La statue pousse une brève exclamation car c'était un mec de l'Intelligence Service travesti qui surveillait les lieux.

Drôle de surveillance.

Je le lui dis sans jambages :

— Une épée comme toi, je lui fais, ils en voudraient même pas chez Securitas pour assurer un remplacement.

Et de me mettre à la recherche de Larry Cochet.

M'étant enquis de sa pomme, un valet m'apprend qu'il est sorti en compagnie de plusieurs personnes.

Il n'a pas dû aller loin car je vois resurgir le secrétaire du gouverneur, rouge comme un buisson ardent (ou d'écrevisses) du fait que, malgré la chaleur, il a, pour sortir, enfilé un imperméable par-dessus son spencer de cérémonie.

— Comment va Sa Grâce ? il me demande, surexcité, ce qui est plutôt rare pour un Anglais.

— Elle récupère, dis-je.

— Vous pensez que... qu'elle se remettra de cette agression psychique ?

— Sans nul doute, nous l'en avons arrachée à temps.

— Cette fille est donc une diablesse ! s'exclame Larry Sképerryl en posant son survêtement.

— Elle défie notre esprit cartésien, en effet. Qu'en avez-vous fait ?

— Je l'ai expulsée.

— Vous n'avez pas eu beaucoup de chemin à parcourir, gouaillé-je. Sous quel prétexte ?

— Aucun. Personnalité indésirable sur le Rocher, ça suffit. On ne peut guère l'incriminer à propos d'un pouvoir qui n'est pas prouvable, d'ailleurs nous ne devons surtout pas créer de remous autour de cette malheureuse affaire.

Il me tend la main.

— Merci pour votre intervention, commissaire, la Couronne vous doit beaucoup et vous exprimera postérieurement sa reconnaissance.

Je presse sans enthousiasme sa demi-livre de phalanges et phalangettes particulièrement cartilagineuses sous leur enveloppe glacée.

— Il serait intéressant de savoir qui a introduit cette fille ici, ne trouvez-vous pas ? demandé-je à Larry Baude.

— Nous allons mener une petite enquête.

— Je puis d'ores et déjà vous fournir de sérieux éléments.

Et je lui décris les deux hommes de la Minimock venus attendre Iria Jélaraipur au débarcadère.

— Je vois parfaitement de qui il s'agit, m'assure le secrétaire : Thimothy Ox, un correspondant de presse permanent à Gibraltar, il travaille pour une agence internationale dont le siège est à London. Nous allons avoir une conversation sérieuse avec lui. D'autant plus rapidement qu'il est invité à la réception.

Que puis-je faire d'autre, n'étant pas chez moi ?

Prendre congé ?

Oui, hein ?

Je le prends.

*
* *

Des éclats de voix m'arrivent sur la coloquinte tandis que je gravis l'escadrin. Au fur et à mesure que je grimpe, je démêle des invectives anglaises auxquelles répondent des imprécations espagnoles.

Parvenu sur l'ultime palier – celui de Dolorès – j'identifie parfaitement la voix d'icelle. La latinité, dans ce genre de sport, finit toujours par l'emporter sur l'anglo-saxonnerie, aussi son verbe se fait-il plus pressant et plus présent que celui de son antagonoche.

Elle clame à ce dernier qu'elle n'est pas à sa disposition, qu'il n'a aucun droit sur elle et que lorsqu'on fait l'amour façon lapin garé en double file, avec un zibounet de macaque, on la ramène moins fort, et qu'elle aimerait bien le voir déguerpir d'urgence.

L'autre assure qu'il n'en fera rien. Donne-t-il du blé à cette damoiselle pour l'aider à assumer son apparte, *yes or no* ? Ça lui confère des droits sur ledit, *no or yes*, merde !

Pensant que là pourrait peut-être s'effectuer mon entrée de théâtre, je tourne la chevillette afin que la bobinette chût, et elle choit.

Un grand blondasse au teint ocre, avec des yeux marron clair frangés de cils presque blancs, se tourne vers ma pomme, mécontent.

— Qui c'est, ce type ? demande-t-il à Dolorès.

— Service d'évacuation, je lui réponds.

Je m'efface en tenant la porte ouverte.

— Si vous voulez bien disparaître, beau jeune homme, vous rendriez service à deux êtres que la nature ne demande qu'à unir.

Cézigue, parole, il a la tête de plus que moi. Il est fringué de blanc et y a un machin écrit sur son maillot qui pourrait être le nom d'un barlu ou d'une société ou de je ne sais quoi encore mais dont je me tamponne à outrance.

— Vous n'avez pas la prétention de me virer d'ici ? fait-il en s'avançant sur moi, les mains déguisées en poings velus de blond.

— Prétention, non, mais volonté, si !

Il marque un suprême temps de répit avant de me voler dans le cigarillo.

— Il couche avec toi, ordure ? demande-t-il à Dolorès.

— Non, je réponds, mais c'est imminent.

Ça lui suffit enfin ! Il bondit, son poing droit levé comme l'épée de *muerte* du torero, cherchant sur ma personne l'emplacement le plus approprié pour déguster un parpaing de déménageur.

Il finit par sélectionner ma pommette et vran !

Ce qui l'handicapera toute sa vie, Johnson (car je suppose que c'est lui), c'est qu'il téléphone avant de frapper. J'ai dix fois le temps d'esquiver et il se trouve en partiel déséquilibre. Je l'estoque d'un bolopunch et il se redresse, alourdi par ce gnon féroce aux mandibules. Qu'alors je le biche par la nuque et le précipite contre le mur, si fortement que je m'attends à le voir passer au travers comme dans les dessins animés. Étourdi, il choit à genoux.

— Je le finis ou je t'en laisse un peu pour demain ? demandé-je à notre belle.

Elle hausse les épaules.

— Comme tu veux.

— Bon alors on va abréger les pourparlers.

Il morfle un coup de genou à la tempe, K.-O. !

Je le biche par les pieds, m'attelle entre ses jambes et lui fais descendre les étages. Sa tronche tressaute à chaque marche. Lorsque nous sommes au bas de l'escalier, tu croirais qu'il vient de parcourir toute la nationale 7 à plat ventre, attaché derrière un camion.

Je l'assois dans l'entrée, sous les plaques des locataires.

— Si vous avez encore besoin de moi, n'hésitez pas, je lui dis-je, je suis l'homme qui remplace les ascenseurs.

Il ânonne à travers des bulles rouges que je dois aller me faire sodomiser.

— Je ne vous promets pas de suivre ce conseil, réponds-je, toutefois, il me donne des idées.

Et je remonte quatre à quatre chez Dolorès.

ÇA EXPLOSE

Une odeur de café.

Un instant je me crois chez nous et j'évoque Félicie, m'attendant à la voir entrer dans ma chambre avec le vieux plateau d'argent aux anses ciselées et tout le fourbi du petit déje.

Mais non : tout me revient. Je me trouve dans la chambrette de Dolorès qui fut à peine assez grande (la chambre) pour contenir nos ébats. Notre furie sexuelle débordait de partout, cognait aux murs, heurtait le plaftard, renversait les pauvres choses l'aidant à vivre. Pour te situer l'ampleur du séisme : lorsque j'ai voulu lui exécuter « l'estafette en folie », y a fallu que j'ouvre la porte afin de pouvoir prendre mon élan depuis le palier !

Je soulève une paupière. Le soleil fait le vingt-deux derrière le rideau du vasistas. Tout reluit déjà d'un vif éclat, à l'exception de la frimousse de ma conquête, dévastée par ma tornade blanche. Son regard lui pend comme des boucles d'oreilles. Elle se coltine une bouille d'épagneul harassé, ce matin, la mère. Une troussée de cette intensité, elle osait pas l'imaginer dans ses rêves les plus oniriques.

Elle me présente une tasse de caoua, avec quelques biscuits tristounets posés en corolle sur la sous-tasse.

— Bois, *querido* ! Ça te réveillera.

Je goûte. Assez infect, merci. Le café, excepté m'man et deux ou trois Turcs, je connais personne qui sache vraiment le faire.

Malgré tout, je l'avale. Elle me contemple avec admiration. Une nana réussie, tu peux te moucher dans ses doigts ou te torcher le cul avec son slip, elle est éperdue de gratitude, de passivité, de béanterie incomblable par autre chose que ta grosse bitoune. Elle te veut tout, ne t'en perd pas une miette, s'enorgueillit de ta présence à son côté.

Je lui souris. Très mâle sup'. Elle, en réponse, s'ouvre comme une bûche sous la cognée du forgeron[1], de bas en haut et plus du bas que du haut.

— Je suis morte, me complimente-t-elle.

Le sourire avantageux de l'Antonio se fait pédant. Jules t'es, jules tu comportes. Impossible d'échapper à la vanité du paf. Tout individu préfère bander dur que d'être pédégé ou chevalier de la Légion d'honneur. Il en tire gloire alors que ça lui est naturel, accordé par nature comme à des millions d'autres.

Je me force d'avaler sa mixture. Après quoi, je lui flanquerai la petite ramonée du matin, histoire de démarrer la journée sur le bon pied. Pour me conditionner, je

1. Qu'est-ce que t'interromps ? Quoi ? Comment ? Le forgeron ne se sert pas de cognée ? Et alors, il a pas droit à un feu de cheminée, non ? Tu veux qu'il se gèle les couilles comme les bûcherons, l'hiver, dans la forêt pétrifiée ? T'es infect, j'ai envie de voter communiste quand je t'écoute.

fourrage son système glandulaire supérieur de ma main libre.

— J'espère que ton ami Johnson ne t'infligera pas de représailles, quand je serai parti, murmuré-je.

La voilà paniquée. Pas à cause des possibles vengeries du grand blond, mais à l'évocation de mon départ.

— Tu vas t'en aller, *querido* ?

— Hélas oui.

— Quand ?

— Après que nous aurons fait une dernière fois l'amour, ma belle Andalouse.

Elle dodeline, son regard est triste comme celui de ta belle-mère quand sa fille lui raconte tout ce que tu lui as fait au lit et qu'elle, la vieille, n'a jamais connu que par ouï-dire.

— Où vas-tu ?

— Tanger, de là je prendrai un avion pour Paris.

Je me tais car je viens de percevoir un bruit au-dessus de nos têtes. Or, qu'y a-t-il au-dessus de nos têtes ? Le toit !

Je dresse le doigt pour attirer l'attention de la môme.

Elle écoute.

— Ils doivent mettre une antenne de télévision, dit-elle, il en était question.

Mais moi, tu me connais ? J'ai cette espèce de sonnerie stridente et pourtant silencieuse dans la tête qui m'avertit toujours d'un danger imminent.

Je saute du lit et tire Dolorès par le poignet.

— Viens !

— Mais quoi, où veux-tu aller, nous sommes tout nus !

Je me fais plus pressant :

— Viens, je te dis !

Elle sort à son tour du lit. La pièce est tellement exiguë que je peux déjà empoigner le verrou de la lourde et ouvrir. La gosse m'échappe d'une secousse pour aller ramasser son peignoir sur le dossier de la chaise. Ah ! la pudeur espagnole !

À cet instant, la vitre de la tabatière vole en éclats.

Des choses rondes comme des poires, mais beaucoup plus lourdes, tombent sur le rideau placé en hamac sous le vasistas. Une, deux, trois.

Des œufs d'oie ! Ils se détachent en sombre sur l'étoffe baignée de soleil.

Je me jette d'un bond forcené dans le couloir. Comme mon concurrent malheureux de la veille, je me paie un traînard sur les marches, bouille la première.

Au même instant, tout se déclenche. C'est un condensé de Verdun et de Pearl Harbor. Un vacarme inouï. Tout tremble, tout pète, tout crame ! Trois grenades pour un local de quinze mètres carrés, je peux t'affirmer que c'est beaucoup ! Un souffle embrasé, comme j'ai toujours lu dans les bouquins de guerre, m'enveloppe. Je me retrouve au virage de l'escadrin, contusionné mais entier. Un bref regard sur la pièce que je viens de quitter : ce n'est plus qu'un brasier. J'aperçois une jambe de la gentille Dolorès près de la porte. Elle brûle comme un journal. La pauvre gosse doit être déchiquetée.

Ne peux plus que prier pour elle, si accueillante et brave baiseuse, si espagnole dans son genre, et bonne vendeuse, ses patrons peuvent te le dire.

L'Antonio, à poil dans un petit immeuble qui crame par le faîte, réfléchit très très vite à sa situation. Une vengeance de mister Johnson ?

Peut-être, après tout, encore qu'il me semble bizarre qu'un simple quidam dispose de grenades.

Si ce n'est lui, c'est une force mystérieuse, une association de gens qui commencent à me trouver encombrant, trop empêcheur d'hypnotiser en rond et qui ont décidé de m'éliminer. Dans cette seconde hypothèse, il ne serait pas mauvais que je leur donne à croire, pendant un bout de temps en tout cas, qu'ils ont réussi l'opération.

Je me relève, remonte les marches. J'avais accroché mon veston au pommeau de la porte. Courageusement, je me pointe dans l'encadrement. J'aperçois ma veste en feu, saisis un pan du vêtement et l'emporte hors de la pièce. Sur le palier, il y a une caissette de bois servant de poubelle. Je m'en sers pour éteindre mon veston. Il est à demi consumé du bas. Je le tiens par le col, éloigné de moi car il est brûlant, et je dévale une dizaine de marches.

Un fenestron ouvert éclaire et aère l'escadrin. Il donne sur un conduit de ciment de section carrée d'environ un mètre de côté. Je lance les restes de mon vêtement par la fenêtre, exécute un rétablissement afin de m'enquiller à mon tour par l'ouverture. Une dizaine de mètres me séparent du fond de ce goulet. Je parviens à allonger mes jambes et à plaquer mes pinceaux sur la cloison d'en face. Après quoi, je descends par brèves reptations. Laissant d'abord glisser mon dos, j'amène ensuite, l'un après l'autre mes pieds à son niveau et recommence.

Les aspérités du mur m'arrachent la peau des reins. Très vite je chope le rythme. Le carré de ciel bleu rétrécit, là-haut. Je descends toujours. Enfin, mon talon (pas celui d'Achille, celui d'Antoine) rencontre une surface dure. Il s'agit d'une grille. Je me mets à genoux et, haletant, essaie de reprendre souffle. Mes membres tremblent. J'ai le guignol qui breloque comme dans la boutique d'un horloger. À croire que cent pendulettes sont prisonnières de ma cage thoracique.

Les restes de mon veston sont encore chauds, sous moi. Bon, tu t'es suffisamment dorloté, Tonio, ton chemin de croix n'est pas fini.

Heureusement, la grille qui obstrue la base du conduit n'occupe que la moitié de sa surface. Je la soulève sans problème. Au-dessous, il y a un local voûté, taillé dans le roc (Gibraltar, tu penses !). C'est un couloir desservant des caves. Traînant mon bout de veste, je pars à l'aventure. Une porte de bois est facile à craquer. Me voici dans un réduit qui pue la vermoulance.

La lumière n'est accordée que par un étroit goulet qui doit accomplir un bon bout de trajet dans le sol avant de déboucher là. Mais nous avons tous sans le savoir des dons de nyctalope et, en quelques secondes, le regard se convertit à la plus épaisse des pénombres.

Je m'assieds en tailleur contre un mur humide. Si je m'en crois – et je ne doute jamais de moi –, il va falloir passer quelques heures ici, pendant qu'on éteint l'incendie et que les flics anglais se livreront à leur enquête. Prudence, prudence !

J'ai faim et je regrette les biscuits maussades de la pauvre Dolorès chérie.

De l'extérieur me parvient un brouhaha fait de piétinements nombreux, de cris, de sirènes à deux tons.

Je bâille.

Ça risque d'être long.

Et voilà qu'un éternuement retentit, tout proche de

moi dans le noir. Ai-je rêvé ? Ou mal interprété quelque couinement de souris en train de limer ?

Second éternuement.

Cette fois, le doute n'est pas possible. Ça provient du local voisin, dont je ne suis séparé que par un lattage de mauvaises planches.

— Il y a quelqu'un ? demandé-je en anglais.

Silence.

— Quelqu'un ? redis-je, mais en espagnol cette fois.

— Oui, chevrote une voix, il y a quelqu'un.

Du ton que prendrait un vieillard occupant des chiottes publiques dont il va encore avoir besoin un certain temps avant de triompher de sa constipation chronique.

Je glisse ma main entre deux planches, en saisis une que je tire à moi. Elle vient sans difficulté. Par la brèche, mon regard d'oiseau de nuit capte une forme bizarre. Celle d'un très vieil homme en perruque blanche. Il porte quelque chose de stupéfiant qui m'a l'air d'être un costume de cour de l'époque Louis le Quatorzième. Il a des bas, des souliers à boucles et il est assis sur une grosse malle de fer rouillée.

— Puis-je vous demander qui vous êtes et ce que vous faites ici ? demandé-je, toujours dans la langue de Cervantès que je manie moins bien que l'auteur de Don Quichotte, hélas !

Le très très vieux fantôme se dresse.

— *Marqués* Alvaro de Telestar y Alvarez de Trabajo, décline-t-il avec une grande noblesse.

Je regrette de si mal le voir ; à la lumière, il doit payer, le *marqués*. Couleur de vieille muraille, ses fringues sont en lambeaux et tapissées de toiles d'araignée qui festonnent.

Il ajoute :

— À qui ai-je l'honneur, mon gentilhomme ?

— Duc Antoine de Bonnefontaine et San-Antonio.

Sa menine décharnée passe par la brèche. Mon camarade Edmond Dantès dut éprouver ce que je ressens lorsqu'il découvrit le pauvre abbé Faria dans son trou du cul-de-basse-fosse.

La première fois que je serre la louche d'un squelette parleur[1].

— Et que faites-vous céans, marquis ? insisté-je.

— J'attends *qu'ils* partent, monseigneur.

— Qui « ils » ?

— Mais ces gueux d'Anglais, naturellement.

— Et vous êtes là depuis longtemps ?

— Depuis 1704, monseigneur, faites le compte.

Égaré, je répète :

— Depuis 1704 !

Pour bien poser la chose, je la reprends en lettres, éviter toute contestation ultérieure : depuis mil sept cent quatre ?

— Je me suis réfugié dans ce souterrain à compter de l'instant où l'abominable Sir George Rooke a planté dans mon jardin le drapeau infâme de la reine Anne d'Angleterre, cette salope que Dieu punira bien un jour ou l'autre. Neuf ans plus tard, j'ai appris que le traité d'Utrecht assurait la souveraineté de Gibraltar à l'Anglais, dès lors, je n'ai pratiquement plus fermé l'œil.

— Vous savez en quelle année nous sommes, marquis ?

1. A l'instar des merles des Indes, dont quelques-uns seulement peuvent discuter le bout de gras, très peu de squelettes sont capables de te tailler une bavette.

Il a un geste badin qui me fait éternuer à mon tour du fait de la poussière qu'il déplace.

— Peu m'en chaut, mon cher duc !

— Confidentiellement, nous serons bientôt en 1986.

— Je gage qu'ils n'en ont plus pour longtemps à occuper le sol de mes aïeux, rétorque le *marqués* Alvaro de Telestar y Alvarez de Trabajo. Quoi qu'il en soit, je ne remonterai à la surface que lorsqu'ils l'auront quitté.

Bon, ce n'est pas le premier dingue que je rencontre. J'aime beaucoup les fous. Trouvant la réalité invivable, ils se sont construit d'autres vérités plus conformes à leur esthétique. Ce qui revient à proposer la folie comme forme de liberté.

Je m'apprête à poser au vieux dément les plus pressantes des questions qui me viennent, lorsqu'un bruit de pas se fait entendre, non loin, répercuté par les voûtes de la galerie servant de cave.

Une voix dit en anglais avec un fort accent espagnol :

— Il faut sauver le vieux *loco* ! Si l'immeuble s'effondre, il sera enterré vivant.

— Vous êtes sûr qu'il y a quelqu'un dans ce sous-sol tout noir ? fait une voix typiquement britannique, elle.

— Mais oui : le fou. C'est un ancien professeur. Il vit là depuis des années, c'est les gens du quartier qui lui déposent de quoi manger sur les marches…

Les pas se rapprochent. Moi, je m'aplatis dans mon réduit. Des gens de bonne volonté arrivent jusqu'à mon voisin.

L'Espagnol dit, en espingo cette fois :

— Venez vite, *marqués*, il y a le feu à l'immeuble.

— Eh bien ! qu'il brûle, que tout Gibraltar brûle avec la pouillerie anglaise !

— Il faut l'embarquer de force, annonce l'altruiste, sinon il ne nous suivra pas.

Ça remue-ménage, le squelette regimbe de tous ses osselets. Il m'appelle à la rescousse :

— Monseigneur le duc, de grâce, prêtez-moi main-forte !

Mais le duc est devenu un grand lâche qui s'écrase et retient son souffle. Les survenants entraînent le marquis, ce qui n'a rien de bien calé vu qu'il est moins fringant que le taureau pénétrant dans la reine (*God save the* gouine).

Le silence retombe sur moi comme une chape de ce que tu veux, je m'en torche.

Je passe alors dans les « appartements » du marquis Alvaro de Telestar y Alvarez de Trabajo pour inventorier sa malle des Indes.

Elle recèle un monceau de hardes style dix-septième siècle (dit le Grand).

Vêtir ceux qui sont nus ! Nous existons en des temps où n'importe qui se fout n'importe quoi sur le cul sans attirer l'attention de quiconque. Je déchire avec les dents une culotte de velours pour la transformer en bermuda, ôte les parements d'une veste prune et en retrousse les manches. Que me voilà fringué de pied en cap, non en seigneur du Grand Frisé, mais en touriste à la page. Une paire de tartines dont j'arrache les boucles complète mon équipement.

Quand, pour conclure cette partie dramatique du récit, je t'aurai dit que je récupère mon passeport et mes dollars dans ma veste incomplètement consumée, tu sauras que le vaillant Santonio est paré pour de nouvelles aventures.

Le Seigneur soit avec lui !

ÇA FAIT DES REMOUS

Dans le port, j'aperçois un rassemblement. Une foule de badauds fait cercle autour de pompiers affairés. Ce qui me pousse à me joindre à eux ? Franchement, incapable de te le préciser. La curiosité ? Plus que ça. L'instinct ? Probablement. Force m'est de toujours en revenir à lui, à cette force mystérieuse, irraisonnée, qui me dicte des gestes sans logique.

Or, donc, je m'approche des badauds et gesticoude parmi leur compacité pour parvenir au premier rang. Les pompelards anglais sont agenouillés devant deux cadavres dégoulinants qu'ils viennent de repêcher dans le port, si j'en crois ce qu'on chuchote autour de moi. Je ne sais pas pourquoi les noyés m'ont toujours paru un peu plus morts que les autres morts. Sans doute parce qu'ils sont allés chercher leur trépas dans un élément qui ne nous est pas naturel.

Les deux hommes n'ont pas dû séjourner longtemps dans la flotte car ils sont à peine déformés. Si bien que je n'ai aucune peine à reconnaître en eux les deux types de la Minimock venus, la veille, attendre miss Jélaraipur au débarcadère.

M'est avis que l'air de Gibraltar est malsain. Il s'en

passe des trucs sur ce territoire de six kilomètres carrés ! Je m'extrais de la foule, en souplesse, comme on extrait un thermomètre en fonction de son environnement et me presse vers la navette pour Tanger.

*
* *

Le soir même, je prends le train rapide Tanger-Paris, avec wagons-lits et wagon-restaurant[1]. Voyage sans encombre, la mer étant d'huile et les sous-marins atomiques soviétiques en train de frayer par les grands fonds, car c'est la saison des amours.

Le surlendemain après-midi, je débarque à la gare de Lyon, plus reposé que le gros pope qui fait la quête près du Saint-Sépulcre, à Jérusalem. Il y avait un méchoui à bord du train et j'y ai largement fait honneur. Les gros repas engendrent des digestions laborieuses et lesdites sont sources de méditations. Les grands penseurs sont des gens repus, sinon ce ne sont que des agitateurs.

Vautré sur ma couchette, je me suis longuement curé les dents (c'est l'inconvénient, avec le méchoui) en analysant l'affaire au sein de laquelle je me débats. Elle est patouillarde, pas franche du collier. Et justement parce qu'elle n'est pas nette, elle requiert une grande sagacité chez celui qui entreprend de la percer à jour, comme on dit puis aussi souvent dans les polars, j'ai remarqué. « Percé à jour. » Pourquoi tu *perces* et pourquoi *à jour* ? C'est un mystère que j'aimerais percer à jour, un jour

1. Qui est-ce qui vient de gueuler qu'il n'y a pas de train Tanger-Paris ? Toi, là-bas ? Une question, l'ami : « L'as-tu pris ? » Non ? Alors, qu'est-ce qui te permet de déclarer qu'il n'existe pas ?

que j'aurais rien de mieux à branler, ce qui n'est pas demain la veille.

J'ai tout repris mentalement, chaque instant de cette enquête qui n'en est pas une, depuis la visite du Président, à mon angine, il y a… Combien de temps déjà, au fait ? Plus, tu crois ? Oui, peut-être bien. Avec tout ce micmac, la notion du temps se disperse. Ne reste qu'une succession serrée de flashes : le flacon truqué dans la chambre de l'Illustre, la réception de l'Élysée, mon évanouissement, ma visite des boîtes de tatas gâteaux, ma converse à bastons rompus avec Stone-Kiroul, l'avion pour Le Caire, le détournement avorté grâce à moi, Gibraltar, ce qui s'y est passé, la chère Lady Di envoûtée… L'attentat contre Dolorès et moi… Les deux noyés du port…

Je décide que les grands points chauds dans ce déroulement sont, primo, la destination qu'exigeaient les terroristes du pilote : Gibraltar ; deuxio, la mort des deux hommes ayant pris en charge la terrible Hindoue. Deux éléments empreints d'une lourde signification.

Parvenu à Pantruche, je note que ma tenue singulière, taillée dans des vêtements Louis XIV, passe moins inaperçue qu'au grand soleil brûlant de la pointe extrême sud de l'Europe. Certaines gens froncent les naseaux comme si j'étais pis que punk ; mais à Paris on en a vu d'autres, non ?

Le taxi duquel je m'approche renifle en me voyant grimper dans son bahut bien tenu : petits chiens en peluche suspendus à la tige du rétroviseur, photo de sa bonne femme, moche à le faire capoter et de son petit enfant au regard déjà con collée au tableau de bord. Ça fouette l'essence de pin. Des écriteaux exigent comme ça de ne pas fumer, de ne pas mettre les pieds sur les banquettes, de ne pas parler au conducteur, de ne pas se munir de son chien et je ne sais quoi encore, ce qui rend la cohabitation délicate.

— C'est pour où est-ce ? demande le driver, irrité par mon mutisme.

Je lui montre l'écriteau intimant de ne pas lui parler et fais un geste d'impuissance désolée.

Il s'enrogne.

— Je prends pas les loustics comme vous ! aboie cet homme-roquet.

Je tire ma carte de perdreau et la lui montre en soulignant de l'ongle les mots « Préfecture de Police ».

Indécis, il ferme sa pauvre grande gueule et décarre. Pour se passer les nerfs, il branche la radio. Qu'on tombe en pleines informations ; ça cause de Green-Machin et de Chaude-Peace, et aussi d'une crise politique en Belgique sur le point d'être dénouée et encore de je ne sais quel festival du film qui fait penser à un champ de navets…

Je retrouve mon Paname avec un bonheur renouvelé. En cette fin d'été il a récupéré son aspect d'autrefois. Les aoûtiens (qui sont les Martiens de notre planète) n'ont plus la rate au court-bouillon et se déplacent comme des êtres vivants à raison de vingt-quatre images seconde.

Tout est bien, beau, serein. Le conducteur mâchonne des rancœurs. Il est de ces hargneux qui ne se mêlent pas au concert universel et qui en veulent à tout ce qui existe d'exister.

*
* *

Le brigadier Poilala est de service dans l'antichambre.

— Tiens, lui fais-je, quelle surprise, vous voilà attaché au ministère, à c't'heure ?

Il rengorge.

— C'est le Gros, je veux dire M. le ministre, qui a voulu. Il m'a l'habitude, comprenez-vous ? On a eu été les deux doigts de la main, comprenez-vous ?

Je comprends.

Ajoute que je souhaite être reçu dans les meilleurs délais par le meilleur des laids.

— Pour vous, commissaire, bien que M. le ministre fût terriblement occupé, ça ne devrait pas poser de trop gros problèmes, dit-il en dégoupillant son combiné téléphonique.

Il m'annonce (d'habitude j'ajoute « apostolique », parce que c'est très marrant, mais je t'en fais grâce cette fois-ci).

— C'est bien ce dont je prévoyais : vous pouvez t'entrer ! déclare Poilala, radieux.

Il est pour la perdurance des amitiés à travers la réussite.

Un huissier professionnel se devrait de m'ouvrir la porte, mais on reste en terre copine et je vais actionner moi-même le gros loquet de cuivre ciselé.

Son Excellence se trouve en corps de chemise devant une faramineuse choucroute posée sur son sous-main et qu'il attaque à l'arme blanche après l'avoir badigeonnée de moutarde. Le dos voûté, la tête à l'aplomb de la choucroute, le ministre bouffe dans un grand élan lyrique de la tripe.

— Tézig[1], ça fait une paye ! me lance-t-il d'un ton rogue…

— Mission ultraprivée, jeté-je en manière d'excuse.

L'Excellence éclate, ce qui provoque la chute d'une francfort, laquelle va rouler sur un dossier ouvert et marqué « Top secret ».

— Y a pas plus d'mission ultraprivée qu' de beurre dans mon slip, j'aimerais que tu le susses ! Qui t'est-ce est miniss, ici ? Whmmm ? C'est toi-ce ou moi-ce, whmmm ? Au plus qu'une mission est ultraprivée, qu'au plus elle est d' mon ressortissement, whmmm ? C'est qu'est-ce que c'est, ta mission ? Whmmm ? Et c'est qui est-il qui t' l'a confiée, si j'serais pas trop indiscret, whmmm ?

— Le Président !

L'énergumène stoppe sa furie. Il récupère la saucisse fugueuse sur le dossier, mais elle est tellement vaselinée de moutarde qu'elle lui échappe et roule sur le parquet, la coquine.

D'un geste agacé, il sonne Poilala.

Arrivée du brigadier, lequel rectifie la position.

J'assiste alors à la scène ci-dessous :

Poilala :

— À vos ordes, m'sieur l'ministre.

Bérurier :

— Poilala, mon p'tit gars, vous voulez-t-il m'ramasser c'te garce de saucisse qu'a roulé sous mon burlingue.

1. Zig ou tézig peuvent également s'écrire zigue ou tézigue. Claudel, par exemple, dans *Le Soulier de satin*, emploie l'expression « cézigue pâteux », tandis qu'au contraire, Péguy, dans sa *Jeanne d'Arc*, parle « d'un zig à la manque ».

Poilala :

— Extrêmement volontiers, m'sieur l'ministre.

Il se met à quatre pattes pour capturer la francfort en fuite et la ramener au bercail. Au bout d'un instant de lutte dans la pénombre du sous-bureau il la brandit triomphalement.

— Je la tiens, m'sieur l'ministre. Que dois-je-t-il en faire ?

Béru :

— J'vous répondrais bien quèqu' chose, mon p'tit gars, mais comme elle est induite d' moutarde, c'serait pas gentil pou' vos émeraudes.

Il présente la main. La saucisse lui est remise solennellement et Bérurier l'enfourne d'un seul happement. Bruit de mastication évoquant la traversée d'un marécage par un détachement du génie.

Coup de glotte en chasse d'eau type Jacob-Delafon.

— J'vous r'mercille, Poilala, bien aimab'.

— Toutavotdisposition, m'sieur l'ministre.

Fin de la scène.

Nous nous retrouvons seuls. Je prends un siège. Le ministre rêvasse un instant sur sa choucroute, puis se détourne pour cueillir une bouteille de Gewurztraminer posée près de son fauteuil. Il s'en injecte quelques centilitres au goulot. Aimable, il me propose la boutanche.

— Une rincelette, Sana ?

— Sans façon.

— T'as tort, c'est du feurste, j'en ai reçu deux caisses d'un mec que j'lui ai épongé ses contredanses. Faut dire qu'il en avait morflé une tripotée !

Puis, reprenant son tête-à-tête avec la choucroute, il enchaîne, la bouche déjà comble :

— Bon, pour en reviendre à tes moutons, quoi t'est-ce t'attends d' moi ?

— Besoin que tu donnes des instructions pour qu'on place deux gonziers sur table d'écoute.

— Fastoche.

— Je sais, mais je ne peux le faire sans ton accord.

Il rengorge. Ce rappel de sa puissance le paonne de partout, Alexandre-Benoît. Oui, il est quelqu'un d'important, de haut placé, une huile ! Comme tous les hommes partis du bas, sa position élevée lui flanque un peu le tournis. Les hommes, ils grimpent, ils grimpent sans se retourner. Arrivés au sommet, le vertige les fait tomber.

Il sort un document d'un tiroir.

— Remplis-le, j'ai les mains occupées.

Je place les noms et adresses de Peter Stone-Kiroul et du maharaja de Mormoalkipur.

— Tamponne ! ordonne l'Excellence en m'indiquant le sceau du sot.

Je tamponne.

— Attends, je vas l' signer, passe-moi l'estylo qu'est laguche. J'ai horreur d'écrire av'c une plume, mais dans ma posture, tout ce dont j'écris d'vient document d'État, nécessair'ment.

— Nécessairement, répété-je.

Il trace un interminable Bérurier plein de boucles, de contre-boucles et autres poils de cul frisés, ornant en outre le document d'une auréole graisseuse, d'une tache d'encre et d'une fiente de moutarde Amora extraforte (ma préférée).

— V'là qu'est fait, mon cher, dit-il en poussant le formulaire vers moi, ce qui l'agrémente de trois empreintes digitales parfaites, réalisées encre et graisse.

— Alors ainsi, l'Président t'a chargé d'mission ?

— J'ai eu ce grand honneur.

Le ministre pioche quatre cents grammes (environ) de choucroute et lard fumé dans sa platée et se les enfonce au point marqué « A » sur le schéma consacré à la fonction digestive.

— … omment t' l'as… ouvé… ? n'articule-t-il pas.

— Je vous demande pardon, Excellence ?

Grouaff ! Exit la choucroute.

— Je t' demande comment t'est-ce t'l'as trouvé, l'Président ?

— Pourquoi cette question ?

— Écoute, Sana, c'est top secret, mais pour toi y a pas d' cachotteries. Dans son entourement et son environnage on est inquiet d'à son sujet. Paraîtrait qu'y s'mettrait à rouler un chouïa su' la jante, not' Emp'reur. Y veulent tâcher d' l' faire durer jusque z'aux z'élections en cachant la merde au chat, mais son cerveau fait un peu la pâte à mod'ler ; j'sais d' source thermale qu'y s'rappelle plus son blaze. Y font croire qu'y vaque d' gauche à droite (et même d' plus en plus à droite) messe en réalité, y l'ont bouclarès à Brégançon où on peut mieux l' planquer. Tu crois qu'il est nazebroque, toi ?

— Non, dis-je, envoûté seulement.

— T'es louf !

— Hélas non. Je n'ai jamais encore travaillé dans la quatrième dimension, Gros, crois-moi, c'est pas de la tarte ! Allez, *ciao* !

Je me lève. Bérurier feule un grand coup, puis à bout d'exhalaison murmure :

— Tant qu'on est seuls, les deux, passons, mais si y aurait une tierce en personne, j't'serais r'connaissant de pas m'app'ler « Gros », c'est incorrèque !

*
* *

Le havre : Félicie's *house* !

« Ouf ! » me dis-je en aparté après avoir repoussé la porte de la grille dont la sonnette tintinnabule.

M'man s'avance sur le seuil, immuable et si belle. Elle rayonne de cette joie ardente que lui apporte chaque fois mon retour.

Je presse le pas et la biche dans mes bras. Je serre fort pour la bercer.

Et puis elle s'écarte pour me reprendre en charge, faire le bilan. Elle veut toujours savoir « où j'en suis », ma vieille. Et moi de même, par la même occase. Un regard échangé nous permet de faire le point.

— Tu as l'air ennuyée, m'man, observé-je. Mauvaises nouvelles de Toinet ?

Notre pièce rapportée est en colonie de vacances chez les Rosbifs. Une institution très bien. On espère qu'il n'y fait pas trop le con et y apprend quelques rudiments d'anglais.

— Non, non, je l'ai eu au téléphone hier soir, il s'amuse bien… Ils ont visité Londres, jeudi dernier et il s'est fait photographier auprès d'un garde de la reine.

— Alors, qu'est-ce qui ne va pas ?

M'man hésite, mais quoi, de toute manière je vais l'apprendre.

— Marie-Marie se marie, annonce-t-elle d'une traite.

La phrase a l'air d'un calembour.

Pour Bibi c'est un seau d'eau glacée en pleine poire.

Je m'ébroue le mental.

— Elle nous a déjà annoncé la chose plusieurs fois, je profère d'une voix molle.

— Mais maintenant c'est décidé.

Et Félicie y va de son couplet :

— Quand elle te disait qu'elle voulait se marier, tu lui jouais ta grande scène d'amour et elle renonçait, espérant que tu allais t'exécuter. Et puis rien ne venait jamais, Antoine. Vous êtes allés jusqu'à vivre ici quelque temps, mais tu ne te décidais toujours pas à l'épouser. Elle a été nommée à Chartres et vous avez cessé de vous voir. Elle t'a écrit dix lettres au moins auxquelles tu n'as pas répondu…

Les reproches de ma vieille pleuvent sans bruit sur mes épaules, comme une ondée d'automne. J'opine. Oui, oui, tout cela est vrai : c'est ma faute. Je l'ai « charlentée » comme nous disons dans notre chère province. Des promesses, des amourades, mais pour l'anneau nuptial, *mañana* !

— Et qui épouse-t-elle, un confrère, bien entendu ? Prof de quoi ? Maths ? Français ? Histoire ? Géo ?

— Non, un docteur.

— Ah ! bon.

— Elle a été malade et…

— Et il l'a bien soignée ; je vois…

Mon ton acerbe traduit mon dépit mal rentré. M'man me saisit le bras et appuie sa joue contre mon épaule.

— Peut-être serait-il encore temps, mais cette fois il faudrait t'exécuter tout de suite, Antoine.

Je secoue la tête.

— Non, laisse. Tu viens de prononcer le mot exécuter. Si je « m'exécutais », comme tu dis, ce serait en effet une exécution. M'man, je peux pas demander à une épouse de vivre la vie que je te fais mener. Une mère, c'est fait pour attendre, mais pas une femme.

— Tu n'envisagerais pas de…

— De changer de métier ?

— Tout au moins de te reconvertir dans une branche plus… sédentaire ?

— Tu sais bien que non, ma poule. Dans ma vie, il n'y a que toi et mon job ; c'est tout. Et par « c'est tout » j'entends que ça représente la totalité de ce qui peut me combler, comprends-tu ?

— Tu as de la peine ?

— Oui, mais j'en ferai un livre si elle insiste trop. J'espère que son toubib est un type bien, pas trop con, pas trop égoïste, et qu'il n'a jamais eu les oreillons, sinon c'est moi qui lui ferai ses gosses.

Elle sourit.

— Bon, va t'habiller, m'man, je t'invite au restaurant.

— Crois-tu ?

On dirait une toute jeune fille effarouchée, ma Féloche.

— Je t'invite au chinois, tu en raffoles, chez monsieur Yang, l'un des meilleurs chefs de Paris.

Elle court se préparer et moi de même par la même occase. Planté devant ma garde-robe, je file un œil à mon smoking. Devrai-je le mettre pour aller à la noce de Marie-Marie ? La nièce d'un ministre, fatalement, ce sera un grand mariage, non ?

*
* *

M'man est belle comme une dame de la haute dans sa robe bleu marine à pois. D'ordinaire je ne raffole pas des pois, mais je dois convenir que sur elle ils en jettent. Un col châle, une ceinture blanche et bleue, elle vient de se gommer quinze piges, la chérie. La ligne, en plus ! Toujours taille de guêpe, Félicie. Un nuage de fond de teint, un rouge à lèvres à peine marqué, et son collier d'or composé d'une longue chaîne trois fois enroulée à son cou : un cadeau de son grand fils, un soir de « prime exceptionnelle ».

— Ben, ma loute, tu vas draguer à mort dans cette tenue ! m'exclamé-je.

La voilà toute éperdue d'effaroucherie.

— Antoine, ne dis pas des choses pareilles !

Je la contemple avec amour. C'est vrai qu'elle aurait pu « refaire sa vie », m'man. Et qu'elle pourrait encore. Je me rappelle même deux trois grelus qui lui firent du gringue, à certaines époques, et qu'elle découragea vite fait bien fait parce qu'elle nous sera toujours fidèle à mon père et à moi. On est ses deux hommes. Que l'un d'eux soit mort depuis des lustres ne change rien à cette institution que nous formons depuis qu'elle a répondu « oui » à un maire du Bas-Dauphiné. Moi, en puissance seulement, bien sûr, mais programmé dans son destin, m'man. Fils de l'homme, prolongement de l'homme, nouvel homme… Une histoire d'amour ; une vraie.

Si je ne m'étais pas attardé trente ou quarante secondes à la détailler avec émotion, à lui consacrer ce temps de silence admiratif, je n'aurais pas reçu le coup de grelot de Biboche, vu que nous étions déjà sur le seuil de la lourde. Et puis, comme je filais un tour de clé, « Dringgg ! ». Mon réflexe ç'a été de passer outre que, et merde ! on part en java, foutez-nous *the peace* !

Mais tu sais ce que c'est ?

— Va répondre que je ne suis pas là, m'man !

Elle se précipite sur le poste de la cuistance.

— Allô ? Bonjour, monsieur, non, il n'est pas ici. Dois-je lui laisser un message pour quand il rentrera ?

Pardon ? Que l'officier de police Biboche l'a appelé. Que c'est urgent.

Elle va pas plus avant, Féloche. Je suis déjà à côté d'elle, m'emparant du combiné.

Biboche c'est le gonzier qui s'occupe des « écoutes ». Un rat mulot toujours fringué quatre épingles. Il se prend pour Brummell mais fait mannequin de grand magasin bulgare.

— C'est moi, je t'écoute !

— Oh ! bon !

Il perd pas de temps à s'étonner du mensonge de Félicie, ni moi à m'en excuser.

— La fille a déjà appelé ! annonce-t-il.

— Lequel des deux mecs ?

— L'Hindou.

— Qu'a-t-elle dit ?

— Je n'en sais rien encore.

— Comment ça ? m'étonné-je.

— C'est un domestique qui a décroché, elle lui a dit, en anglais, qu'elle était miss Iria et qu'elle voulait parler à son oncle. Le larbin a envoyé l'appel sur un autre poste et, à partir de là, l'oncle et la nièce ont discuté en dialecte de leur pays. J'ai tiré plusieurs copies de leur communication et mes petits copains vont faire écouter la bande à des Hindous qu'ils essaient de recruter dans des restaurants folklos de Saint-Germain-des-Prés ; dès que j'aurai la traduction je vous aviserai.

— O.K. ! Je dîne en ville. Je serai au *Mandarin*, le chinois de la rue de Berri.

— Entendu.

Cette fois nous caltons. J'espère que je vais finir par y voir un peu plus clair dans cette flaque d'encre de Chine, non ?

On commence par des travers de porc, ensuite une fabuleuse langouste sauce aigre-douce et, pour suivre, un canard laqué.

M'man renonce aux baguettes, malgré mes leçons. « Je me demande, Antoine, comment tu peux en user avec une telle facilité ! »

Elle est fière de moi, pour ça aussi. Une mère, surtout une comme elle, tu peux déféquer sur la table, elle crie bravo, prend l'Univers à témoin de ton incomparabilité.

Un petit coup de rosé de Provence qui se conjugue si bien avec la tambouille chinoise. On parle « du » mariage, naturellement. Marie-Marie qu'on a connue si mouflette, si espiègle. Et qui est devenue belle et sérieuse, avec un mystère de femme. Une énergie de femme. Alors, elle plonge, cette fois ? Elle m'adore, pourtant, m'attend depuis l'enfance, a cru plusieurs fois m'avoir enfin pour elle, mais le grand dégueulasse de Sana, penses-tu, Lisette ! Se marier alors que le monde est peuplé de culs sublimes qui n'attendent que sa grosse bibite pour faire la fête ! Je pouvais pas la mettre au congélateur, cette gosse.

Une paix triste s'étale en moi. Puisque tout cesse, immanquablement, un jour ou l'autre, autant que ce soit une affaire classée, Marie-Marie. Un capiteux souvenir, un lumineux moment. En route, ma fille, le moment est venu d'apporter ta contribution. Ponds tes gosses, aime-les et pleure pour eux !

À la table voisine de la nôtre : deux couples B.C.B.G. faussement badins, cherchant à s'entr'impressionner. L'un des matous, cadre supérieurement supérieur, baisse la voix tout à coup, ce qui, bien entendu, mobilise l'attention générale.

Il chuchote comme quoi il paraîtrait que le Président

aurait des charançons sous la coiffe depuis quelque temps ; qu'il patouillerait de la matière grise. Ça le fait marrer, cézigue odieux. Les gens n'ont autrouducune compassion lorsque leurs intérêts ou leur philosophie politique sont en jeu !

Il donne le fait sous toute réserve, le bécébégiste, mais y a pas de fumée sans feu, n's'pas ? Ses compagnons se réjouissent. L'autre glandu déclare que ça va chier des rondelles de fromage mou pour la gauche.

M'man hoche la tête avec commisération. Elle déteste qu'on se félicite des maux d'autrui. Et c'est alors que l'officier de police Biboche fait une entrée de lézard dans le restau. Beau comme une bite de coiffeur pour dames, saboulé Bodygraph, de la tête aux arpions et de pied en cap (de vieille). Il nous cherche, du bout de son cou télescopique, nous repère, s'approche, l'échine comme le panneau signalisant les dos-d'âne.

Je le présente à m'man. Il s'incline à quarante-cinq degrés. Se redresse un tantisoit pour me présenter deux feuillets dactylographiés par un mec ignorant tout de la machine à écrire, beaucoup de la syntaxe et pas mal de l'orthographe.

— Ça n'aura pas été long, n'est-ce pas, monsieur le commissaire ? il cautèle, de son ton mielleux qui englue les mouches.

— En effet, approuvé-je sobrement (ne jamais trop mouiller la compresse aux subordonnés, sinon, très vite, ils se croient supérieurs à toi et te pissent contre).

Je déplie les feuillets et lis exactement ceci :

Retrenscryption de la conversion H.B.124. an registrer à 18 h 42.

(Trouduction assurer par Sakam Erd, glaçon

de restorant à La Routine des Hindes, *65, rue du Ckerche-middi.)*

LUI : C'est toit ! J'aitais enquiet !

ELLE : Ça a faillite maal touner, je t'espiquerai.

LUI : Cosse est-ill passer ?

ELLE : L'autre imbécile (ou sale con, ou connard, le tardructeur dit qu'en maharatî, le mot janfûtre a plusieurs significautions) a flailli tout fichet paterre. Ce salaud me préturbe, gant il me reglade je ne plaviens plus à me concentrier ; il est insensibe à la surgestion mantale, ses ondes neurtlisent lai miennes.

LUI : Il faut le naturaliser.

ELLE : C'est fait.

LUI : Bravo ! Tu n'as pas pu finir le travaille de Gibraltar ?

ELLE : Non, mais je rtlouvarai le sujait la sémieune pochaaine. J'ai jluste l'otant de prendel avion por Vasorvie car c'est domin le gland joure.

LUI : Campant-ce tu rentrerer ?

ELLE : Dix i cinq ou sis jxour, je placerai par Blukssel avant.

LUI : J'ai hhhatre de te levoir.

ELLE : Moine ausqsi. Comment va mon cklient de l'Éliser ?

LUI : Très mal, d'aplé mai rensesègnements.

ELLE : Je continue le traitement à distance.

LUI : Jome en doutre !

ELLE : Peter vâm bien ?

LUI : Il bouat un pneu ṭro, messe autment, c'est hoquet.

ELLE : C'est un amour, enblasse-le poul moi.

LUI : Que Siva te protése, mon enflant.

ELLE : Je baise tes ortreils vénables, mon noncle bien némé.

Faim de la clomunication.

J'abaisse la feuille. Songeur.

— C'est toi qui as écrit cela ? démandé-je à Biboche.

— Oui, déclare-t-il fièrement, mais en relisant par-dessus votre épaule, je m'aperçois qu'une faute d'orthographe s'est glissée dans le texte. J'ai écrit salaud avec un « d » au lieu d'un « t », j'espère que vous me pardonnerez, monsieur le commissaire.

Après le départ de Biboche, je ne mange plus que par routine. J'ai beau m'efforcer de rester présent et de tenir une converse normale avec ma Félicie, mon esprit revient sans trêve sur la conversation qu'a eue Iria avec son tonton (lequel est une tata dans le privé). J'en ressasse les points forts et m'en fais un petit paquet cadeau. Il est bien évident que je suis le *janfûtre* dont elle parle. Indication intéressante : je suis imperméable à son pouvoir et, mieux, je le perturbe. D'autre part, elle me croit mort. Voici les deux points me concernant. Si je me penche sur son maléfique boulot, j'apprends : primo, que notre Président est toujours sous hypnose et qu'elle continue de le traiter à distance ; deuxio, qu'elle compte s'occuper de la chère Lady Di dès la semaine prochaine ; troisio, qu'elle est à Varsovie pour y accomplir quelque chose d'important (puisque demain sera un grand jour) ; quarto, enfin, qu'elle passera par Bruxelles avant de rentrer et je doute que ce soit pour aller y admirer la bitougnette du Manneken-Pis. Cette fille est un danger plus que public ! Un danger privé ! Quelqu'un possédant le pouvoir de dicter à ses contemporains des actes inconsidérés peut compromettre l'équilibre du monde ; tel que je te le dis, bouffi, et si tu trouves que j'exagère, lis du Yourcenar et ne m'emmerde plus !

Que faire ? S'emparer de cette belle sorcière ? Et puis ? On ne peut la trucider, malgré ce qu'elle met en cause ! L'embarquer pour l'Inde ? Qui nous dit que ça conjurerait ses mauvais sorts, et qu'elle y demeurerait ?

— Tu me parais bien soucieux, mon grand. C'est le mariage de Marie-Marie ?

Je refais surface.

— Le mariage de la Musaraigne ? Non, franchement, je n'y pensais plus, ma chérie !

— Alors c'est ce message qu'on vient de t'apporter ?

— Oui.

Je vais me balader au fond de ses yeux, m'man.

— Quelqu'un, une Hindoue splendide, a entrepris d'hypnotiser certaines hautes personnalités et de les faire dérailler ; et elle y parvient avec une aisance terrifiante.

— Vraiment ?

— Hélas. Ça paraît insensé mais c'est vrai, j'en ai la preuve. Tu as entendu ce qui se disait du Président à la table voisine tout à l'heure ? Eh bien, figure-toi que c'est vrai : notre Monarque est l'une des victimes de cette fille. Elle a le « don » et parvient à l'exercer même à distance quand son « client » est à point. Comment la neutraliser ? En la faisant disparaître ? Je m'y refuse.

— Mon Dieu, évidemment !

M'man gamberge un bout, puis, catégorique :

— Il faut lutter avec elle sur son terrain, Antoine, dit-elle soudain.

— Vas-y, je t'écoute ?

— Son pouvoir, c'est plus qu'un don, tu t'en doutes : c'est une initiation. Tu dois trouver quelqu'un, dans son pays, ou ailleurs, qui soit assez initié pour la désarmer psychiquement.

Je repousse mon couvert et me mets à table, si je puis dire. Je lui bonnis tout dans le détail, à ma vieille. Et pour finir lui montre la pittoresque transcription de l'appel téléphonique due à l'O.P. Biboche.

Elle lit, sourit de la qualité du texte.

— C'est de toi qu'il est question, là ?

Elle souligne de l'ongle l'expression « l'autre imbécile ».

— C'est bien de moi.

— Elle admet que tu as un don, toi aussi.

— Elle ne va pas jusque-là, elle prétend simplement que je contrecarre ses séances par ma présence.

— Ça ne me surprend pas, mon grand. J'ai toujours été frappée par ce phénomène de télépathie qui nous permet de communiquer toi et moi sans avoir besoin de parler. Tout petit déjà, tu faisais preuve de prémonitions étonnantes. Ainsi, tu me parlais de quelqu'un que nous n'avions pas vu depuis des années, et le jour même, ce quelqu'un débarquait à la maison.

Elle me prend la main.

— C'est toi qui dois la… la désamorcer !

En la voyant comporter, je pige soudain que c'est d'elle que je tiens cette énergie indomptable (merci pour lui), cette détermination farouche (n'en jetez plus, la cour est pleine), cette fureur de vaincre stupéfiante (arrêtez, vous me fêlez les tibias, bordel !).

Certes, c'est avant tout une maman, maman. Elle tremble pour moi, elle me voudrait papetier-libraire dans la Lozère et elle prie en m'attendant, le soir à la chandelle. Mais confrontée à mes problèmes, elle devient Jeanne Hachette (pas celle des Messageries, l'autre, celle qu'a essayé de dégommer la petite d'Arc, pas l'ancienne de Delon, celle de Charles VII).

— Je sais que tu vas sauver la situation, Antoine ; pour cela il faut que tu parviennes à dominer cette femme, à lui imposer ta propre volonté.

Elle prend sa chère belle tête de maman-archange dans ses doigts de mansuétude.

— Cette initiation lui a été prodiguée par quelqu'un, je suppose ?

— C'est probable.

— Puisque cette fille est jeune, son initiateur vit probablement encore ? Trouve-le et…

Je ne la laisse pas achever.

La prends dans mes bras par-dessus la table, que tant pis pour ma baveuse dont l'extrémité trempe dans la sauce brune du canard laqué.

ÇA SE SURPASSE

On se pointe au *Monoculé*, rue Sainte-Anne (priez pour Félicie !), m'man et moi. Elle a voulu me suivre bien que je lui eusse vaguement parlé de l'ambiance des lieux. Pas par curiosité. Féloche, elle s'en fout, des mœurs contre nature. D'un signe de croix furtif elle les conjure, ma vieille. Bien qu'elle soit une dame de haute tenue morale, elle pense que si certains gars s'amusent à prendre du fion, c'est leurs miches qui trinquent et que ça ne dérange personne. Juste le Seigneur qui doit fulminer de voir dégénérer Ses créatures, mais ça se serait plutôt rebecté depuis la Rome antique. Il marque Son mécontentement en balançant le Sida, le Tout-Puissant, manière qu'ils s'emplâtrent pas de gaieté de cœur, ces messieurs-dames ; ce serait trop facile d'y aller plein pot, sans arrière-pensée. Alors bon, Il a créé le danger pour mettre un peu les braguettes à l'heure, Notre Seigneur. Il est le Père, alors qui aime bien châtie bien.

Si elle m'escorte dans cet endroit si peu conforme à son esthétique, ma Douce, c'est parce qu'elle entend me lancer, comme on lance le cycliste dans un contre la montre. Elle souffre de moi, m'man. Elle a, tu sais quoi ? Le mal de mère, en permanence.

Et donc on pénètre chez ces loutes. L'atmosphère est ce que tu devines : ombreuse, musicale, moite et équivoque, comme disait jadis Albert Londres pour décrire des bouges qui, aujourd'hui, ressembleraient à des jardins d'enfants.

On se prend une table à l'écart. Te dire si nous sommes regardés est inutile ; les sourires fleurissent. Ce beau gars (tu peux y aller, je viens de mettre des leggins) escortant une dame digne, c'est peu courant au *Monoculé*. Mais bon, j'en ai rien à frotter. On se commande une boutanche de brut rosé, au diable la varice ! Je porte un toast à ma vieille.

Santé, longue vie, tout bien !

— Bonjiour, susurre une voix.

Et tu vas te faire éclater la glotte, Francotte, mais celui qui vient de s'adresser à ma pomme n'est autre que celui que je viens chercher, à savoir Peter Stone-Kiroul.

Il est fringué de blanc, avec une chemise bleue à col ouvert. Superbe.

Présentation :

— Peter… Maman…

Félicie a un sourire comblé. Ravie, elle est, de voir combien le hasard s'harmonise avec mes préoccupances. Elle y lit un bioutifoul présage. Comme quoi ça va se cheviller de première dorénavant.

Peter nous aide à écluser le champ'. Il me fait un rentre-dedans discret, biscotte *my mother*, mais pressant. Visiblement, j'ai tout pour être son genre.

J'amène la converse sur Iria… Innocemment.

Il engrène facile. Le los, tout de suite ! Un enthousiaste, malgré sa britanniquerie. C'est rare.

Et voilà m'man, tout soudain, qui me met la main sur le bras et qui murmure :

— Mon grand, tu penses à téléphoner ?

D'aucuns glandus ouvriraient des vasistas larges comme des trous d'homme de wagon-citerne (j'ai jamais vu un wagon si terne). Ils bêleraient des : « Quoi, qu'est-ce, quel coup de téléphone ? » Mais je possède au plus haut niveau le contrôle de mon cher self. Alors j'opine.

— J'allais oublier, m'man, excuse-moi. Alors je lui dis que c'est d'accord pour demain ?

— Si tu veux bien.

Paroles de rien : en l'air, par terre, en fumée.

Me lève. Des fripons m'arrêtent sur le chemin des toilettes-téléphone.

— C'est ta gouvernante ou ta riche protectrice ? ils gouaillent.

Moi, je me retiens très fort de leur shooter les frangines. Touche pas à ma mère ! Mon style ! Je suis un farouche. Si t'as pas une planète à défendre, t'es un clodo de l'âme. Nous faut des valeurs auxquelles s'agripper, sinon on devient de la vaseline à enculades.

Je déboule aux chiches. Deux épaves mordorées sont en train de se piquouzer sans vergogne dans le pli du bras. Ils ont l'aileron si constellé qu'on les croirait en pleine scarlatine, tant qu'ils pustulent, les navetons.

Il ne leur suffit pas de se faire emplâtrer, faut qu'ils se filent du sirop de délire dans les tuyaux, ces cons !

Pour passer le temps, je licebroque une petite larmiche, puis me recoiffe. Bon, *after* ? M'man doit vouloir interwiever le Peter à sa guise. Quelle idée l'a emparée, brusquement, ma vieille chérie ? Pour lui laisser de la marge, je décide de tubophoner à Pinuche. Je tombe sur sa rombiasse éplorée. Elle est sans nouvelles de lui. En espérait de moi. Comme je lui explique qu'il se trouve en mission au Caire, elle se prend à deux mains, se charge sur ses frêles épaules et s'emporte dans l'infini.

— Au Caire ! En pyjama ! Vous vous fichez de moi, commissaire. En réalité, il s'est rendu chez quelque gourgandine. Je le sens bien, allez ! Il a un tempérament de feu, ce sacré César. Je ne lui suffis plus. Il lui faut des femmes de mauvaise vie pour assouvir ses bas instincts. Et moi qui commence une occlusion intestinale. Ma troisième ! J'ai des adhérences, mais il s'en moque. Plusieurs jours et les nuits qui vont avec, sans un mot ! Au Caire ! En pyjama ! Je serai peut-être morte quand il rentrera.

Je la laisse s'écouler, bonbonne à la renverse. Il en glougloute des misères, des pestilences, des miasmes affreux. Quand on l'entend, on mesure à quel point nous sommes putrescibles, tous. Bien pourrissants de partout. On coule, pire que le *Titanic*, plus profondément, plus irrémédiablement. On se dilue ; on s'abandonne. La mère Pinuche, c'est la mort au boulot. Elle est sanieuse à outrance, la dame. De la boutanche et pas d'enfants ! Une inappétence pour la baise. Que faire d'autre sinon s'intéresser à sa crevance ?

Je tartine un bout, la relance à propos, pour faire durer. Et puis, salut, je raccroche. Un quart de plombe, Félicie a eu le temps d'entreprendre ma joyeuse pédale grande-albione.

J'ai un haut-le-corps, en remontant. Ils ne sont plus deux, mais trois : m'man, Peter et… l'Hindou ! Oui : le maharaja de Mormoalkipur a rejoint son petit pote. Et bon, je déboule dans le trio, plus effaré que le taureau à sa sortie du toril, clignant des yeux dans l'éblouissement de l'arène.

Peter nous présente. Le vieux diplomate me salue,

déférent, hermétique, componctueux. Belle tronche ambrée, yeux de jais auréolés de bleu, ce qui lui donne un regard étrange.

Sait-il qui je suis ? Il n'y paraît pas. Poli mais maussade. Il est venu retrouver sa gazelle des ambassades et pas pour causer tricot en compagnie d'une vieille dame. Aussi, après deux trois insignifiances, m'hâté-je de leur prendre un grand congé, ces jolis messieurs. Bonne bourre ! Le maharaja caresse sa couronne de cheveux blancs aux ondulations savantes. Une chevalière ornée d'un brillant gros comme un projo de D.C.A. éclabousse la boîte de mille lumières tournoyantes. Pour un peu, on danserait le tango. L'homme me la présente. Je serais bijoutier, je me visserais une loupe à l'œil pour procéder à l'estimation, mais, simple pékin (comme disent les Chinois), je me contente de recueillir cette fortune dans ma main, de la presser en même temps qu'un fagot de phalanges et de la restituer à son propriétaire.

Jusqu'à l'auto, m'man ne moufte pas. C'est au moment de la décarrade qu'elle s'anime.

— Je sais, Antoine ! exulte ma douce vieille.

— Que sais-tu ?

— Au sujet de l'initiateur de cette fille.

— Vraiment ! Comment as-tu fait ?

— J'ai tout de suite pensé que l'innocence d'une mère pouvait être efficace. Ce garçon est un snob naïf, je l'ai compris à notre premier contact ; il m'a été très facile de lui tirer les vers du nez.

La voilà qui chique les Mata Hari, m'man. On aura tout vu.

— Qu'as-tu appris ?

— En deux mots, Mlle Jélaraipur est la fille du frère

de l'Hindou aux cheveux blancs. Sa mère est morte en couches et son père a été tué au cours d'une chasse au tigre alors qu'elle avait quatre ans. Son oncle, célibataire, l'a recueillie et la considère comme sa propre enfant.

— Qu'il aurait eue par l'opération du Saint-Esprit, gouaillé-je.

Maman sourit miséricordieusement aux plaies de l'humanité et poursuit :

— Très tôt, cette jeune fille a manifesté des dons médiumniques qui ont fasciné son tuteur. Il l'a alors confiée à un vieux sage du Bihar, vivant près de son palais, un certain Kandih Raâton qui détient, paraît-il, des pouvoirs occultes effarants. Elle s'est montrée une élève surdouée. M. Peter assure qu'il l'a vue obtenir des résultats stupéfiants qui, selon lui, tiennent du miracle.

— Dans quelles disciplines ?

— Santé, réussite. Ce garçon m'a l'air sincère. Je suis convaincue qu'il ignore tout des activités illicites de son amie, si toutefois elle en a vraiment.

— Tu en doutes ?

— Non.

— Alors, pourquoi cette restriction ?

Elle hausse les épaules.

— Pour laisser sa chance à l'erreur, Antoine ; n'est-ce pas le B.A. BA de ton métier ?

Je lâche mon levier de vitesses pour capturer sa main fraîche et la porter à mes lèvres.

C'est quelqu'un, ma mère. Une symphonie, ou bien un verger, le matin au soleil.

Je n'aurai pas assez de toujours pour l'aimer.

*
* *

Partira, partira pas ?

Je m'éveille, lesté d'un lourd sentiment d'indifférence.

Je vais faire un viron en Inde ? Je rencontre le mage initiateur ? Et puis je lui dis quoi, à cet homme ? « Vous avez formé une petite pécore qui use mal de ses dons, fournissez-moi le moyen de lui casser la cabane ? » Grotesque ! D'autant que si ça se trouve, il parle pas une broque d'anglais, ce vénérable. Je l'imagine d'ici, avachi sur ses coussins brochés, sa barbe de six mètres déroulée sur le tapis.

M'man fait gémir les marches. Sûr qu'elle m'amène mon caoua. Je saute du lit pour galoper jusqu'au couloir.

— Monte pas, m'man, je descends petit-déjeuner dans la cuisine.

Je la ferme en découvrant le Président à mi-étage, portant le plateau fumant. À première vue j'ai quelque mal à le remettre car il a modifié son aspect. Blazer, polo blanc, casquette de marinier, lunettes aux verres jaunes (pour s'ensoleiller l'existence, le pauvre).

— Je rêve ! bégayé-je.

Au bas des marches, Félicie, effarée, me lance :

— Je t'avais préparé le plateau. M. le Président est arrivé sur ces entrefaites. Il tient absolument à te le monter.

— Et ce n'est pas par esprit de démagogie, m'assure le grand célèbre.

Je m'efface, il entre, dépose mon café et mes croissants sur ma table de travail. Puis il va s'asseoir sur mon lit et y prend une pose récamière.

— Alimentez-vous ! m'ordonne l'Empereur. Moi,

pendant ce temps, je vais vous regarder. Ce que ça doit être agréable d'habiter cette petite maison tranquille !

Il ôte sa casquette (il a toujours eu, lui, le chef suprême, la marotte des couvre-chefs), la dépose à l'envers sur le plancher et y place ses lunettes.

Une marque rouge se lit sur son nez, causée par la monture. Il la fourbit entre pouce et index pour l'atténuer.

— Ne me demandez surtout pas l'objet de ma visite, je l'ignore moi-même. Un élan. Un instinct. Il se trouve que ce matin je me suis réveillé tôt avec le sentiment que j'étais en sursis. Je m'explique : ces derniers temps, je me sentais envoûté. Je répète, commissaire : en-voûté. J'avais l'affreuse impression qu'une volonté pesait sur la mienne, que ma personnalité, mes pensées les plus secrètes se trouvaient sous tutelle. Je n'avais plus de libre arbitre, j'étais incapable d'initiative. Des symptômes horribles de l'amnésie, j'étais passé à la perte de contrôle de mes actes. Ils m'échappaient. C'est abominable. Quelqu'un m'investissait. Je ne trouvais de rémissions que la nuit, comme si l'esprit qui me dominait me rendait un peu de ma liberté psychique en s'abandonnant lui-même au sommeil. Je dépendais de son état de veille et récupérais pendant son relâchement mental. Un enfer ! J'ai tout envisagé : la cure de sommeil, le suicide, voire même la démission ! Vous m'entendez ? La démission, moi !

— Et ce matin, vous êtes affranchi de cet envoûtement, monsieur le Président ?

Le Proconsul croise les doigts pour conjurer son mauvais sort de merde.

— Hé ! doucement ! Disons que je sens un relâchement de cette emprise féroce. Un simple relâchement.

Je m'abstiens de tremper mon croissant dans mon café en présence du Glorieux, puisque les bonnes manières proscrivent cette pratique, pourtant si délicieuse ; encore qu'il doit bien le faire quand il est seul, l'Amour.

Je grignote les deux cornes de cette merveilleuse pâtisserie des humbles et, brusquement, m'enquiers :

— Président, un après-midi de la semaine passée, sur les choses de dix-sept heures, n'avez-vous point éprouvé un pareil relâchement de la pression psychique ?

Il se dresse sur un coude.

— Si fait ! Pourquoi ?

Que lui répondre ! Je ne vais pas lui dire : « Parce que cette gourgandine d'Iria Jélaraipur était occupée à “envoûter” la future reine d'Angleterre ! Ses dons étant conjugués sur une nouvelle cible, vous avez bénéficié de ce que j'appellerais une chute de courant. » Et cependant c'est cela que je pense. De même suis-je convaincu qu'elle fait relâche aujourd'hui avec notre populaire Président parce qu'elle est concentrée sur un nouvel objectif. Est-il opportun de tout lui raconter d'Iria Jélaraipur ? Cela ne risque-t-il pas de porter un coup fatal, définitif, à son moral déjà cruellement atteint ? À moins que, pour se délivrer de la « sorcière », il ne confie aux services secrets le soin de la mettre à la raison ?

Raison d'État.

Mais l'État n'a pas toujours raison.

Alors, je la ferme.

— Croyez-vous que si je me rendais aux antipodes, j'échapperais au maléfice, mon cher ami ?

— Peut-être…

— J'ai bien envie d'aller faire une tournée des

popotes dans le Pacifique, histoire de faire endofer ces voyous de Greenpeace qui n'en finissent pas d'aboyer contre nos installations nucléaires. De quoi je me mêle, je vous demande un peu ? Des îlots perdus... même pas : des atolls ! Nous chercher noise pour un agglomérat de coraux. C'est eux qui nous polluent, San-Antonio !

— Je trouve aussi, monsieur le Président.

— Qu'ils y viennent, et je les désintègre comme des Japonais, ces salauds !

— Ça ferait jaser, monsieur le Président.

Il réfléchit.

— Moui, vous avez raison. Ce qu'il y a d'éprouvant, en régime libertaire, c'est qu'on doit toujours tenir compte de l'opinion publique. Nos camarades soviétiques, eux, n'ont pas tous ces scrupules. Rappelez-vous l'avion coréen. Poum ! Descendez, on vous demande. Moi, je tire sur un bateau de pêche espagnol et on crie au charron ! Il leur demandait quoi, aux Soviétiques, ce Boeing ? Rien ! Tandis que moi, en cartonnant ce chalutier, je défendais nos harengs, vous en êtes bien d'accord, commissaire ? Merci. Pour vous en revenir, je vais essayer de fuir le mauvais œil de l'autre côté de la planète. Tenez, je vais aller assister au prochain lancement d'Ariane. C'est performant, Ariane, prestigieux. Regarder partir un peu de la France à travers le cosmos, voilà qui est grand, non ? Même ces fesse-mathieux de l'opposition applaudiront à cette décision. La gloire de la fusée rejaillira sur la mienne, l'amplifiera ! D'accord ; vous avez raison : je pars.

Il s'allonge complètement sur mon lit.

— Me trouveriez-vous outrecuidant, commissaire, si je m'invitais à déjeuner chez vous ? J'ai quartier libre jusqu'à seize heures. Cette atmosphère de paix que je trouve ici me ragaillardit. Chez vous, je me sens mieux que dans un fortin. Un calme miraculeux m'envahit. Ils sont bons, vos croissants ? Donnez-m'en la moitié d'un. Merci. Vous savez, San-Antonio, je commence à comprendre Napoléon. Je m'étais toujours demandé pourquoi, après Waterloo, il était allé se réfugier en Angleterre, c'est-à-dire chez l'ennemi. Ce comportement me paraissait sot et odieux. À présent je sais. Le seul refuge de l'homme vaincu, c'est la demeure de son vainqueur. Partout ailleurs, il serait un paria. Mon refuge, à moi, monarque moderne, c'est la maison de mon peuple. Vous votez, j'espère ? Tant mieux. Et pas pour moi ? Merci. Je peux donc me sentir bien chez vous, à tête reposée.

Il enfonce son occiput dans mon oreiller qui conserve mon empreinte. Ferme les yeux ! Comme il est formellement beau. D'une noblesse infinie. Marmoréen. On croirait son masque mortuaire.

Il s'endort.

Je saisis mon plateau, me retire à pas de loup.

*
* *

Tout éperdue, Félicie a mijoté un repas de liesse pour notre Seigneur. Elle a ouvert une boîte de foie gras, cadeau annuel de Lasserre ; pour suivre, elle mijote un poulet au vinaigre accompagné de menus haricots verts répartis en petits fagots enveloppés d'une barde de lard ; ensuite c'est le rôti de veau des dimanches, aux girolles. Pour finir : fromage de canuts et tarte tatin.

Informé de ce programme, je sélectionne les vins adéquats : château-d'yquem 67 pour le foie gras, un richebourg, et pour finir, une bouteille de roteux pour si des fois le Président voulait se pétiller la clape au dessert. Cette légère digression gastronomique, non pour tirer à la ligne, ce qui n'est guère mon genre, mais pour l'éducation du lecteur analphacon. De même qu'on rétablit l'histoire-géo et l'instruction civique à l'école, de même il convient d'initier le Français, détenteur depuis toujours de la science bouffemique à la Table (lui qui ne connaît – et encore ! – que les tables de logarithmes). J'écris utile. Et dis-toi bien que si je suis dans le Larousse, donc reconnu d'utilité publique, c'est pas grâce à mes fautes de français.

La maison embaume lorsque le Président descend. Il se tient la tête à deux mains.

— Vous avez la migraine, monsieur le Président ? s'inquiète m'man.

Il a un geste vague, désabusé.

— Peut-être…

Et à moi :

— Je pense que ça « recommence », commissaire. Je dormais comme un Jésus, et puis des cauchemars ont commencé de m'assaillir. Je rêvais que j'allais dans le Pacifique pour assister au lancement d'Ariane, mais cette conne de fusée foirait miséreusement ; j'avais l'air idiot comme si c'était ma faute…

— Asseyez-vous et prenez un verre ! fais-je avec autorité. Ici, vous êtes en sécurité. Détendez-vous et dites-vous bien que la réalité dément nos rêves. Ce lancement sera une apothéose ! Nous allons déguster un verre d'yquem, Président. Il est convenablement frappé. Respirez ces bonnes odeurs de cuisine. Vous allez vous régaler.

Il a un sourire mécanique. Sa frime est un peu cireuse et j'ai l'impression que ses dents sciées repoussent.

Tout en versant le breuvage indicible, je me dis que la môme Iria a peut-être fini son boulot en Pologne et qu'elle est de nouveau mentalement disponible pour le « service d'entretien » du Président.

Le Roi boit. Il apprécie.

— Sublime !

— C'est ce que la France possède de plus grand après vous, monsieur le Président, assuré-je, sans la moindre intention de faire la lèche.

Il consulte sa tocante.

— Une heure, déjà ?

M'man le rassure : on va pouvoir se foutre les pattounes sous la table d'ici dix minutes.

— Vous voulez bien brancher la télévision pour les informations, commissaire ? Il faut bien que je me tienne au courant du monde.

J'empresse.

— Quelle chaîne préférez-vous, monsieur le Président ?

— N'importe, ils sont aussi sournois sur l'une que sur les autres. Je les sens hostiles, si vous saviez ! Oh ! que je les sens hostiles. En douce ! Faux-culs, papelards… Ils croient que je vais piquer du nez, alors ils se préparent pour l'alternance. L'alternance ! Est-ce que ça existe, San-Antonio ? Comme s'il y avait deux manières de diriger un pays ! Oui, il y en a deux : capitaliste ou communiste ; mais n'étant pas communiste, je ne puis faire que ce qu'ont fait mes prédécesseurs et ce que feront mes successeurs. Je vais vous dire, commissaire. Si les taureaux n'étaient pas foncièrement cons, il n'y aurait pas de corridas car au lieu de charger des morceaux d'étoffe, ils chargeraient ceux qui les agitent ; eh bien, il en va de même en politique : si les électeurs n'étaient pas plus cons que les taureaux, il n'existerait que deux partis politiques, en admettant qu'on puisse considérer le communisme comme un parti.

Il ajoute, du bout de ses dents de croqueur de cornichons :

— Que cela reste entre nous, n'est-ce pas ?

— Qu'est-ce qui doit rester entre nous, Président ?

Il sourit à ma discrétion.

Sur l'écran, un gars succède à l'indicatif. Il paraît vachement surexposé, le gus. En pleine excitation journaleuse. On pressent qu'il a du carabiné à nous apprendre.

Ouvre tes étagères à crayons, gars. Ça vaut d'avoir des trompes d'Eustache pour esgourder pareille nouvelle.

Il dit comme ça :

« Mesdames, messieurs, bonjour. Coup de théâtre à Gdansk. Lech Valesa, qui devait prendre la parole à une réunion de "Solidarité", chante les louanges du général Jaruzelski et prône l'alignement inconditionnel du Mouvement sur le parti communiste polonais. Il est conspué par les militants de Solidarité. »

Le Président se dresse à demi dans son fauteuil.

— San-Antonio ! Ai-je bien entendu ?

— Je crains que oui, monsieur le Président !

Je comprends pourquoi Iria avait laissé « quartier libre » à son client de l'Élysée ! Elle était en train de « traiter » ce brave Valesa.

Comme fouteuse de merde internationale on ne trouvera jamais mieux que cette gonzesse.

Dès lors, mon siège est fait, comme disait une rempailleuse de chaises : je vais partir pour l'Inde !

ÇA CASSE TOUT

Pour voyager en avion, je me munis (quand j'y pense), de mon walkman, cadeau de Félicie. L'appareil est ultraperfectionné, puisqu'il ne comporte qu'un casque d'écoute. Les écouteurs sont un peu volumineux et assez lourds, mais la miniaturisation fait son chemin et le jour est proche où ce genre d'engin sera plus petit que l'espèce d'escarguinche acoustique que les sourdingues se collent dans les cages à miel.

Je n'emporte qu'une cassette. Elle suffit à mon bonheur car elle renferme l'essentiel de ce que j'aime. Mon éclectisme est tel que je te cite, en vrac : *O sole mio, l'Internationale* par les chœurs de l'Armée Rouge, *le Concerto pour deux mandolines* de Vivaldi, *Mon beauf'* de Renaud, *les Bancs publics* de Brassens, *Strangers in the night* par Sinatra, *Roses de Picardie* par Montand, *Fascination*, le grand air de la *Tosca, L'appel du 18 juin* interprété a capella par le général de Gaulle et *le Petit vin blanc* joué à l'accordéon par l'inoubliable André Verchuren.

Je me suis offert mon petit concert privé, au cours de ma nuit insomnieuse, car je roupille peu en avion, ayant sans cesse l'impression que le plancher de celui-ci se détache et que je vais valdinguer comme un con dans les espaces, attaché à mon fauteuil, avec, à mon côté, une vieille dame anglaise poudrée au plâtre de Paris.

Parvenu à New Delhi, je m'informe d'un mode de locomotion pour rallier le Bihar ; je constate que la meilleure façon de m'y rendre (il est distant de cinq cents bornes) c'est par le train. Manque de pot, il n'existe qu'un départ journalier et le dur d'aujourd'hui s'est déjà barré. Alors, bon, je prends mon temps et descends au *Kâma-Sûtra Palace*, lequel est situé à gauche de la mairie quand tu es face à la gare.

Hôtel luxueux, comme tous ceux des pays à forte densité d'affamés. Je commence par un bon bain, puis je m'offre une roupillette dite réparatrice, d'une paire d'heures. Qu'ensuite requinqué à bloc, l'Antonio décide d'aller lézarder à la piscaille en attendant l'heure de la croque. Elle est vachetement tentante avec sa forme en huit, son eau bleue, les plantes exubérantes qui la cernent et toutes les jolies gonzesses qui y font tremper leurs adorables volumes. Je me munis de mon walk ultramoderne, ce qui pourrait constituer le cas échéant une entrée en matière. Suffit qu'une petite péteuse louche sur l'appareil pour que je lui propose de le tester, et alors à nous les folles nuits de l'Inde éternelle.

Je déniche, comme dans tout palace qui se respecte, une boutique où l'on vend de tout, c'est-à-dire un peu de nécessaire et beaucoup de superflu. J'y emplette un slip de bain orange avec une bande bleue sur le côté. Et puis, le bel Antonio, dûment bronzé par l'été européen (l'été indien, c'est pour plus tard), fait une entrée pas dégueu sur le terrain de manœuvre. Ma serviette de bain sur mon transat de caoutchouc rouge et blanc, mon walk, mes lunettes de soleil. Plongeoir. Toujours commencer par le saut de l'ange si tu veux marquer ton territoire dans ce genre de coinceteau. Quelques flexions préliminaires. Je vaporise l'assemblée d'un regard circulaire et accroche une demi-douzaine de pécores bien carrossées qui peuvent donner quitus à leurs chers parents : produit surchoix, pas ébréché le moindre.

Je voltige, me goinfre d'élément liquide, exécute un orbe aquatique et ressors dans un jaillissement qui doit être drôlement féerique.

Satisfait, un rien rouleur, je quitte l'onde pour passer les nanas en revue, choisir laquelle est-ce que je vais essayer de charger. Petite déambulation enjambeuse. « Pardon, pardon, pardon, *sorry…* » Des œillades, des sourires balancés comme confettis en carnaval. Je sonde, repère leurs points de contact, les possibles, les bandantes, les chichiteuses, les garces honnêtes, les garces friponnes, les sérieuses sans espoir… Tout ! Au bout du parcours, j'ai sélectionné quatre gaufrettes de première : une Scandinave blonde (pléonasme) roulée comme un poster de *Lui* ou de *Playboy*, une Hindoue pétassière – chose rare et intéressante –, une Anglaise auburn avec seulement cinq millimètres de dents en trop, ce qui rend toutefois la pipe dangereuse si les salivaires ne sont pas à la hauteur, et une Eurasienne pensive, avec de la loloche, chose rarissime, et des joues rose pêche.

Leurs regards ont fait remuer mon scoubidou farceur dans mon maillot et mon dévolu dans ma caboche. Avec les nières, c'est comme à Roland-Garros : on procède par élimination. Celles qui arrivent en demi-finale ont tout pour rendre un homme heureux jusqu'au départ du prochain train pour le Bihar. Va falloir aller plus loin dans la sélection. Alors seconde passade du héros. Cette nouvelle revue me permet de rejeter l'Hindoue, décidément trop radasse, et l'Anglaise qui ne doit pas être opérationnelle sur les chibroques de camionneur. Reste la fabuleuse Scandinave et l'Eurasienne dont la carnation m'excite tout autant que l'apparente mélancolie. N'oublie jamais, lecteur surdoué (puisque tu me lis), que, chez moi le sentiment l'emporte toujours sur la viande. Je préfère les culs pensants aux culs idiots qui ne sont jamais de longue conservation.

Avant de faire jouer la finale, je décide de me sécher au soleil et reviens à mon transat. Un énorme mec qui semble être en cours d'emballage, tant il est velu, la peau sombre, le nez fort, les cils pareils à des œillères, la bouche lippue et la moustache comme deux queues de chevaux, examine mon walkman avec intérêt.

À mon approche, il me sourit et demande :

— Il est à vous ?

— Oui.

— C'est technique, hein ?

— Pas mal.

— Je peux l'essayer ?

— Faites.

Il prend l'écouteur comme un rugbyman le ballon en sortie de mêlée et s'en coiffe. L'appareil disparaît dans le fourrage de ses cheveux grisonnants.

— On n'entend rien ? se désole le gros mec.

— Actionnez le contacteur jaune placé sur l'écouteur de droite.

Il tâtonne pour trouver le bitougnet indiqué. À cet instant, quelque chose me surprend : le commutateur n'est pas jaune, mais bleu. Est-ce une erreur de mémoire de ma part ?

La petite cliquetoche disparaît dans ses gros doigts.

Et ce qui suit défie la raison. En général, comme disait Dourakine, y en a pas lulure dans mes *books*, mais alors là, y en a moins que peu. Un gros bruit retentit, épais, flouzard. Tu sais celui d'un sac en papier qu'un gamin s'amuse à faire éclater après avoir soufflé dedans ? Eh bien ça, mais en beaucoup plus fort. De la fumée se dégage de l'écouteur droit, puis un flot de sang de la tempe défoncée de Gros-lard. L'homme demeure un brin de moment debout. Il me regarde, je te jure ! Ne lui reste plus que trois quarts de tronche, mais ses yeux demeurent fixés sur moi. Et puis, d'un coup, ils s'éteignent, deviennent pas plus expressifs que ceux d'une poupée gonflable. L'homme casqué part en arrière et choit dans la piscine.

Autour de nous, onc n'a remarqué le drame car une musique débilitante du groupe *Triple Zéro* sévit à outrance, que c'est à se demander où tu dois planquer tes tympans si on continue de t'agresser les feuilles jusqu'à New Delhi avec ces viornes ricaines, bonté de merde ! Le brouhaha des baigneurs s'y ajoute, si bien que tu pourrais tirer un coup de canon ou un coup de bite sans qu'ils fussent perçus de la société.

Assis sur mon transat, je regarde le gros sac velu en train de faire la planche à cercueil dans l'eau bleue. On dirait un cétacé harponné par un chalutier. Un nuage pourpre entoure sa tronche mutilée.

Indécis, j'attends un peu. Le cadavre agité par les effets du jacousi (ou jakusy ?) s'éloigne du bord. Ce qu'il y a de nouveau dans notre rutilante société c'est que, désormais, tu crèves en public sans que personne n'en soit ému.

On te viole, on te trucide, on te lynche au milieu de

la vie courante, et les autres continuent de vaquer. Ils s'en foutent. Pour eux, c'est « touche pas à ma popote » ; le reste ? Fume !

Au bout d'un petit brin d'instant et comme le cadavre continue de faire trempette avec les autres baigneurs, je me lève languissamment, tel un lévrier afghan, pour aller draguer l'Eurasienne qui, décidément, vient de remporter la coupe.

Elle est à plat ventre, légèrement dressée sur ses coudes pour permettre qu'on admire ses nicheloques. Son regard de velours, un peu pincé, me fascine.

J'avance jusque z'à elle, m'assieds auprès, les pattounes dans la piscaille, les mains en arrière. Pose classique du gigolo en action dans ces sortes d'endroits.

Je me tourne légèrement en biais (envie de biaiser) pour lui offrir mon visage mâle et chevaleresque. Sourire ! Sourire ! Accroché ! Le reste n'est même pas littérature, juste feuilleton de gare, voire seulement de métro. T'as qu'à faire jouer tes charmeuses, y aller franco de convoitise. Bouche un tantisoit ouverte. Prélude à la nuit ! Promesse caractérisée. Si tu savais tout ce dont je peux te faire, ma gosse ! Tu le sais ? T'es sûre ? Alors n'hésite pas. T'hésites pas ? Bravo, j'arrive. Opère un petit travelling avant jusqu'à mon maillot de la Maison d'Orange, je te prie. T'as vu comment il protubère ? Tu le subodores, mon membre actif ? Et crois-moi, c'est ni une courgette ni une aubergine ; ma ratatouille à moi comporte d'autres ingrédients.

Je me renverse un peu plus davantage. Ma tête se trouve à soixante-huit centimètres de la sienne (je viens de mesurer).

— J'adore votre prénom, murmuré-je en anglais,

langue internationale, hélas, mais c'est tout de même préférable à l'allemand ou au bengali.

Son sourire cesse. Toujours déconcerter les frangines de primevère à bord (comme dit Béru).

— Mais vous ne le connaissez pas, elle objecte d'une voix gazouilleuse.

— Non, mais quel qu'il soit, porté par vous, ce ne peut qu'être un enchantement !

Bien ciblé, non ? Un peu garçon coiffeur sur la frange, mais l'intonation et l'œillade ponctuatrice enlèvent le morcif.

Je te passe la suite de la saynète (comme disait Mac), sache seulement, mon bien cher frère, que, le temps pour toi de compter posément jusqu'à deux, Mlle Sandy accepte de venir prendre un Colibri au bar.

C'est le moment que choisit une rombière pour hurler à la mort car elle vient de constater le décès du gros monsieur basané qui la frôlait de près dans la piscine. Elle mouillait pour un mort, la pauvrette ! Foin général ! Alerte !

Tout en acheminant ma nouvelle conquête au bar, je rétrospecte les récents événements, vérifier si je peux échapper à l'enquête. J'avais posé mon walk sur un matelas que je n'avais pas encore occupé. Quelqu'un que ma belle santé agace l'a remplacé par un autre, piégé. Comme j'ai une chance honteuse (et une série de polars à assumer), un gros glandeur m'a demandé d'essayer l'appareil et s'est fait fendre la gueule en mes lieu et place. Personne n'a pris garde à notre bref colloque. Et même si, je dirais simplement que le bonhomme m'a demandé l'heure. Ne plus retourner à ce matelas. M'esbigner avec l'Eurasienne. Il n'en reste pas moins qu'un tueur est là, tapi (comme Bernard), et qu'ayant constaté l'échec de sa tentative, va en opérer probablement une autre. Pas trente-six hypothèses : une seule. C'est le maharaja tonton qui m'a reconnu au *Monoculé*. Il a compris que j'allais casser coûte que coûte la cabane à la belle Iria et qu'il était temps de me neutraliser.

Sandy se juche. Cuisses exquises qui me grisent. Je lui dis tout sur moi, à savoir que je suis suisse, que je m'appelle Robert et que je suis journaliste, grand reporter à la *Gazette de Versoix*, venu à New Delhi pour faire un reportage sur l'industrie horlogère hindoue.

Elle me répète qu'elle se prénomme Sandy, ajoute qu'elle est la compagne d'un importateur américain de Detroit (il s'appelle Behring) venu ici en voyage d'affaires. Pendant qu'il gagne leur corned-beef, Sandy joue les couleuvres.

On plaisante aimablement. Des flics se ramènent. Ensuite des brancardiers. Elle s'informe auprès du loufiat. L'homme lui dit qu'un monsieur est mort d'hydrocution. J'assure à Sandy qu'on devrait organiser une visite de ma chambre en attendant que les responsables de l'hôtel changent l'eau de la piscine. Elle admet que c'est une riche idée et me suit docilement.

Je n'apprécie que deux sortes de gonzesses bien distinctes : les femmes sérieuses et les femmes faciles. Les autres, je t'en fais cadeau. Les femmes sérieuses me rassurent, les femmes faciles me comblent. Tout ce qui est intermédiaire me pompe l'air en attendant que ce soit la bite.

Sandy, tu l'auras déjà deviné, sagace comme je te sais, appartient à la seconde catégorie. Mais alors à fond. Avec elle, pas de chichis, pas de gnagnas : droit au cul !

Le temps pour moi de refermer ma porte et son mutin maillot, composé d'une simple ficelle, il est vrai, gît sur la moquette. Me voilà avec ses bras noués à mon cou, exquis collier !

Mon lit bas est plus large que long, ce qui incite à des ébats à grand spectacle, Sa Majesté Elizabeth Il me le faisait remarquer l'autre jour. Sans attendre d'avoir la météo de demain, nous nous lançons dans cette folle aventure que constitue toujours un coït impromptu. Je comprends, d'entrée de nœud, que les Asiates sont les surdouées de la lonche car, depuis ma fameuse liaison avec Lili Pute, je n'avais pas retouché une partenaire de ce niveau.

Ma sélection de la piscine est digne des doges (comme dit Béru) ; ni la Suédoise ni l'Hindoue et encore moins la Britannique ne m'auraient apporté autant d'agrément. Apprendre de nouvelles figures, quand on a mon pedigree, constitue une joie absolue. Or, Sandy m'enseigne le « paquetage indonésien », ce qui t'entraîne loin dans la volupté. J'en sais qui vont m'écrire pour savoir le dont il s'agite. Histoire de leur faire faire l'économie d'un timbre, d'une enveloppe et d'une feuille de papier, je leur signale que pour exécuter cette prouesse, faut avoir des possibilités de femme-serpent. Ça consiste, pour la femme, à se transformer en jerrican en repliant ses membres de telle sorte qu'elle adopte un volume rectangulaire ; tu vois ? Même sa tête, elle la rabat entre ses seins. T'as plus que l'ouverture à dispose, tournée vers le haut et il t'appartient de jouer les pompistes au gré de ton inspiration. Très évidemment, c'est pas à la portée de toutes les dames, je vois mal Mme Thatcher, par exemple, opérer cette royale performance ; mais quand une sœur parvient à se transformer en attaché-case, alors là, crois-moi, on touche à l'exploit.

Nous sommes en pleine concentration, agrémentée de mutuelles exhortations, lorsqu'on sonne à ma lourde. Dans ma fougue, j'ai pas eu le temps d'accrocher le petit carton rouge qui effraie les footballeurs et rassure les amoureux. Mais aurait-il détourné le cours du destin ?

Tout de suite, je pense aux flics. Contrairement à mes estimations, quelqu'un m'aura vu converser avec le gros frisé et on vient m'interroger.

Être stoppé en plein séminaire, voilà qui est épouvantable.

— Je vous prie de m'excuser, dis-je à Sandy en prenant momentanément congé d'elle.

Déjà un second coup de sonnette, plus véhément que le précédent, achève de me râper les nerfs.

Je passe un peignoir de bain et vais ouvrir.

Me trouve en présence de deux personnes : une jeune femme habillée en militaire et un mec en civil. Hindous l'un et l'autre à n'en plus pouvoir. La môme est officière, si j'en crois ses galons. Elle serait belle si elle n'était positivement (toujours ces adverbes qui Marcel[1]) défigurée par un étrange tatouage qui lui coupe la poire en deux. Sur le front, ça représente un losange reposant sur une pointe, des pointillés descendent le long de l'arête du nez, sur et sous les lèvres et jusqu'au bas du menton. Ce graphisme incommode car il est mutilant.

L'arrivante darde sur moi un regard tellement noir

1. L'auteur a voulu dire « qui me harcèlent », très probablement, mais ce con écrit tellement vite !

Le directeur littéraire.

qu'il en est presque blanc car il évoque le néant, or le néant, que tu le veuilles ou pas, c'est blanc, et ne me dis pas le contraire, sinon je te balance ma main dans la gueule !

— Montrez-moi vos papiers, je vous prie ! fait-elle sèchement.

Dans le plumard, la môme Sandy s'est dépaquetée pour pouvoir se cacher sous les couvrantes.

Je vais prendre mon passeport dans la poche de mon veston et l'apporte à la policière, laquelle vient d'entrer dans la chambre. Son compagnon est en chemise blanche et short long, kaki.

Elle prend le document que je lui présente, l'examine en conscience, puis le tend à l'homme. Ce dernier le fourre dans une sacoche dont la bride est passée à son épaule.

— Habillez-vous et suivez-nous ! ordonne la visiteuse intempestive – ô combien ! – tiens, regarde, j'arrive pas à dégoder complètement ; c'est malheureux, non ?

Quand tu songes à la brièveté de la vie, à sa folle précarité, tu te dis qu'un coup perdu – voire seulement différé – ne se rattrape jamais. Elle vient, sans le savoir, de commettre un crime contre l'humanité, cette connasse !

— Vous suivre où ? m'effaré-je.

— Pressez-vous ! lance la pécore au lieu de me répondre.

J'hésite. Mais à quoi bon regimber ? Les bourdilles veulent m'entendre au sujet du meurtre de la piscine. Je me berlurais en espérant que personne ne m'avait vu parler à la victime. Le monde est bondé de guette-au-trou qui observent nos moindres fesses et gestes.

— Chère Sandy, déclaré-je, j'espère avoir l'occasion de reprendre cette charmante conversation le plus vite possible. Faites-vous monter des consommations en m'attendant.

Je m'harnache à la Frégoli, plus vite qu'un pompier de Paris chargé d'aller éteindre l'incendie qui ravage la maison de ses chers parents.

— Je suis à votre disposition, madame.

Elle doit avoir un grade, mais lequel ? Ses galons décrivent sur ses manches des tortillons qui me sont inconnus.

Sans un mot, elle fait demi-tour et me précède. Son petit copain ferme la marche.

Un peu à l'écart de l'hôtel, stationne une bagnole, une grosse ricaine cabossée, dans les tons café au lit au lait.

Un gars à turban fume une cigarette bleu ciel au volant. La femme prend place à l'avant, le zig au short kaki m'invite muettement à m'installer à l'arrière.

Fouette clocher !

Peut-être connais-tu New Delhi, toi non plus ? Y a du monde, hein ? Et alors, pour être indien, c'est indien, t'auras remarqué ? Et la circulation, dis ? T'es d'accord ? Bon. Mais assez de descriptions comme ça, qu'après on tourne Zola et le lecteur chéri se met à bouder.

Notre chauffeur nous faufile à travers le vacarme ambiant le long d'une immense avenue. On vire à droite au carrefour, devant la pharmacie. On suit une rue interminable, tellement qu'on la termine pas pour pénétrer dans une sorte de vaste hangar tapissé d'affiches de cinéma ; car le cinoche marche très fort en Inde, comme dans tous les pays pauvres. J'aperçois une immense affiche comme on n'en a plus vu chez nous depuis la guerre de Quatorze ; elle célèbre une production de

Chaâ Brôll, le cinéaste hindou à la mode. Ça représente un type beau comme Rudolph Valentino, brandissant un couteau pour défendre une malheureuse et belle guenilleuse, aux prises avec un gros vilain à moustache de Tartare.

Pas le temps d'admirer le chef-d'œuvre, nous voici dans l'entrepôt.

Quelqu'un referme la porte de tôle ondulée après notre passage et la voiture stoppe.

Mon mentor (cuit à point, puisqu'un mentor n'est jamais cru) m'enjoint (de culasse) de sortir. Ce dont j'obtempère.

L'entrepôt est misérable, en haillons. Les vitres de la verrière sont cassées et rien n'y est entreposé, si ce n'est une caravane de camping pas mal délabrée. La porte en est ouverte. Un type habillé d'un short en jean et d'un tricot de corps à grille est assis sur le marchepied du véhicule, écoutant la musique d'un transistor épuisé. Ça joue du nasillard car s'agit probable d'un orchestre de potirons et courgettes évidés comme ils sont friands dans ce pays.

L'officière se dirige vers la caravane et y pénètre. Le chauffeur va ranger sa charrette dans le fond du hangar. Mon gardien trouve un bidon rouillé et l'adopte comme tabouret. Je mate en direction de l'entrée et aperçois un petit Hindou scrofuleux, adossé à la porte. La musique est acide à t'en faire éclater les testicules. Moi, toute une soirée à écouter ce zinzin et me voilà bonnard pour Charenton.

Bien que tu sois d'une intelligence nettement au-dessus du niveau de la mer, tu dois commencer à te dire que cet endroit n'a rien de policier.

Ça sent le méchant coup fourré à plein tarin, mon

pote. Il s'est laissé viander de première, l'illustre commissaire. Cette fille officière l'a possédé sans problo. Mentalement, je passe en revue le contenu de mes vagues. Pas le moindre bout d'arme. Mon sésame, certes, comme toujours, ma lime à ongles, mon petit canif comportant des ciseaux… Ai-je mon paquet de cigarettes magiques ? Impossible de me souvenir si je m'en suis muni ! Et ce n'est pas le moment de porter la main à ma poche pour m'en assurer car ils m'observent et pourraient mal interpréter mon geste.

Le gros chauffeur est descendu de son tas de boue et y reste adossé. L'homme de la caravane continue d'écouter sa musique merdique. Mon mentor a les mains sur les genoux et semble récapituler les faits notoires de son existence.

La fille tatouée réapparaît. Elle vient de troquer son uniforme contre un sari vert à motifs noirs qui modifie son maintien, lui confère une certaine noblesse d'allure.

— Venez par ici ! m'enjoint-elle depuis le seuil de son véhicule.

Docile, je m'avance. Suis obligé d'enjamber le type assis sur le seuil pour entrer. La caravane pue le fauve et le parfum de santal. Elle comprend une penderie abritant un monceau de fringues disparates, des coussins énormes, crasseux et avachis, et un meuble bas, aux pieds tournés, comprenant des tiroirs.

— Asseyez-vous ! invite la dame pointillée.

Je choisis le coussin le moins cracra pour lui confier mon dargif. Je déteste cette position qui nous est inhabituelle, à nous autres Occidentaux accidentés. Elle me met en posture de faiblesse.

Mais enfin, hein ? Bon.

La fille lance un mot d'une syllabe. Le gars du seuil

se lève et ferme la porte du véhicule. Me voici seul avec elle. Une seule syllabe a suffi ; comme quoi, pour s'exprimer, pas besoin de tartines : on peut le faire à moindres frais.

— Je vous croyais de la police et je vois qu'il n'en est rien, lui dis-je ; pourrais-je avoir quelques explications ?

Elle met son index devant ses lèvres.

Quelqu'un te fait ça, illico tu la boucles et tu attends.

On se regarde. Ses yeux plongent dans les miens. Sa figure est très belle. Dommage qu'elle l'ait ainsi divisée en deux avec ses foutus pointillés. Mon regard dévie légèrement pour se fixer sur le motif frontal : le losange dressé sur une de ses pointes. Une espèce d'étrange fascination me biche. J'essaie de fuir. En même temps, un trouble physique me chope, carabiné. Cette péteuse me file une triquerie du diable ! Une de plus ! Le bâton de Guignol, il se prend, Messire Antonio-le-Pieu. Le goumi tout superbe, propre (toujours) à casser les noix de coco dans leur cosse ! La farouche matraque d'apache, comme les malfrats se servaient jadis, à l'époque débonnaire qu'on flinguait pas encore d'entrée de jeu. Maintenant, tu veux la Rolex d'un gus, tu lui vides d'abord un chargeur dans le baquet avant de la lui prendre, au lieu de la lui demander poliment.

Moi, cette monumentale membrane, très vite, je ne sais plus qu'en faire. Me tourmente pour son devenir. La mettre où ? Je deviens de plus en plus sujet, t'as remarqué ? Je mate une frelotte et, bing ! le chauve à col roulé qui se met à rouler des épaules.

Ça tourne infirmité, mon truc !

Mon bénouze se met à craquer de toutes ses coutures, comme un rafiot par gros temps. Je vogue en pleine mer des orgasmes. Me faut une crique qui me croque, une anse où blottir ma caravelle. J'ai besoin d'un port où jeter l'ancre !

— Vous êtes belle, je bredouille piteusement, pâteusement ; permettez-moi de vous présenter mes hommages !

Elle les regarde sans manifester ses sentiments. Et moi, la bandoche s'accroît à la vitesse grand cul ! Plus moyen de me contenir, Ninette ! Je ne suis plus qu'une énorme bitoune qui enfle, qui gonfle, qui va exploser.

— Par pitié ! je lui implore. Ne me laissez pas dans cet état, ce ne serait pas charitable. J'ignore à quelle religion vous appartenez, mais j'implore votre dieu pour qu'il vous inspire de la compassion à mon endroit.

Elle continue de me regarder sans mot dire. Je me mets à genoux devant elle, tends la main…

Fulgurante, la petite cravache qu'elle a saisie derrière son coussin me cingle les doigts, pénétrante, acide. Instantanément, j'ai la pogne qui sanguigne.

Ma copine zifolette, au grand jamais je l'ai vue dans un tel épanouissement. Même dans mes rêves les plus érotiques j'imaginais pas pareille ampleur.

Elle a un secret, cette gueuse, merde ! Un philtre ! Un charme ! Un don ! Quèque chose, bordel ! Quèque chose d'irrésistible, de stupéfiant. Et voilà que mister Braquemuche poursuit sa dilatation. Je pulvérise Béru, cependant surnommé Queue-d'âne. Je vais franchir le point de non-retour. Je trouverai jamais plus chaussure à mon pied ! J'ai le zob éléphantesque. Pour m'accoupler, faudra que je me fasse des dames pachydermes. Au secours !

Elle reste toujours impavide, la garce. Non, mais tu sais que mézigue, cravache ou pas cravache, je vais la violer, mam'zelle, tant pis pour son pot d'échappement.

Elle lit les prémices du forfait dans mon regard.

— Calmez-vous, dit-elle. Vous pourrez me faire l'amour dès que vous aurez répondu à mes questions.

— Alors pose-les vite, sinon tu vas prendre des éclats de bite dans la gueule, la mère ! j'y lance avec une férocerie peu compatible avec ma galanterie habituelle.

— Vous êtes policier ?

— Oui, et alors, ça te gêne, dis, morue ?

— Vous voulez vous rendre au Bihar ?

— Affirmatif, petite pétasse !

— Pour y rencontrer qui ?

— Un mage, je réponds, c'est tout ce qu'il y a pour ton service, dis, Nid-à-zobs ?

— Comment se nomme ce mage ?

— Kandih Raâton, et alors, radasse ?

— Et qu'attendez-vous de lui ?

— Qu'il développe un don que je crois posséder, espèce de tapineuse au rabais !

— Quel est ce don ?

— Celui qui me permet de neutraliser une peau de vache dans ton genre, pouffiasse !

— Comment se nomme-t-elle ?

— Iria Jélaraipur ; comme si tu ne le savais pas, Sac-à-nœuds ! Allez, ça suffit comme ça, j'ai répondu, tu vas payer, aboule tes miches, prostipute ! Quand tu en seras passée par moi, tu ne pourras plus t'asseoir qu'à plat ventre !

Elle défait son sari. Elle est nue dessous. Je mets un « e » muet à nu pour la dernière fois car la donzelle est un homme.

Oui : un homme. *A man*, quoi ! La déception me zigomate entièrement. Je reste là, le sensoriel brutalisé. C'est mutilant, une chose pareille ! Un travelo ! Ces

Hindous, je te jure : faut pas s'y risquer, on a des surprises. Et même des déceptions. Ma clarinette à moustaches se cabre. Elle reste en arrêt, le museau pointé. Puis une immense désespérance la démantèle. La v'là qui retrouve des dimensions plus humaines, puis plus modestes ; normales enfin ! Mon tourmenteur ne sourit même pas de ma défaite. Il ôte sa perruque. Dessous il a le cheveu plat, oléagineux. Une barrette de nacre est passée dedans. Il l'ôte. A l'intérieur de la barrette, se trouve un minuscule objet ayant la forme d'une fléchette. Il la saisit entre pouce et index, comme Pinaud son mégot. Un éclair, je pige. S'en faut d'un centième de seconde, qu'est-ce que je dis : d'un deux centième ! Je me jette de côté. La main du mec passe au ras de ma joue. Je lui cramponne l'avant-bras à deux mains. N'oublie pas que nous sommes sur le plancher d'un local exigu. On à-bout-portante. Son poing gauche me frappe à la tempe. J'encaisse. Alors il se plaque à moi et passe son bras gauche autour de mon cou. Je comprends qu'il va prendre la fléchette avec son autre main. Je laisse couler les miennes au niveau de son coude. De toutes mes forces j'exerce une pesée d'Archimède, mais de haut en bas. L'homme hurle car son coude vient de craquer. Je le foudroie d'un coup de boule dans les badigoinces. Me redresse. La fléchette gît sur un coussin. Je la cueille délicatement. Cet enragé ne s'avoue pas vingt culs (puisqu'il n'en a qu'un) et brandit la cravache de son bras valide. Il l'abat, je déguste sur la glotte et tout se brouille. Un geste de taureau agonisant, ma main tenant la fléchette file sur le gars. Contact. Silence.

Pendant une tripotée de secondes, je me dis que je suis en train de mourir étouffé. Plus possible de déglutir. C'est bloqué. L'enviandé m'a broyé des cartilages dans le goulet. Je tripote… C'est chaud, ça saigne. Rudement entamé ! Me rabats sur mon tarin pour respirer. Fatalement, le résultat est inchangé. Alors j'ouvre grand ma gueule pour gober de l'oxygène au max. Peu à peu, il s'en faufile dans mes soufflets. Je ferme les yeux.

Quand je rallume mes quinquets, j'avise « ma » vamp bandante morte à mes pieds, toute convulsée et presque noire.

« Bien, me dis-je en catimini. Que dois-je faire maintenant ? »

ce

A

…veau Siège
New Seat

VERDALLE/DIDIER MR

ECONOMY
Seat 15E

AF0650/23APR-CDG CUN

SN 109 Q 2
ETKT 057239070260102

ÇA SE DÉCHAÎNE

Pour me résumer et te dresser un rapide topo de ma posture : je me trouve à l'intérieur d'une caravane, laquelle stationne dans un entrepôt gardé par quatre hommes.

Voilà les brèves données de mon problème. Pour le résoudre, je dois : petit a, sortir de la caravane ; petit b, mettre les quatre hommes à la raison ; petit c, quitter l'entrepôt. Pas de quoi s'affoler. J'en ai surmonté de pires.

Je commence par inventorier la caravane, dans l'espoir d'y dégauchir une arme, mais je n'en trouve pas la queue d'une. Ouvrant le meuble bas à tiroirs, j'explore ces derniers. Ils recèlent une quantité de petits pots mystérieux dont les contenus, prudemment flairés, ne sentent pas bon. Sans doute ces drogues possèdent-elles des propriétés intéressantes, mais comme elles me sont inconnues, il est préférable que je les néglige.

Alors ?

L'idée va venir, bouge pas. Mon imaginance ne m'a jamais laissé en rade. Un don du ciel ! Je m'avise que le fameux meuble supporte une glace sur pied ainsi que des accessoires de fards dont devait user probablement mon assassin raté pour se déguiser en bergère. Je débusque un tube de rouge à lèvres mauve, car les rouges à lèvres le sont de moins en moins en nos temps de folie furieuse.

Là, l'idée attendue se présente au rendez-vous, munie de ses lettres, non pas de créance, mais de crédibilité. Me voici en train de barbouiller ma frime et le dos de mes mains en violet. T'as pigé, Barnabé ? Oui ? Bravo !

En effet : je vais essayer de me faire passer pour mort. Quand, inquiétés par notre silence, les gonziers de l'entrepôt viendront aux nouvelles, ils nous trouveront gisant sur le plancher, violacés et convulsés l'un et l'autre. Que penseront-ils ? Qu'après m'avoir « traité », leur pote aura fait un mouvement et se sera piqué à son tour. Accident du travail. Gloire à celui qui périt au champ d'honneur.

J'étudie le visage du copain travelo et adopte le même rictus : gueule béante, yeux exorbités. Même s'ils sentent battre mon cœur, ils ne douteront pas que je suis en pleine agonie.

Ainsi est fait. J'attends.

Ces Hindous ont toutes les patiences.

Tu veux que je te dise ? Non ? Tu t'en fous ? Je vais te le dire quand même, sans frais de port : une heure dix !

Oui, madame, oui, mademoiselle, oui, monsieur : soixante-dix minutes allongé auprès d'un cadavre, en m'appliquant à l'imiter (sans limiter les dégâts) ; faut le faire, non ? J'aurais des morpions, l'exploit serait impossible. Ou bien la coqueluche, voire de l'urticaire.

God thank you, il n'en est rien.

Donc, ces soixante-dix broquilles (comme on dit dans l'argot du père Hugo) s'écoulent et on frappe à la porte. Ce pourrait être les trois coups car ma représentation de gala va commencer.

Je me contracte à outrance. Le survenant pousse une exclamation en *gujaratî* ou en *oriyâ*, je me rappelle plus bien et appelle ses potes. Le restant de l'escouade rapplique. Ça jacte féroce. Je fais d'inouïs efforts pour ne pas ciller. Dur dur de garder les falots ouverts et d'avoir la prunelle inexpressive pendant que quatre mecs sont penchés sur toi. Faut croire que je m'en tire bien car ces messieurs ressortent au bout d'un moment, après avoir constaté nos décès.

Les palabres se poursuivent dans l'entrepôt. Une ligne de conduite est adoptée. Le chauffeur va récupérer sa tire au fond du local et l'amène devant la porte de la caravane sans couper le moteur. Il passe à l'arrière et déverrouille le coffre. Deux des copains s'amènent pour prendre livraison de mon ex-tourmenteuse qu'ils coltinent jusque dans la malle.

Alors là, il voit l'embellie superbe, Tantonio. Le moment de rêve inespéré. Les mecs chargent le corps dans le coffre de l'auto, laquelle ronronne à deux mètres vingt de moi, portière avant grande toute verte. Je me lève, silencieux, m'approche de la lourde. Un bond de guépard, un seul, magistral, et me voilà sur la banquette. Les amortisseurs yoyotent. La secousse rabat le couvercle de la malle sur la tronche des participants.

Bibi enquille le levier sur le « drive » et enfonce la pédale d'accélération. La ricaine jaillit après avoir patiné une seconde sur le bitume lisse de l'entrepôt. Dans l'élan, ma portière se claque, j'avais pas eu le loisir de la fermer. Je t'ai déjà dit que ces vilains avaient fait coulisser la porte du local. Mais quoi : de la tôle ondulée ravaudée sur un cadre de ferraille rouillée, c'est pas la ligne Maginot, j'imagine ? Pleins gaz dans le grand panneau. Ton pote Dudule se cramponne au volant, rentre sa nuque dans les endosses pour ménager ses cervicales.

Ça fait vraaaaoum ! Avec plein d'éclats, de lambeaux, de déchiquetures. Il a traversé le cerceau, le commissaire. Déferle dans la rue au volant de sa caisse mutilée par l'impact et qui gamelle à faire chialer une batterie de cuisine dévalant l'escalier de la tour Eiffel.

Impossible d'éviter la voiturette d'un vieux crabe chenu, laquelle est chargée de caisses de fruits.

Mesdames, si vous voulez de la confiture de mangue et de vieillard, approchez et tendez vos rouges tabliers !

Pas le temps de m'arrêter pour faire le constat. Je mets (ou plutôt j'arrache) toute la gomme.

La circulation est telle, dans cette ville, que je suis aussitôt absorbé, digéré, déféqué par la foule. Vingt minutes plus tard, un taxi jaune et rouge me dépose à mon hôtel car, tout bien réfléchi, le mieux était d'y revenir.

Et qu'y trouvé-je ? Endormie au creux de mon lit, dans le zonzon discret de l'air conditionné ? Oui, mon vieux : la belle Sandy. Elle s'éveille.

Un regard à la pendule.

— Tu as fait long, soupire-t-elle.

— Ç'aurait pu être pire, assuré-je en envoyant promener mes fringues, mais tu n'as rien perdu à attendre, regarde un peu ce que je te ramène, Germaine !

Elle regarde et lance un cri de liesse quelque peu teinté d'inquiétude. Faut dire que ce que je lui exhibe donne à réfléchir.

*
* *

La soirée fut calme.

Sandy, ravagée des genoux aux paupières par mes entreprises fougueuses, me présenta le soir à son compagnon, homme charmant, con et blond, businessman avisé, sans doute, mais qui se flanquait une bouteille de bourbon dans le corps tout de suite après son dernier rendez-vous. Il devait baiser sur magnétophone, en tout cas pas la nuit car il s'endormit avant la fin du repas. Je l'éveillai, l'emmenai au bar où il vida encore soixante-dix centilitres de Four Roses, puis je l'aidai à gagner l'ascenseur et de là ma propre chambre où je le fourrai dans mon lit, simple mesure de prudence car je redoutais une attaque nocturne de mes ennemis. Mais le lendemain, après que je l'eus remplacé au pied (c'est le cas d'y dire) levé dans son propre appartement, il ronflait encore.

Je m'étendis auprès de lui, le laissai se réveiller, puis me réveiller et prétendis qu'il avait voulu coucher dans mon lit, ce qui l'amusa aux éclats.

C'était, je te le redis, un con authentique, mais un con assez simple avec l'esprit le plus droit et je me plus à le surnommer Candide.

Nous nous fîmes des au revoir joyeux, avec promesse de se retrouver sous peu et je leur pris congé.

Je parvins sans encombre ni décombres à destination.

Le Bihar est un vaste pays verdoyant, à la végétation de rêve. Tu te crois dans *Paul et Virginie*. Raâm-Dhâm, la ville principale, ressemblait tellement à la Tour-du-Pin (38) que je fus presque tenté de demander des nouvelles de Valentine Guillet, une amie de pension à maman qui tient une bonneterie-mercerie là-bas. Néanmoins, c'est du mage Kandih Raâton que je me mis en quête.

Sa réputation était si grande que tout le monde le connaissait et il me fut aisé de découvrir sa retraite. Le mystérieux bonhomme habitait hors de la ville, dans une maison coloniale tombant en ruine. La bicoque avait dû être bien dans sa jeunesse, mais elle était devenue lépreuse et croulante. L'ardente végétation la cernait, l'escaladait, et un arbre avait même percé le toit de la véranda. Il ne restait de celle-ci qu'un plancher disjoint, aux lattes vermoulues et une balustrade en pointillés. Des chats efflanqués, aux yeux bleus, cruels, me regardaient venir, allongés sur les marches branlantes. Ils s'enfuirent lorsque je fus trop près d'eux.

Une vilaine toux catarrheuse mobilisa mon attention. J'aperçus un homme dans un rocking-chair, derrière une touffe de bambous. Si ce type-là n'avait pas cent ans, c'est qu'il avait perdu son extrait de naissance et s'en était refait faire un en trichant sur sa date de naissance. T'aurais dit une momie dans des hardes d'allure encore militaire. Un long short beige, des chaussettes montantes dépenaillées, une chemise verte avec une chiée de poches, un casque colonial comme on n'en trouve plus que dans les revues des Folies-Bergère. Il restait immobile sur son siège mouvant, droit, le regard fixe, le menton casse-noisettes. Il avait dû paumer depuis des décennies son dentier et ses lunettes ; peut-être bien sa mémoire aussi. Sa face n'était composée que de trous d'aspect funèbre. Il économisait ses gestes et ne devait plus se nourrir que de l'oxygène ambiant, comme ces fleurs qu'on te vend dans des bocaux et qui s'éternisent chez toi sans que tu t'en occupes un instant.

Je m'approchai, le saluai avec la déférence que lui valait son âge canonique et lui demandai s'il était le mage Kandih Raâton.

— Pour qui me prenez-vous, gentleman ? demanda-t-il d'une voix d'outre-tombe.

Il avait un accent anglais tel qu'il devait être au moins britannique. Effectivement, et sans que j'eusse à le questionner, il m'avertit qu'il était le colonel Branlett, de l'ex-armée des Indes.

Bien qu'anglais, il se montrait disert ; sans doute se trouvait-il en manque d'interlocuteurs ? À la retraite depuis une quarantaine d'années, veuf et sans enfants, il avait choisi de terminer sa vie dans ce pays qu'il aimait. J'eus droit à ses états de service, à la liste de ses décorations, à ses considérations sur l'Angleterre Nouvelle, lesquelles n'étaient pas fameuses.

Quand il se tut, je me dis qu'il venait de produire l'ultime effort de sa longue existence et que je devais me préparer à recueillir son dernier soupir, encore que je n'aurais su où le mettre. Il avait les yeux clos, la bouche comme un trou de balle de jument noire et des narines de squelette d'oiseau migrateur.

Timidement, je me risquai à réclamer le mage. Il y eut un long silence. Le colonel Branlett cherchait à se rappeler comment il convenait de s'y prendre pour respirer, puis pour parler. Ça lui revint au bout d'un temps interminable.

— J'ignore si ce vieux saltimbanque vit encore, dit-il, cela fait plusieurs mois que je ne l'ai vu.

— Où aurais-je une chance de le rencontrer ?

Branlett fit un effort colossal et parvint à me désigner sa masure.

— La pièce du fond.

Je remerciai et m'y risquai.

Le capharnaüm (Herculanum et Pompéi) était indescriptible, ce qui va m'éviter de te le raconter. Sache simplement que je trouvai, dès l'entrée, une folle accumulation de caisses, de meubles, d'objets, de denrées plus ou moins comestibles, d'armes, de livres, de récipients et de détritus. Une odeur âcre et suffocante me chavirait. Par-dessus celle de la merde et de la pourriture, c'était l'odeur de vieillesse qui prédominait. La plus horrible ! Les autres, en te bouchant les narines, tu finis par les braver. L'odeur de vieillesse s'insinue. Elle ne te pénètre pas seulement par tes voies olfactives mais par tous tes autres sens. Elle t'atteint, te contamine.

Je me déplaçai au milieu de ce bazar effroyable comme sur un sol marécageux, cherchant des endroits où je pouvais avoir pied. Cela avait dû être la pièce à vivre jadis, mais avec le temps et l'abandon, c'était devenu un repaire de bêtes fauves. Je parvins à le traverser pour gagner une porte (la pièce en comportait deux en comptant celle de l'entrée). L'ayant poussée, je débarquai dans un endroit plus exigu, dont la nudité contrastait avec le fourbi innommable encombrant le premier local. Il n'était meublé (si j'ose ainsi exprimer) que d'une natte crasseuse, d'un réchaud à alcool et d'une grande boîte de thé. Un robinet gouttait au-dessus d'un évier de pierre. Le lieu était sombre, ne prenant le jour que par l'imposte aménagée au-dessus de la porte.

Pour te compléter le descriptif, je dois te signaler qu'un trou était creusé dans le carrelage du sol. Un trou d'à peu près trente centimètres de diamètre. Un second vieillard se tenait accroupi au-dessus du lit, se livrant à une occupation singulière. Il avait avalé l'extrémité d'une longue bande de toile, l'avait digérée et elle était ressortie par les voies dites naturelles, celles qui servent de centre d'accueil au Sida.

Le bonhomme avait récupéré cette extrémité en question et il tirait dessus, conservant la bouche ouverte pour que la bande pût se dérouler. En somme, des mètres de toile défilaient à l'intérieur de son corps comme au travers du canon d'un fusil. C'était sa façon hindoue de procéder à sa toilette intime. Elle en valait une autre mais nécessitait toutefois un entraînement particulier.

Le mage Kandih Raâton me parut encore plus âgé que le colonel Branlett. Comparé à lui, le mahatma Gandhi ressemblait à Oliver Hardy ou au bon Président Daddah *(Mauritanie te salutant)*.

Il est la maigreur indicible, presque plus rien ; un peu d'os et de peau parcheminée. Mais il lui reste son regard, et quel ! Deux pointes d'acier noir qui lancent des éclairs. Tout en se fourbissant la boyasse, il me fixe. Et je me sens tout bizarre, tout fuligineux, évasif, comme l'était l'Illustre dans le parc de l'Élysée. Lointain de l'âme. Détendu.

— Pardon, bafouillé-je, je vais vous laisser à votre toilette.

— Non, restez, vous ne me gênez pas, dit Kandih Raâton d'un ton encore ferme.

Quand il me parle, je crois voir des flashes sortir de sa bouche ; de grands flashes aux bords lumineux.

— Je vous attendais, me dit-il. Je sais pourquoi vous êtes venu et j'approuve votre démarche. J'ai été trahi par Iria. Elle a mis son pouvoir au service du mal. Elle s'est laissé emporter par les manigances de son oncle, l'odieux maharaja de Mormoalkipur. Vous la ramènerez dans le droit chemin ; moi, d'ici, je ne puis intervenir, mon œil capte ses gestes mais ne parvient pas à les neutraliser…

Il parle clairement malgré la bande qui défile dans sa bouche, sa gorge et le reste.

Cet homme est une espèce de saint rayonnant dont l'esprit m'illumine. Je l'écoute religieusement, plus adverbial que jamais, recueilli jusqu'à l'extase.

— Vous, mon fils, poursuit-il, vous êtes un être téméraire, plein de contradictions, animé souvent des sentiments les plus fous, mais votre nature profonde est un sol fertile. Vous avez faim d'absolu et votre générosité vous sauvera. Puisque vous avez découvert mon rôle dans le don d'Iria et pris l'initiative de venir me voir, au prix de grands dangers qui ne sont pas encore conjurés, je vais vous équiper le grand O. Ensuite, vous serez doté du savoir et disposerez d'une puissance très grande, mais qui s'achèvera avec moi, c'est-à-dire dans peu de temps, car vous ne serez mon prolongement que de mon vivant.

— Qu'il en soit fait selon votre volonté, dis-je.

Il a fini de se passer la bande de par le corps et se met à l'enrouler en vue de sa prochaine toilette. Ses gestes sont lents et nobles.

— Allongez-vous sur ma natte, les bras le long du corps, et détendez-vous le plus possible. Tentez de faire le vide en vous. Confiez-vous à moi sans réserve ; rien de grand ne peut s'opérer sans la confiance et l'amour. Ainsi, ce qui aura perdu Iria, c'est son machiavélisme. Elle a accepté que son oncle ait manigancé un détournement d'avion pour justifier qu'elle se trouve à Gibraltar, et, à cause de vous, l'opération a été un échec. Elle a dû se rendre là-bas ensuite par des voies normales, si elle les avait prises tout de suite, tout se serait très bien passé pour elle. À trop vouloir cuisiner son curry de volaille, on le rate, comme l'a dit le mahatma Gôhé Miyôh. Vous êtes prêt ?

— Je m'y efforce, maître.

— Ne réagissez pas ! Abandonnez-vous…

Il se couche à plat ventre sur moi.

— Ouvrez la bouche.

J’ai décidé de lui être soumis totalement et donc j’ouvre la bouche.

Je n’éprouve aucune répulsion. Ce vieux bonhomme doit puer comme une grève des éboueurs d’au moins trois mois, mais je ne le sens pas. Il pose son moignon de visage contre le mien. Ses yeux me transpercent. Il se met à psalmodier dans ma bouche et son souffle me chatouille la luette. Je m’abîme dans un vertige suave.

Blanc.

Blanc.

Blanc.

Je ne pense plus à rien. Je deviens un pur esprit vagabond.

Et puis, c’est le retour. Merci.

Il était si léger que je ne perçois même pas l’absence de son poids sur mon corps lorsqu’il se redresse.

Il allume son réchaud et va tirer de l’eau dans une casserole dont le cul est plus noir que l’âme d’un contrôleur fiscal.

— Vous prendrez un peu de thé avec moi ?

— Volontiers.

Le thé, moi, c’est pas ma tasse de thé, tu le sais ; mais le moyen de lui refuser ? C’est symbolique, tu comprends ?

Il accommode une mixture vert arsenic, prend deux petites tasses coniques dans sa boîte et verse une gorgée d’oiseau dans chacune d’elles. Son breuvage est amer, épais, stimulant.

— Vous habitez chez le colonel Branlett ? lui demandé-je.

— Oui, cela fait bien longtemps ; c’est un ami sûr, un peu fou avec l’âge, mais qui aura su protéger ma paix. Lorsqu’on possède un don, on est en butte à d'incessantes tracasseries : tout le monde veut en bénéficier.

Il me regarde.

— Les gens qui ont failli vous tuer hier se trouvent très près d'ici, méfiez-vous. Ils sont deux. Le plus vieux porte un sac de cuir. C'est dans ce sac que se tient la mort.

— Merci, fais-je en quittant la position accroupie qui me permettait de suppléer une chaise.

— Ça fera cent roupies, me dit le mage, la main tendue.

*
* *

Deux heures après, je suis de retour à la gare. J'ai un train dans dix-huit heures seulement, ce qui me laisse largement le temps d'aller déguster un *nasigorang* (je te garantis pas l'orthographe) au restaurant du coin. Je suis en alerte depuis que le vieux mage m'a annoncé que des vilains rôdaient dans mon espace vital, prêts à le transformer en espace mortuaire. Je me sens mi-figue, mi-raisin. Les incantations de pépé Kandih Raâton et sa gymnastique sur moi m'ont-elles réellement investi de son pouvoir ? Comment et quand m'en apercevrai-je ?

Je déguste le plat épicé en réfléchissant. À la table voisine se trouvent une dizaine de touristes britanniques des deux sexes. Ils parlent ruines, statues bouddhiques, temples et tout le bigntz du *Guide Vert de chez Smith et Jackson, London* dont chacun a un exemplaire près de son assiette. Moi, les touristes en conquête, ça m'a toujours couru sur la prostate, leur manière de tout vérifier par rapport à la documentation qu'ils trimbalent. Ils n'admirent pas : ils confrontent. Ne perçoivent ni le climat ni la gent, pas plus que la flore ou la faune. Le site ? Fume ! Ce qui leur importe, c'est le chapiteau, la clé de voûte, la maintenance artistique du truc qui vaut le voyage ; ils se livrent à un inventaire.

Chaque fois que je suis seul dans un lieu public, j'ai pour habitude de passer les gonzesses qui s'y trouvent en revue, me demandant, comme hier au bord de la piscine, laquelle j'aimerais le mieux me farcir. Dans la circonstance présente, mon choix est vite fait car sur les cinq dadames réunies près de moi, une seule est à peu près mettable. Les quatre autres sont des presque vieillasses poudrées à mort, grassouillettes et grotesques qui n'ont jamais su (et ne sauront jamais) ce qu'est un vrai coup de bite franc et massif. Ces gens, ils ont l'instinct de reproduction, pas celui de la volupté. Ils ne prennent pas leur pied, ils se perpétuent. Mais enfin, une petite femme châtaine, avec plein de taches de rousseur sur sa figure pâlotte et possédant des loloches intéressantes, serait apte à recevoir mes hommages trois-pièces par une nuit de tempête dans une bourgade perdue du Yorkshire. Elle est placée de trois quarts par rapport à ma pomme. L'idée me vient de contrôler mon pouvoir, si pouvoir il y a. Je me mets à la fixer intensément en lui ordonnant, par la pensée, de se tourner vers moi.

En deux étangs trois mous devant, elle lève la tête et me regarde.

Hasard ?

Voire !

« Souris-moi, ma chérie », lui enjoins-je.

Elle me sourit. Peut-être parce que je la mate avec complaisance, non ? Faut pas s'emballer.

« Je te broute le minouche, dearlinge, poursuis-je mentalement, tu la sens ma menteuse agile sur ton petit bistougnet d'amour ? »

L'Anglaise a le regard qui chavire. Elle entrouvre les lèvres et se trémousse sur sa chaise. Son mari qui est pasteur dans le Sucesex, le révérend Mac Heupan, s'aperçoit de la danse de Saint-Gui à Bobonne et lui en demande la raison. Elle continue de pâmoiser, la pauvrette.

Je lui sauve la situation en lui lançant le message silencieux suivant :

« Remets-toi, poupée, et réponds à ton vieux pingouin qu'une bestiole te grimpe entre les jambes. »

Voilà qu'elle le répète, mot pour mot. Cette fois, je ne doute plus de ma force occulte. Kandih Raâton m'a bel et bien investi de son pouvoir ! Une bouffée d'imbécile orgueil m'empare. Voilà que je tombe dans la puérilité, merde ! Je vais pas prendre la grosse tronche parce que je peux imposer ma volonté à mes contemporains, sans blague !

Des marchands ambulants font le tour du restau, proposant aux clients des oiseaux naturalisés (hindous), aux plumages somptueux. Les touristes débattent le prix, achètent. La dame à qui je faisais mentalement minette me paraît pas intéressée.

« Prends-en deux ! » la sommé-je.

Et elle ouvre brusquement son sac à main pour procéder à l'achat qui lui est dicté. Je me marre. T'as beau t'exhorter à la modestie, ça fait tout de même quelque chose de pouvoir glisser ta volonté dans la tête des autres, comme tu glisserais ta main dans leurs gants.

Les deux marchands viennent à moi. L'un d'eux tient les oiseaux à vendre sur un morceau de branche, afin de les présenter en situation d'oiseaux perchés. Il imite un charmant gazouillis. C'est le ramage de la jungle. Il a appris le bengali et le jacte couramment.

Son compagnon s'occupe du business. C'est lui qui propose les zoziaux et qui enfouille l'auber.

Il a une moustache noire, superbe. Des rouflaquettes larges comme ma main. Et il sourit de toutes ses dents blanches. Je contemple les zizes multicolores. Je pourrais en rapporter un à Félicie, tu crois pas ? Elle serait contente, m'man, d'avoir ce piaf dans sa cuisine, accroché à la boîte de gros sel.

J'en choisis un choucard tout plein, avec des plumes bleues et jaunes, serties d'ocre par endroits. Ses yeux de verre sont fripons.

— Ça coûte combien ?

— Un dollar, me dit le moustachu.

Je porte la main à ma poche. Lui, il dépose sur ma table la sacoche qu'il porte en bandoulière. Il la déboucle. Et alors, fulgurant, aigu comme un bruit de tramway freinant à mort, je réalise qu'il s'agit d'un sac de cuir et que ces hommes sont deux ! D'instinct, je fais basculer ma table. Le sac choit en même temps que ma boustifaille. Quatre serpenteaux de couleur bronze noirâtre, pas plus gros que des lombrics, en sortent avec des frétillements. J'ai retapissé les pareils dans une exposition : rien de plus venimeux que ces bestioles qui attaquent l'homme avec l'impudence des moustiques.

Je regarde le type à la moustache.

« À genoux ! Attrape-les ! » lui enjoins-je.

Il se met à grelotter et à claquer des dents.

« Attrape-les tout de suite ! » insisté-je, avec une force spirituelle qui transformerait un rayon laser en allumette de contrebande.

Le gars aux belles baffies se jette au sol. Sa main frémissante s'avance en tremblant sur l'un des serpenteaux.

Elle s'en saisit.

Le serpent le mord.

L'homme meurt.

Son compagnon largue sa branche d'oiseaux et s'enfuit.

Tous les convives hurlent et grimpent sur la table.

Tu verrais mon groupe d'Anglais : des naufragés sur une banquise en train de fondre. Les serveurs, alertés, s'arment de badines et entreprennent la chasse aux reptiles.

Moi, j'empare l'oiseau convoité et le glisse dans mon sac de voyage. M'man sera contente.

ÇA RENTRE DANS L'ORDRE

Les membres de l'assistance étaient en smoking ou robe de soirée. Les lustres du château de Laeken brillaient de toutes leurs loupiotes. L'orchestre de chambre de Bruxelles, dirigé par Hubert Van Tripotan, jouait l'introduction de « Si ton chat perd ses poils, arrête le vélo », cette œuvre magistrale de Wolfgang Amadeus Koluch (né à Kronenbourg). Lorsqu'il eut achevé son interprétation, l'orchestre salua du cul et de la tête et quitta l'estrade drapée de velours aux couleurs de la chère Belgique, si glorieuse que tout le monde, chez nous, connaît l'Histoire belge (et même en connaît plusieurs).

Un technicien, également en smoking, mais qui portait une cravate représentant une vahiné sur fond de soleil couchant au lieu du nœud pap' traditionnel, vint régler le micro. Qu'après quoi il fit un signe d'acquiescement.

Un huissier enchaîné testa l'appareil, le tapotant du doigt, ce qui fit déferler un grondement de tonnerre sur les invités. Après quoi il souffla dedans, et ce fut un *remake* de *Typhon sur la Jamaïque*. Puis, consciencieux jusqu'au bout, l'huissier parla. Il murmura, avec un délicieux accent flamand : « Zidor fait une grosse bise à Lolotte, une foué ! »

Ça marchait.

L'homme se ramona la gorge, et l'on crut que le château s'effondrait. Ensuite, il déclama :

— Mesdames, messieurs, Sa Majesté le roi vous cause !

Une salve d'applaudissements retentit et le bon monarque se hissa sur le podium. Il portait son grand uniforme de glandeur-major à boutons dorés et épaulettes d'astrakan rouge. Il était nu-tête, ce qui diminuait sa ressemblance frappante avec une tête de nœud triste à lunettes. Le souverain belge est un homme très bien, sérieux sous tous les rapports (y compris sexuels), qui aurait fait un excellent expert-comptable si la fatalité ne l'avait placé sur le trône. On devine cet homme triste de n'avoir pas d'enfants ; peut-être sont-ce les causes de l'infécondité de son couple royal qui le turlupinent car sa chère épouse (qui n'a rien d'une saute-au-paf, j'en conviens) est peut-être moins stérile que le bruit n'en court. Qui peut affirmer que leur mariage n'est pas demeuré blanc comme au jour de sa célébration ? S'il est un homme dont on peut penser qu'il baise en play-back, c'est bien ce grand mec à frime de veuf constipé, dont les enfants se drogueraient ou seraient en prison.

Il se tenait plus raide que la tige du micro, les mâchoires crispées, le nez en bec d'aigle, les lunettes mal réveillées.

Je soufflai à l'oreille du Président :

— Je pressens que c'est maintenant qu'il va se passer quelque chose.

— Ah ! vraiment ? murmura distraitement notre Empereur, de plus en plus envapé.

— Oui, dis-je. « Elle » est ici, je l'ai aperçue. Et sa présence me donne à redouter le pire.

Car c'était vrai : Iria avait réussi à se faire inviter à la réception royale organisée pour célébrer l'amitié franco-belge. Ainsi, la gueuse tenait-elle deux de ses « clients » infortunés sous son regard maléfique : notre Président et le locataire de Laeken dont je prévoyais qu'il était déjà programmé, lui aussi.

C'était la première fois que je retrouvais Iria Jélaraipur depuis mon retour des Indes. Certes, j'aurais pu, d'entrée de jeu, en la revoyant, tenter d'exercer sur elle le pouvoir neutralisateur dont j'étais investi ; mais avant de m'y risquer, il me fallait la laisser « tirer la première ». J'attendais donc, angoissé, debout auprès de l'Illustre.

Ce dernier avait beaucoup changé. Son teint ivoire me paraissait presque jaune, son visage s'était allongé comme s'il tenait à ressembler à ses caricatures. Les paupières empesées cachaient mal un regard de chien abattu. On devinait en lui un harassement total ; il était passé de l'inquiétude à l'abasourdissement complet. Encore quelques semaines et, si le déclin s'accentuait, il faudrait lui mettre des rollers pour passer les troupes en revue.

— Pardonnez-moi, Sire, fis-je au Valeureux, je dois « m'occuper » de cette sorcière.

— Faisez, faisez ! répondit l'Illustre qui, pourtant, manie en toute occasion un français irréprochable.

Je m'écartai donc pour contourner le salon et gagner l'embrasure d'une fenêtre d'où je pouvais regarder à loisir la dangereuse Hindoue.

Qui donc l'avait introduite ici ? Sans doute quelque familier décidé à perturber l'ordre des choses. Un proche comme celui qui l'avait appelée pour mon

Président, comme ceux qui lui avaient permis d'accéder à la résidence du gouverneur de Gibraltar. Les Judas sont partout, prodiguant des courbettes pour dérober leurs frites de faux-culs. Tout cela résultait d'un monstrueux complot à l'échelle internationale conçu pour la grande déstabilisation.

Mais le roi des Belges prenait la parole.

J'ouïs.

— Monsieur le Président, attaqua-t-il, je salue votre venue en Belgique à l'occasion de…

Et patatras, c'est parti !

Il marque un temps. Sa voix a fléchi, ses yeux se vident. Un léger tic l'amène à hocher la tête…

Il se mouille les lèvres d'une langue dont il ne s'est servi jusqu'à ce jour que pour humecter des timbres-poste.

— Si vous êtes reçu ici ce soir, c'est à l'insistance de mon gouvernement que vous le devez. Franchement, je n'étais pas chaud. Moi, cette affaire du *Greenpeace*, merci bien ! Raison d'État ou pas, ça me ferait chier de couler des bateaux à quai, je le disais hier soir encore à Fafa, après notre prière du soir. J'aurais remis cette soirée à la con d'autant plus volontiers que mes hémorroïdes me font souffrir comme un damné. Pendant le dîner, je me suis retenu comme un fou de me gratter l'oignon ; de plus, la compagnie d'un socialiste en peau de lapin, j'en fais cadeau à mon ministre des Affaires étrangères, ce con !

Tu verrais l'assemblée ! Les catacombes de Palerme ! Pire encore qu'à Gibraltar quand Lady Di palpait la bitoune de l'amiral. Là-bas, tout le monde ne s'en apercevait pas en même temps. Ici, tout le monde entend et c'est LA catastrophe.

Il est grand temps que le chevalier Ajax se manifeste.

Je fixe intensément Iria, superbement moulée dans un fourreau de soie noire. Elle porte un énorme collier d'or avec un ballon de rubis en guise de pendentif.

Aussitôt elle se tourne vers moi. Son regard se plante dans le mien. Je soutiens la décharge.

Et c'est elle qui cède, la gueuse. Elle qui paraît s'affaisser dans son fourreau ; elle qui bat des cils, elle qui se trouble et prend une expression égarée.

J'y vais pleins feux ! Ivre de colère. Tu vas réparer, ma belle !

Elle se met en marche en direction de l'estrade. Le roi est tout ballant, les bras comme deux chéneaux le long d'une tour. L'air siphonné.

Iria, en transe à son tour, gravit les deux marches du podium et s'approche du micro.

Elle parle :

— Mon nom est Iria Jélaraipur. Je suis la nièce d'un diplomate hindou travaillant pour des pays de l'Est. Très tôt, j'ai pris conscience du don de télépathie que je possédais. Mon oncle m'a confiée à un initié fameux de notre province, lequel m'a transmis son savoir immense. Depuis lors, il m'est possible d'agir sur le subconscient des autres et de les amener à prononcer des paroles ou à accomplir des actes fous ou pour le moins absurdes. Ainsi, c'est moi, à la demande de mon oncle, qui ai influencé Lech Valesa pour l'amener à renier son idéal ; de même j'ai dicté à la princesse d'Angleterre des gestes extravagants ; j'ai infligé des pertes de mémoire au Président de la République française ici présent, ce qui vous explique son étrange comportement au moment de l'affaire du *Rainbow Warrior* ; et c'est moi qui, ce soir, ai inspiré à Sa Majesté les paroles incohérentes que vous venez d'entendre. Une force inconnue me révèle tout l'odieux de mon comportement. J'accède enfin à la lumière et prends l'engagement solennel de mettre désormais mon pouvoir au service de l'humanité souffrante. Votre Majesté, monsieur le Président, j'implore votre pardon.

Remous dans l'assistance.

L'effarement change de forme. Cette confession publique n'efface pas les effets fâcheux des paroles prononcées par le roi. Pour renouer l'ambiance après tout ce circus, faut faire appel à des professionnels chevronnés. Comme il ne s'en trouve pas à proximité, on refait appel à l'orchestre de chambre. Les musicos reviennent et interprètent une nouvelle introduction ; celle du *Doigt dans le Culte* de Jean-Sébastien Devos.

Cependant que je me dirige vers la sortie, où Iria se pointe en chancelant sous les regards outrés de l'assemblée.

*
* *

— Bonjour, murmure-t-elle en m'apercevant.

Je lui souris.

— Salut, petite démone. Alors, on raccroche ?

— J'étais en perdition, murmure-t-elle.

— En effet, et je peux vous affirmer que le père Kandih Raâton que j'ai vu l'autre jour n'est pas fier de vous, loin de là !

Nous traversons une enculade de pièces dorées à la feuille. Tous ces hauts lieux se ressemblent. Les masures royales n'en forment qu'une. C'est partout le même palais : colonnes, moulures, dorures, brocarts, marbreries en tout genre.

Des valets en livrée nous regardent partir. Un concierge-chef nous demande s'il faut appeler notre voiture. Non, non, pas besoin. On va marcher un brin. J'entends rester un bout de nuit en compagnie d'Iria ; pas pour la chose bagatelleuse que tu soupçonnerais de ma part, mais pour lui en faire cracher un maxi sur ses collusions, le trafic vilain à son tonton. Qui donc a buté ses copains de Gibraltar et a essayé de me faire cramer ? Qui donc l'a placée dans l'entourage de l'Illustre ? Et dans celui de Valesa ? Et ici, hein ? Quel vilain Belge a joué un pareil tour à son roi, petit-fils d'Albert Pommier, le Roi-Chevalier (ma pomme, c'est moi a… a… a…). Quel grand dessein derrière toutes ces sombres manigances ? Discréditer le monde occidental ? Lui avoir la peau, une bonne fois, en loucedé ? Le tuer par le ridicule ? Le noyer dans le grotesque ? Pas mal chiée, la combine ! Bravo ! Fallait y penser. Le ridicule tue, alors on tue l'Occident avec le ridicule. Bien plus performant que la force nucléaire.

Elle trottine à mon côté, dans sa robe étroite. On suit une avenue plantée d'arbres et de réverbères. Des feuilles mortes commencent à craquer sous nos pinceaux. Le vent du nord les emporte dans la nuit froide de l'oubli.

« Ah ! je te tiens, ma fille ! Tu es à ma merci. Fini tes farces catastrophiques ! Je vais, moi, te brancher sur les belles causes. Tu vas secourir, comme je t'ai forcée à le déclarer à Laeken. Se-cou-rir. Qui ? Nous verrons. Y a tellement de boulot à faire… »

— J'ai froid, murmure Iria. J'ai laissé mon boléro de vison au palais.

J'ôte ma veste et la lui dépose sur les épaules.

— Merci.

On marche, on marche.

— Où allons-nous ?

— À mon hôtel.

— Je n'ai jamais fait l'amour, avoue-t-elle.

— Vous auriez peut-être dû, mais ça n'est pas pour ça que je vous conduis à l'*Amigo.*

— C'est pour quoi ?

— Une mise à jour. On va liquider le passé pour pouvoir se tourner vers l'avenir.

— C'est une bonne décision, approuve Iria, soulagée.

Combien de temps restera-t-elle soumise à mon emprise ? Tant que Kandih Raâton vivra, il me l'a dit ; mais après ? Mon pouvoir temporaire cessera et elle retournera à ses coups fourrés ! L'eau va toujours dans le sens de la pente !

On arrive vers le centre. La circulation est fluide. L'air fraîchit de plus en plus.

Iria s'arrête, ôte l'un de ses escarpins qui la blesse. C'est pas tellement fait pour le jogging ces petites pompes-là.

Je la contemple, fasciné par sa beauté, éclatante dans la lumière du réverbère auquel elle s'appuie. Tout à ma contemplation, je n'entends pas s'arrêter une moto, près de nous. Du moins, si je l'entends, je n'y prends pas garde. Une détonation claque, terrible dans le presque silence de l'avenue. Un bruit ample et creux. La tête de ma compagne n'existe plus. Iria s'abat dans les bégonias belges d'un massif, sans lâcher sa godasse.

Ici est résolu, bien malgré moi, un délicat problème.

Je regarde foncer un bolide noir emportant deux silhouettes également noires. Les patrons du tonton maharaja n'ont pas fait long pour prévenir les aveux de leur magicienne.

CUCUSION

Je le savais que m'man placerait l'oiseau des Indes sur le montant de la boîte à sel. Ç'a été son réflexe. Ça fait une tache de couleurs vives sur le bois brun.

Elle tourne une mayonnaise dans un énorme bol ancien au fond duquel, comme motif, ça représente un coq. C'est moi qui lui tiens le bol bien à plat sur la table. Une manie qui remonte à ma petite enfance. Mais à cette époque je le tenais moins fermement plaqué à la toile cirée. Selon les caprices giratoires de la cuiller de bois, on aperçoit un bout de coq, sa crête, ses pattes, mais la mayonnaise en formation l'emplâtre tout de suite et il disparaît.

— J'ai oublié de te dire que M. Pinaud a téléphoné pendant ton absence, mon grand.

— Ah ! bon, qu'a-t-il dit ?

— Qu'il est toujours au Caire et qu'il compte s'y fixer dès qu'il aura obtenu ses papiers. Il a fait la connaissance, là-bas, d'une ancienne religieuse protestante, une Hollandaise, avec laquelle il espère refaire sa vie. Il voudrait que tu ailles trouver Mme Pinaud pour la mettre au courant de la situation et aussi pour lui faire expédier des vêtements, car il est toujours en pyjama. C'est malheureux, à son âge, de prendre une pareille décision.

— Chacun sa vie, soupirai-je. Et le mariage de Marie-Marie ?

— Le douze du mois prochain. Elle est venue hier me présenter son futur époux, un garçon charmant.

— Parfait, tout le monde il est heureux, en somme ?

Dans le fond, on doit être bien au Bihar, dans la masure coloniale du colonel Branlett, à attendre la mort en se berçant soi-même au creux d'un rocking-chair.

Pourquoi une nostalge de ce pays me point-elle depuis la fin de l'aventure ? En me repassant son don, le bon Kandih Raâton m'aurait-il inoculé l'amour de son pays ? Si je te disais (mais que ça reste entre nous) ce matin, j'étais aux chiches et je me suis surpris à me coller dans la bouche l'extrémité du rouleau de papier hygiénique, pour l'avaler et ensuite m'astiquer l'alambic ! Marrant, non ? Je me suis repris à temps, mais ça m'a laissé rêveur.

Son don, au mage, que vais-je en foutre, à présent, en attendant sa mort ? La cause qui l'a motivé ayant disparu, je détiens en somme un pouvoir qui ne m'appartient plus. Ah ! si, tiens, je vais faire rentrer Pinuche au bercail ! Allez, c'est dit : je le télécommande…

— À quoi penses-tu, Antoine ? Tu as l'air complètement perdu.

— Je songeais à Pinaud, m'man. Je te parie qu'il va revenir…

Bon, et si maintenant j'annulais les projets de mariage de la Musaraigne ?

TOUT m'est possible ! TOUT !

Mais non, son destin lui appartient, à cette gosse. Son choix est l'expression d'une détermination intime…

— Coucou ! lance une voix.

Et le Président surgit, une fois de plus, radieux. Vingt ans de moins que la dernière fois, à Bruxelles. Sémillant dans son complet beige à reflets roses offert par Jack Lang, il rit de ses grandes ratiches qui, ce jour, ne font pas vampire. Il y a du soleil plein ses yeux. Décidément, ça baigne pour mes relations. J'espère que ça va devenir contagieux et que je m'arracherai bientôt à mon marasme.

Comme maman s'essuie les mains à son tablier et que je largue le bol de mayonnaise pour me mettre au garde-à-vous, l'Illustre agite ses mains en essuie-glaces.

— Non, non ! Surtout continuez : c'est si charmant ! La famille française telle que je la rêve, telle que je la veux ! San-Antonio, que de reconnaissance ! Je me sens totalement guéri ! En forme, paré pour d'autres batailles. Invincible, si j'ose un tel mot !

Il plonge son médius dans le bol.

— Vous permettez, chère madame ?

Il goûte !

— Délectable ! Vous la faites au citron ? Comme vous avez raison. Souhaiteriez-vous la Légion d'honneur, ma bonne amie ? Votre fils la refuse, mais je suis certain qu'il l'aimerait sur vous, n'est-ce pas, commissaire ?

— Pourquoi pas, monsieur le Président, balbutié-je.

Maman ne sait plus où elle en est. La Légion d'honneur pour mayonnaise réussie, c'est beau, non ?

— À propos, monsieur le Président, m'enquiers-je, avez-vous retrouvé votre botte secrète ? Ce fameux plan qui va vous permettre de gagner les futures élections ?

Il m'adresse un clin d'œil.

— Ce matin, mon petit ; en me rasant. Tout m'est revenu comme déferle une vague. Je les tiens, tous !

— Mes compliments.

— Si je vous disais, tout compte fait, cette période noire de mon septennat que je viens de traverser aura été positive. J'en ressors fortifié.

— Vos paroles sont pour moi une musique, monsieur le Président.

Je le fixe.

— Est-il indiscret de vous demander sur quoi repose la manœuvre électorale qui va vous conduire au succès ?

— Pas du tout, Antoine, je vais vous la dire. Tout simplement…

Il se tait.

— Seigneur, voilà que j'ai encore un trou de mémoire.

Il paraît si navré que je le force mentalement à rire.

Alors il rit aussi.

— Au diable, ça me reviendra demain.

Il m'a possédé, ce fripon !

La mayonnaise grimpe, grimpe. M'man continue de verser l'huile d'une main et de touiller avec régularité. Elle veut pas manquer sa Légion d'honneur par une fausse manœuvre ultime. Ce serait trop sot.

On entend la chanson de la cuiller de bois contre les parois du bol. On ne voit plus du tout le coq.

— Savez-vous, mon petit San-Antonio, que vous feriez un homme d'État formidable ? murmure soudain notre visiteur.

— Croyez-vous, monsieur le Président ?

Il opine énergiquement.

— L'énergie, l'intelligence, l'audace… Vous possédez toutes les qualités requises pour diriger la France.

Je souris.

— Alors, après vous, s'il en reste, monsieur le Président !

FIN

Un guide de lecture inédit élaboré par Raymond Milési

REMONTEZ LE FLEUVE AVEC LE COMMISSAIRE SAN-ANTONIO

La première aventure du commissaire San-Antonio est parue en 1949. Peu à peu, ce personnage au punch et à la sincérité extraordinaires a pris dans le cœur des lecteurs de tous âges une place si importante qu'on peut parler à son sujet de véritable *phénomène*. Qu'il s'agisse de son exceptionnel succès dans l'édition ou de l'enthousiasme qu'il provoque, on est en droit de le situer – et de loin – au premier rang des « héros littéraires » de notre pays.

1. Bibliographie des aventures de San-Antonio

A) La série

Jusqu'en 2002, la série était disponible dans une collection appelée « *San-Antonio* », abrégée en « S-A », avec une numérotation qui ne tenait pas compte – pour une bonne partie – de l'ordre originel des parutions.

La collection garde le même nom mais, à partir de 2003, sa numérotation va respecter l'ordre chronologique.

Dès lors, la bibliographie ci-après se consulte de la façon suivante :

- En tête apparaît le numéro « chronologique », celui qui figure sur chaque roman réimprimé *à partir de 2003*.

- Après le titre vient, entre parenthèses, la date de première publication.
- Puis est indiquée la collection d'origine (Spécial Police de 1950 à 1972 et S-A avec l'ancienne numérotation : reprises et originaux de 1973 à 2002).
- O.C. signale que le titre a été réédité dans les *Œuvres complètes*, le numéro du tome étant précisé en chiffres romains.

1. RÉGLEZ-LUI SON COMPTE (1949)
(S-A 107) – O.C. XXIV
2. LAISSEZ TOMBER LA FILLE (1950)
Spécial-Police 11 – (S-A 43) – O.C. III
3. LES SOURIS ONT LA PEAU TENDRE (1951)
Spécial-Police 19 – (S-A 44) – O.C. II
4. MES HOMMAGES À LA DONZELLE (1952)
Spécial-Police 30 – (S-A 45) – O.C. X
5. DU PLOMB DANS LES TRIPES (1953)
Spécial-Police 35 – (S-A 47) – O.C. XII
6. DES DRAGÉES SANS BAPTÊME (1953)
Spécial-Police 38 – (S-A 48) – O.C. IV
7. DES CLIENTES POUR LA MORGUE (1953)
Spécial-Police 40 – (S-A 49) – O.C. VI
8. DESCENDEZ-LE À LA PROCHAINE (1953)
Spécial-Police 43 – (S-A 50) – O.C. VII
9. PASSEZ-MOI LA JOCONDE (1954)
Spécial-Police 48 – (S-A 2) – O.C. I
10. SÉRÉNADE POUR UNE SOURIS DÉFUNTE (1954)
Spécial-Police 52 – (S-A 3) – O.C. VIII
11. RUE DES MACCHABÉES (1954)
Spécial-Police 57 – (S-A 4) – O.C. VIII

12. BAS LES PATTES ! (1954)
Spécial-Police 59 – (S-A 51) – O.C. XI

13. DEUIL EXPRESS (1954)
Spécial-Police 63 – (S-A 53) – O.C. IV

14. J'AI BIEN L'HONNEUR… DE VOUS BUTER (1955)
Spécial-Police 67 – (S-A 54) – O.C. VIII

15. C'EST MORT ET ÇA NE SAIT PAS (1955)
Spécial-Police 71 – (S-A 55) – O.C. XIII

16. MESSIEURS LES HOMMES (1955)
Spécial-Police 76 – (S-A 56) – O.C. II

17. DU MOURON À SE FAIRE (1955)
Spécial-Police 81 – (S-A 57) – O.C. XV

18. LE FIL À COUPER LE BEURRE (1955)
Spécial-Police 85 – (S-A 58) – O.C. XI

19. FAIS GAFFE À TES OS (1956)
Spécial-Police 90 – (S-A 59) – O.C. III

20. À TUE… ET À TOI (1956)
Spécial-Police 93 – (S-A 61) – O.C. VI

21. ÇA TOURNE AU VINAIGRE (1956)
Spécial-Police 101 – (S-A 62) – O.C. IV

22. LES DOIGTS DANS LE NEZ (1956)
Spécial-Police 108 – (S-A 63) – O.C. VII

23. AU SUIVANT DE CES MESSIEURS (1957)
Spécial-Police 111 – (S-A 65) – O.C. IX

24. DES GUEULES D'ENTERREMENT (1957)
Spécial-Police 117 – (S-A 66) – O.C. IX

25. LES ANGES SE FONT PLUMER (1957)
Spécial-Police 123 – (S-A 67) – O.C. XII

26. LA TOMBOLA DES VOYOUS (1957)
Spécial-Police 129 – (S-A 68) – O.C. IV

27. J'AI PEUR DES MOUCHES (1957)
Spécial-Police 141 – (S-A 70) – O.C. I

28. LE SECRET DE POLICHINELLE (1958)
Spécial-Police 145 – (S-A 71) – O.C. III

29. DU POULET AU MENU (1958)
Spécial-Police 151 – (S-A 72) – O.C. V

30. TU VAS TRINQUER, SAN-ANTONIO (1958)
Spécial-Police 157 – (S-A 40) – O.C. V
(tout en pouvant se lire séparément, ces deux derniers romans constituent une même histoire en deux parties)

31. EN LONG, EN LARGE ET EN TRAVERS (1958)
Spécial-Police 163 – (S-A 7) – O.C. XIII

32. LA VÉRITÉ EN SALADE (1958)
Spécial-Police 173 – (S-A 8) – O.C. VI

33. PRENEZ-EN DE LA GRAINE (1959)
Spécial-Police 179 – (S-A 73) – O.C. II

34. ON T'ENVERRA DU MONDE (1959)
Spécial-Police 188 – (S-A 74) – O.C. VII

35. SAN-ANTONIO MET LE PAQUET (1959)
Spécial-Police 194 – (S-A 76) – O.C. IX

36. ENTRE LA VIE ET LA MORGUE (1959)
Spécial-Police 201 – (S-A 77) – O.C. IX

37. TOUT LE PLAISIR EST POUR MOI (1959)
Spécial-Police 207 – (S-A 9) – O.C. XIII

38. DU SIROP POUR LES GUÊPES (1960)
Spécial-Police 216 – (S-A 5) – O.C. II

39. DU BRUT POUR LES BRUTES (1960)
Spécial-Police 225 – (S-A 15) – O.C. IX

40. J'SUIS COMME ÇA (1960)
Spécial-Police 233 – (S-A 16) – O.C. VI

41. SAN-ANTONIO RENVOIE LA BALLE (1960)
Spécial-Police 238 – (S-A 78) – O.C. VII

42. BERCEUSE POUR BÉRURIER (1960)
Spécial-Police 244 – (S-A 80) – O.C. IV

43. NE MANGEZ PAS LA CONSIGNE (1961)
Spécial-Police 250 – (S-A 81) – O.C. XI

44. LA FIN DES HARICOTS (1961)
Spécial-Police 259 – (S-A 83) – O.C. X

45. Y A BON, SAN-ANTONIO (1961)
Spécial-Police 265 – (S-A 84) – O.C. VIII

46. DE « A » JUSQU'À « Z » (1961)
Spécial-Police 273 – (S-A 86) – O.C. XII

47. SAN-ANTONIO CHEZ LES MAC (1961)
Spécial-Police 281 – (S-A 18) – O.C. VII

48. FLEUR DE NAVE VINAIGRETTE (1962)
Spécial-Police 293 – (S-A 10) – O.C. I

49. MÉNAGE TES MÉNINGES (1962)
Spécial-Police 305 – (S-A 11) – O.C. IX

50. LE LOUP HABILLÉ EN GRAND-MÈRE (1962)
Spécial-Police 317 – (S-A 12) – O.C. X

51. SAN-ANTONIO CHEZ LES « GONES » (1962)
Spécial-Police 321 – (S-A 13) – O.C. V

52. SAN-ANTONIO POLKA (1963)
Spécial-Police 333 – (S-A 19) – O.C. V

53. EN PEIGNANT LA GIRAFE (1963)
Spécial-Police 343 – (S-A 14) – O.C. II

54. LE COUP DU PÈRE FRANÇOIS (1963)
Spécial-Police 358 – (S-A 21) – O.C. XI

55. LE GALA DES EMPLUMÉS (1963)
Spécial-Police 385 – (S-A 41) – O.C. V

56. VOTEZ BÉRURIER (1964)
Spécial-Police 391 – (S-A 22) – O.C. I

57. BÉRURIER AU SÉRAIL (1964)
Spécial-Police 427 – (S-A 87) – O.C. III

58. LA RATE AU COURT-BOUILLON (1965)
Spécial-Police 443 – (S-A 88) – O.C. I

59. VAS-Y, BÉRU ! (1965)
Spécial-Police 485 – (S-A 23) – O.C. VIII

60. TANGO CHINETOQUE (1966)
Spécial-Police 511 – (S-A 24) – O.C. VI

61. SALUT, MON POPE ! (1966)
Spécial-Police 523 – (S-A 25) – O.C. X

62. MANGE, ET TAIS-TOI ! (1966)
Spécial-Police 565 – (S-A 27) – O.C. XII

63. FAUT ÊTRE LOGIQUE (1967)
Spécial-Police 577 – (S-A 28) – O.C. X

64. Y A DE L'ACTION ! (1967)
Spécial-Police 589 – (S-A 29) – O.C. XIII

65. BÉRU CONTRE SAN-ANTONIO (1967)
Spécial-Police 613 – (S-A 31) – O.C. XII

66. L'ARCHIPEL DES MALOTRUS (1967)
Spécial-Police 631 – (S-A 32) – O.C. XI

67. ZÉRO POUR LA QUESTION (1968)
Spécial-Police 643 – (S-A 34) – O.C. XIII

68. BRAVO, DOCTEUR BÉRU (1968)
Spécial-Police 661 – (S-A 35) – O.C. XIV

69. VIVA BERTAGA ! (1968)
Spécial-Police 679 – (S-A 37) – O.C. XIV

70. UN ÉLÉPHANT, ÇA TROMPE (1968)
Spécial-Police 697 – (S-A 38) – O.C. XIV

71. FAUT-IL VOUS L'ENVELOPPER ? (1969)
Spécial-Police 709 – (S-A 39) – O.C. XIV

72. EN AVANT LA MOUJIK ! (1969)
Spécial-Police 766 – (S-A 89) – O.C. XIV

73. MA LANGUE AU CHAH (1970)
Spécial-Police 780 – (S-A 90) – O.C. XV

74. ÇA MANGE PAS DE PAIN (1970)
Spécial-Police 829 – (S-A 92) – O.C. XV

75. N'EN JETEZ PLUS ! (1971)
Spécial-Police 864 – (S-A 93) – O.C. XV

76. MOI, VOUS ME CONNAISSEZ ?… (1971)
Spécial-Police 893 – (S-A 94) – O.C. XV

77. EMBALLAGE CADEAU (1972)
Spécial-Police 936 – (S-A 96) – O.C. XVI

78. APPELEZ-MOI CHÉRIE (1972)
Spécial-Police 965 – (S-A 97) – O.C. XVI

79. T'ES BEAU, TU SAIS ! (1972)
Spécial-Police 980 – (S-A 99) – O.C. XVI

80. ÇA NE S'INVENTE PAS (1973)
(S-A 1) – O.C. XVI

81. J'AI ESSAYÉ, ON PEUT (1973)
(S-A 6) – O.C. XVII

82. UN OS DANS LA NOCE (1974)
(S-A 17) – O.C. XVII

83. LES PRÉDICTIONS DE NOSTRABÉRUS (1974)
(S-A 20) – O.C. XVII

84. METS TON DOIGT OÙ J'AI MON DOIGT (1974)
(S-A 26) – O.C. XVII

85. SI, SIGNORE ! (1974)
(S-A 30) – O.C. XVIII

86. MAMAN, LES PETITS BATEAUX… (1975)
(S-A 33) – O.C. XVIII

87. LA VIE PRIVÉE DE WALTER KLOZETT (1975)
(S-A 36) – O.C. XVIII

88. DIS BONJOUR À LA DAME (1975)
(S-A 42) – O.C. XVIII

89. CERTAINES L'AIMENT CHAUVE (1975)
(S-A 46) – O.C. XIX

90. CONCERTO POUR PORTE-JARRETELLES (1976)
(S-A 52) – O.C. XIX

91. SUCETTE BOULEVARD (1976)
(S-A 60) – O.C. XIX

92. REMETS TON SLIP, GONDOLIER (1977)
(S-A 64) – O.C. XIX

93. CHÉRIE, PASSE-MOI TES MICROBES ! (1977)
(S-A 69) – O.C. XX

94. UNE BANANE DANS L'OREILLE (1977)
(S-A 75) – O.C. XX

95. HUE, DADA ! (1977)
(S-A 79) – O.C. XX

96. VOL AU-DESSUS D'UN LIT DE COCU (1978)
(S-A 82) – O.C. XX

97. SI MA TANTE EN AVAIT (1978)
(S-A 85) – O.C. XXI

98. FAIS-MOI DES CHOSES (1978)
(S-A 91) – O.C. XXI

99. VIENS AVEC TON CIERGE (1978)
(S-A 95) – O.C. XXI

100. MON CULTE SUR LA COMMODE (1979)
(S-A 98) – O.C. XXI

101. TIRE-M'EN DEUX, C'EST POUR OFFRIR (1979)
(S-A 100) – O.C. XXII

102. À PRENDRE OU À LÉCHER (1980)
(S-A 101) – O.C. XXII

103. BAISE-BALL À LA BAULE (1980)
(S-A 102) – O.C. XXII

104. MEURS PAS, ON A DU MONDE (1980)
(S-A 103) – O.C. XXII

105. TARTE À LA CRÈME STORY (1980)
(S-A 104) – O.C. XXIII

106. ON LIQUIDE ET ON S'EN VA (1981)
(S-A 105) – O.C. XXIII

107. CHAMPAGNE POUR TOUT LE MONDE ! (1981)
(S-A 106) – O.C. XXIII

→ À partir du 108e roman ci-dessous, la numérotation affichée auparavant sur les ouvrages de la collection *« San-Antonio »* correspond à l'ordre chronologique. Le numéro actuel et le précédent sont donc identiques. Mais, pour éviter toute équivoque, nous continuons tout de même à les mentionner l'un et l'autre jusqu'au bout.

108. LA PUTE ENCHANTÉE (1982)
(S-A 108) – O.C. XXIII

109. BOUGE TON PIED QUE JE VOIE LA MER (1982)
(S-A 109) – O.C. XXIV

110. L'ANNÉE DE LA MOULE (1982)
(S-A 110) – O.C. XXIV

111. DU BOIS DONT ON FAIT LES PIPES (1982)
(S-A 111) – O.C. XXIV

112. VA DONC M'ATTENDRE CHEZ PLUMEAU (1983)
(S-A 112) – O.C. XXV

113. MORPION CIRCUS (1983)
(S-A 113) – O.C. XXV

114. REMOUILLE-MOI LA COMPRESSE (1983)
(S-A 114) – O.C. XXV

115. SI MAMAN ME VOYAIT ! (1983)
(S-A 115) – O.C. XXV

116. DES GONZESSES COMME S'IL EN PLEUVAIT (1984)
(S-A 116) – O.C. XXVI

117. LES DEUX OREILLES ET LA QUEUE (1984)
(S-A 117) – O.C. XXVI

118. PLEINS FEUX SUR LE TUTU (1984)
(S-A 118) – O.C. XXVI

119. LAISSEZ POUSSER LES ASPERGES (1984)
(S-A 119) – O.C. XXVI

120. POISON D'AVRIL ou la vie sexuelle de Lili Pute (1985)
(S-A 120) – O.C. XXVII

121. BACCHANALE CHEZ LA MÈRE TATZI (1985)
(S-A 121) – O.C. XXVII

122. DÉGUSTEZ, GOURMANDES ! (1985)
(S-A 122) – O.C. XXVII

123. PLEIN LES MOUSTACHES (1985)
(S-A 123) – O.C. XXVII

124. APRÈS VOUS, S'IL EN RESTE, MONSIEUR LE PRÉSIDENT (1986)
(S-A 124) – O.C. XXVIII

125. CHAUDS, LES LAPINS ! (1986)
(S-A 125) – O.C. XXVIII

126. ALICE AU PAYS DES MERGUEZ (1986)
(S-A 126) – O.C. XXVIII

127. FAIS PAS DANS LE PORNO… (1986)
(S-A 127) – O.C. XXVIII

128. LA FÊTE DES PAIRES (1986)
(S-A 128) – O.C. XXIX

129. LE CASSE DE L'ONCLE TOM (1987)
(S-A 129) – O.C. XXIX

130. BONS BAISERS OÙ TU SAIS (1987)
(S-A 130) – O.C. XXIX

131. LE TROUILLOMÈTRE À ZÉRO (1987)
(S-A 131) – O.C. XXIX

132. CIRCULEZ ! Y A RIEN À VOIR (1987)
(S-A 132)

133. GALANTINE DE VOLAILLE POUR DAMES FRIVOLES (1987)
(S-A 133)

134. LES MORUES SE DESSALENT (1988)
(S-A 134)

135. ÇA BAIGNE DANS LE BÉTON (1988)
(S-A 135)

136. BAISSE LA PRESSION, TU ME LES GONFLES ! (1988)
(S-A 136)

137. RENIFLE, C'EST DE LA VRAIE (1988)
(S-A 137)

138. LE CRI DU MORPION (1989)
(S-A 138)

139. PAPA, ACHÈTE-MOI UNE PUTE (1989)
(S-A 139)

140. MA CAVALE AU CANADA (1989)
(S-A 140)

141. VALSEZ, POUFFIASSES (1989)
(S-A 141)

142. TARTE AUX POILS SUR COMMANDE (1989)
(S-A 142)

143. COCOTTES-MINUTE (1990)
(S-A 143)

144. PRINCESSE PATTE-EN-L'AIR (1990)
(S-A 144)

145. AU BAL DES ROMBIÈRES (1990)
(S-A 145)

146. BUFFALO BIDE (1991)
(S-A 146)

147. BOSPHORE ET FAIS RELUIRE (1991)
(S-A 147)

148. LES COCHONS SONT LÂCHÉS (1991)
(S-A 148)

149. LE HARENG PERD SES PLUMES (1991)
(S-A 149)

150. TÊTES ET SACS DE NŒUDS (1991)
(S-A 150)

151. LE SILENCE DES HOMARDS (1992)
(S-A 151)

152. Y EN AVAIT DANS LES PÂTES (1992)
(S-A 152)

153. AL CAPOTE (1992)
(S-A 153)

154. FAITES CHAUFFER LA COLLE (1993)
(S-A 154)

155. LA MATRONE DES SLEEPINGES (1993)
(S-A 155)

156. FOIRIDON À MORBAC CITY (1993)
(S-A 156)

157. ALLEZ DONC FAIRE ÇA PLUS LOIN (1993)
(S-A 157)

158. AUX FRAIS DE LA PRINCESSE (1993)
(S-A 158)

159. SAUCE TOMATE SUR CANAPÉ (1994)
(S-A 159)

160. MESDAMES VOUS AIMEZ « ÇA » (1994)
(S-A 160)

161. MAMAN, LA DAME FAIT RIEN QU'À ME FAIRE DES CHOSES (1994)
(S-A 161)

162. LES HUÎTRES ME FONT BÂILLER (1995)
(S-A 162)

163. TURLUTE GRATOS LES JOURS FÉRIÉS (1995)
(S-A 163)

164. LES EUNUQUES NE SONT JAMAIS CHAUVES (1996)
(S-A 164)

165. LE PÉTOMANE NE RÉPOND PLUS (1995)
(S-A 165)

166. T'ASSIEDS PAS SUR LE COMPTE-GOUTTES (1996)
(S-A 166)

167. DE L'ANTIGEL DANS LE CALBUTE (1996)
(S-A 167)

168. LA QUEUE EN TROMPETTE (1997)
(S-A 168)

169. GRIMPE-LA EN DANSEUSE (1997)
(S-A 169)

170. NE SOLDEZ PAS GRAND-MÈRE, ELLE BROSSE ENCORE (1997)
(S-A 170)

171. DU SABLE DANS LA VASELINE (1998)
(S-A 171)

172. CECI EST BIEN UNE PIPE (1999)
(S-A 172)

173. TREMPE TON PAIN DANS LA SOUPE (1999)
(S-A 173)

174. LÂCHE-LE, IL TIENDRA TOUT SEUL (1999)
(S-A 174)
(ces deux derniers romans sont à lire à la suite car ils constituent une seule histoire répartie en deux tomes)

175. CÉRÉALES KILLER (2001) – parution posthume
(original non numéroté : v. ci-dessous)

B) Les Hors-Collection

Neuf romans, de format plus imposant que ceux de la « série », sont parus depuis 1964. Tous les originaux aux éditions FLEUVE NOIR, forts volumes cartonnés jusqu'en 1971, puis brochés. Ces ouvrages sont de véritables feux d'artifice allumés par la verve de leur auteur. L'humour atteint souvent ici son paroxysme. Bérurier y tient une place « énorme », au point d'en être parfois la vedette !

Remarque importante : outre ces neuf volumes, de nombreux autres « Hors-Collection » – originaux ou rééditions de *Frédéric Dard* – signés San-Antonio ont été publiés depuis 1979. Ces livres remarquables, souvent bouleversants *(Faut-il tuer les petits garçons qui ont les mains sur les hanches ?, La vieille qui marchait dans la mer, Le dragon de Cracovie...)* ne concernent pas notre policier de choc et de charme. Sont mentionnés dans les « Hors-Collection » ci-dessous uniquement les romans dans lesquels figure le *Commissaire San-Antonio !*

- L'HISTOIRE DE FRANCE VUE PAR SAN-ANTONIO, 1964 – réédité en 1997 sous le titre HISTOIRE DE FRANCE
- LE STANDINGE SELON BÉRURIER, 1965 – réédité en 1999 sous le titre LE STANDINGE
- BÉRU ET CES DAMES, 1967 – réédité en 2000
- LES VACANCES DE BÉRURIER, 1969 – réédité en 2001
- BÉRU-BÉRU, 1970 – réédité en 2002
- LA SEXUALITÉ, 1971 – réédité en 2003
- LES CON, 1973 – réédité en 2004
- SI QUEUE-D'ÂNE M'ÉTAIT CONTÉ, 1976 (aventure entièrement vécue et racontée par Bérurier) – réédité en 1998 sous le titre *QUEUE D'ÂNE*
- NAPOLÉON POMMIER, 2000

→ Paru en 2001 dans un format « moyen » non numéroté, CÉRÉALES KILLER est bien le 175e roman de la série *San-Antonio*. Réédité en poche en 2003.

2. Guide thématique de la série « San-Antonio »

Les aventures de San-Antonio sont d'une telle richesse que toute tentative pour les classifier ne prêterait – au mieux – qu'à sourire si l'on devait s'en tenir là. Une mise en schéma d'une telle œuvre n'a d'intérêt que comme jalon, à dépasser d'urgence pour aller voir « sur place ». Comment rendre compte d'une explosion permanente ? Ce petit guide thématique n'est donc qu'une « approche », partielle, réductrice, observation d'une constellation par le tout petit bout de la lorgnette. San-Antonio, on ne peut le connaître qu'en le lisant, tout entier, en allant se regarder soi-même dans le miroir que nous tend cet auteur de génie, le cœur et les yeux grands ouverts.

Dans les 175 romans numérotés parus au Fleuve Noir, on peut dénombrer, en simplifiant à l'extrême, 10 types de récits différents. Bien entendu, les sujets annexes abondent ! C'est pourquoi seul a été relevé ce qu'on peut estimer comme le thème « principal » de chaque livre.

Le procédé vaut ce qu'il vaut, n'oublions pas que « simplifier c'est fausser ». Mais il permet – en gros, en très gros ! – de savoir de quoi parlent les *San-Antonio,* sur le plan « polar ». J'insiste : gardons à l'esprit que là n'est pas le plus important. *Le plus important, c'est ce qui se passe entre le lecteur et l'auteur, et qu'on ne pourra jamais classer dans telle ou telle catégorie.*

Avertissement

Comme il serait beaucoup trop long de reprendre tous les titres, seuls leurs *numéros* sont indiqués sous chaque rubrique. ATTENTION : ce sont les numéros de la collection *« San-Antonio »* référencée S-A dans la bibliographie ! En effet, les ouvrages de cette collection sont et seront encore disponibles pendant longtemps.

Néanmoins, ces numéros sont chaque fois rangés dans l'ordre chronologique des parutions, du plus ancien roman au plus récent.

A. Aventures de Guerre, ou faisant suite à la Guerre.

Pendant le conflit 39-45, San-Antonio est l'as des *Services Secrets.* Résistance, sabotages, chasse aux espions avec actions d'éclat. On plonge ici dans la « guerre secrète ».

→ S-A 107 (reprise du tout premier roman de 1949) • S-A 43 • S-A 44 • S-A 47

Dans les années d'après-guerre, le commissaire poursuit un temps son activité au parfum de contre-espionnage (espions à identifier, anciens collabos, règlements de comptes, criminels de guerre, trésors de guerre). Ce thème connaît certains prolongements, bien des années plus tard.

→ S-A 45 • S-A 50 • S-A 63 • S-A 68 • S-A 78

B. Lutte acharnée contre anciens (ou néo-)nazis

La Guerre n'est plus du tout le « motif » de ces aventures, même si l'enquête oppose en général San-Antonio à d'anciens nazis, avec un fréquent *mystère à élucider.* C'est pourquoi il était plus clair d'ouvrir une nouvelle rubrique. Les ennemis ont changé d'identité et refont surface, animés de noires intentions ; à moins qu'il s'agisse de néo-nazis, tout aussi malfaisants.

→ S-A 54 • S-A 58 • S-A 59 • S-A 38 • S-A 92 • S-A 93 • S-A 42 • S-A 123 • S-A 151

C. San-Antonio opposé à de dangereux trafiquants

Le plus souvent en mission à l'étranger, San-Antonio risque sa vie pour venir à bout d'individus ou réseaux qui s'enrichissent dans le trafic de la drogue, des armes, des diamants… Les aventures démarrent pour une autre raison puis le trafic est découvert et San-Antonio se lance dans la bagarre.

→ S-A 3 • S-A 65 • S-A 67 • S-A 18 • S-A 14 • S-A 110 • S-A 159

D. San-Antonio contre Sociétés Secrètes : un homme traqué !

De puissantes organisations ne reculent devant rien pour conquérir pouvoir et richesse : *Mafia* (affrontée par ailleurs de manière « secondaire ») ou *sociétés secrètes* asiatiques. Elles feront de notre héros un homme traqué, seul contre tous. Il ne s'en sortira qu'en déployant des trésors d'ingéniosité et de courage.

→ S-A 51 • S-A 138 • S-A 144 • S-A 160 • S-A 170 • S-A 171 • S-A 172 • S-A 173

Certains réseaux internationaux visent moins le profit que le chaos universel. San-Antonio doit alors défier lors d'aventures échevelées des groupes *terroristes* qui cherchent à dominer le monde. Frissons garantis !

→ S-A 34 • S-A 85 • S-A 103 • S-A 108

E. Aventures personnelles : épreuves physiques et morales

Meurtri dans sa chair et ses sentiments, San-Antonio doit *s'arracher à des pièges mortels.* Sa « personne » – sa famille, ses amis – est ici directement visée par des individus pervers et obstinés. Jeté aux enfers, il remonte la pente et nous partageons ses tourments. C'est sans doute la raison pour laquelle plusieurs de ces romans prennent rang de *chefs-d'œuvre*. Bien souvent, le lecteur en sort laminé par les émotions éprouvées, ayant tout vécu de l'intérieur !

→ S-A 61 • S-A 70 • S-A 86 • S-A 27 • S-A 97 • S-A 36 • S-A 111 • S-A 122 • S-A 131 • S-A 132 • S-A 139 • S-A 140 • S-A 174 • 175

F. À la poursuite de voleurs ou de meurtriers

Pour autant, on peut rarement parler de polars « classiques ». Ce sont clairement des *enquêtes,* mais à la manière (forte) de San-Antonio !

• Enquêtes « centrées » sur le vol ou l'escroquerie

Les meurtres n'y manquent pas, mais l'affaire tourne toujours autour d'un vol (parfois chantage, ou fausse monnaie…). Peu à peu, l'étau se resserre autour des malfaiteurs, que San-Antonio, aux méthodes « risquées », finit par ramener dans ses filets grâce à son cerveau, ses poings et ses adjoints.

→ S-A 2 • S-A 62 • S-A 73 • S-A 80 • S-A 10 • S-A 25 • S-A 90 • S-A 113 • S-A 149

• Enquêtes « centrées » sur le meurtre

À l'inverse, ces aventures ont le meurtre pour fil conducteur. San-Antonio doit démêler l'écheveau et mettre la main sur le coupable, en échappant bien des fois à la mort. Vol et chantage sont encore d'actualité, mais au second plan.

→ S-A 55 • S-A 8 • S-A 76 • S-A 9 • S-A 5 • S-A 81 • S-A 83 • S-A 84 • S-A 41 • S-A 22 • S-A 23 • S-A 28 •

S-A 35 • S-A 94 • S-A 17 • S-A 26 • S-A 60 • S-A 100 • S-A 116 • S-A 127 • S-A 128 • S-A 129 • S-A 133 • S-A 135 • S-A 137 • S-A 143 • S-A 145 • S-A 152 • S-A 161 • S-A 163

- **(Variante) Vols ou meurtres dans le cadre d'une même famille**

→ S-A 4 • S-A 7 • S-A 74 • S-A 46 • S-A 91 • S-A 114 • S-A 141 • S-A 148 • S-A 154 • S-A 165

G. Affaires d'enlèvements

Double but à cette *poursuite impitoyable* : retrouver les ravisseurs et préserver les victimes !

→ S-A 56 (porté à l'écran sous le titre *Sale temps pour les mouches*) • S-A 16 • S-A 13 • S-A 19 • S-A 39 • S-A 52 • S-A 118 • S-A 125 • S-A 126 • S-A 136 • S-A 158

H. Attentats ou complots contre hauts personnages

Chaque récit tourne autour d'un attentat – visant souvent la sécurité d'un état – que San-Antonio doit à tout prix empêcher, à moins qu'il n'ait pour mission de… l'organiser au service de la France !

→ • S-A 48 • S-A 77 • S-A 11 • S-A 21 • S-A 88 • S-A 96 • S-A 33 • S-A 95 • S-A 98 • S-A 102 • S-A 106 • S-A 109 • S-A 120 • S-A 124 • S-A 130

I. Une aiguille dans une botte de foin !

À partir d'indices minuscules, San-Antonio doit *mettre la main sur un individu, une invention, un document* d'un intérêt capital. Chien de chasse infatigable, héroïque, il ira parfois au bout du monde pour dénicher sa proie.

→ S-A 49 • S-A 53 • S-A 57 • S-A 66 • S-A 71 • S-A 72 • S-A 40 • S-A 15 • S-A 12 • S-A 87 • S-A 24 • S-A 29 • S-A 31 • S-A 37 • S-A 89 • S-A 20 • S-A 30 • S-A 69 • S-A 75 • S-A 79 • S-A 82 • S-A 101 • S-A 104 • S-A 105 • S-A 112 • S-A 115 • S-A 117 • S-A 119 • S-A 121 • S-A 134 • S-A 142 • S-A 146 • S-A 147 • S-A 150 • S-A 153 • S-A 156 • S-A 157 • S-A 164 • S-A 166 • S-A 167

J. Aventures aux thèmes entremêlés

Quelques récits n'ont pris place – en priorité du moins – dans aucune des rubriques précédentes. Pour ceux-là, le choix aurait été artificiel car aucun des motifs ne se détache du lot : ils s'ajoutent ou s'insèrent l'un dans l'autre. La caractéristique est donc ici *l'accumulation des thèmes.*

→ S-A 32 • S-A 99 • S-A 1 • S-A 6 • S-A 64 • S-A 155 • S-A 162 • S-A 168 • S-A 169

SANS OUBLIER...

Voilà donc répartis en thèmes simplistes *tous* les ouvrages de la série. Mais les préférences de chacun sont multiples. Plus d'un lecteur choisira de s'embarquer dans un « San-Antonio » pour des raisons fort éloignées de la thématique du polar. Encore heureux ! On dépassera alors le point de vue du spécialiste, pour ranger de nombreux titres sous des bannières différentes. Avec un regard de plus en plus coloré par l'affection.

Note

Contrairement à ce qui précède, certains numéros vont apparaître ici à plusieurs reprises. C'est normal : on peut tout à la fois éclater de rire, pleurer, s'émerveiller, frissonner, s'émouvoir… dans un même *San-Antonio !*

- **Incursions soudaines dans le fantastique**

Au cours de certaines affaires, on bascule tout à coup dans une ambiance mystérieuse, avec irruption du « fantastique ». San-Antonio se heurte à des faits *étranges :* sorcellerie, paranormal, envoûtement…

→ S-A 28 • S-A 20 • S-A 129 • S-A 135 • S-A 139 • S-A 140 • S-A 152 • S-A 172 • S-A 174

- **Inventions redoutables et matériaux extraordinaires**

Dans plusieurs romans, le recours à un attirail futuriste entraîne une irruption soudaine de la *science-fiction.* Il arrive même qu'il serve de motif au récit. Voici un échantillon de ces découvertes fabuleuses pour lesquelles on s'entretue :

Objectif fractal (un grain de beauté photographié par satellite !), réduction d'un homme à 25 cm, armée tenue en réserve par cryogénisation, échangeur de personnalité, modificateur de climats, neutraliseur de volonté, lunettes de télépathie, forteresse scientifique édifiée sous la Méditerranée, fragment d'une météorite transformant la matière en glace, appareil à ôter la mémoire, microprocesseur réactivant des cerveaux morts, et j'en passe… !

→ S-A 57 • S-A 12 • S-A 41 • S-A 23 • S-A 34 • S-A 35 • S-A 37 • S-A 89 • S-A 17 • S-A 20 • S-A 30 • S-A 64 • S-A 69 • S-A 75 • S-A 105 • S-A 123 • S-A 129 • S-A 146

- **Savants fous et terrifiantes expériences humaines**
  → S-A 30 • S-A 52 • S-A 116 • S-A 127 • S-A 163

- **Romans « charnière »**
  Sont ainsi désignés les romans où apparaît pour la première fois un nouveau personnage, qui prend définitivement place aux côtés de San-Antonio.

  S-A 43 : Félicie (sa mère), *en 1950.*
  S-A 45 : Le Vieux (Achille), *en 1952.*
  S-A 49 : Bérurier, *en 1953.*
  S-A 53 : Pinaud, *en 1954.*
  S-A 66 : Berthe (première apparition physique), *en 1957.*
  S-A 37 : Marie-Marie, *en 1968.*
  S-A 94 : Toinet (ou Antoine, le fils adoptif de San-Antonio), *en 1971.*
  S-A 128 : Jérémie Blanc, *en 1986.*
  S-A 168 : Salami, en *1997.*
  S-A 173 : Antoinette (fille de San-Antonio et Marie-Marie), en *1999.*

  Mathias, le technicien rouquin, est apparu peu à peu, sous d'autres noms.

- **Bérurier et Pinaud superstars !**
  Le Gros, l'Inénarrable, Béru ! est sans conteste le plus brillant « second » du commissaire San-Antonio. Présent dans la majorité des romans, il y déploie souvent une activité débordante. Sans se hisser au même niveau, le doux et subtil Pinaud tient aussi une place de choix…

· *participation* importante *de Bérurier*

→ S-A 18 • S-A 10 • S-A 11 • S-A 14 • S-A 22 • S-A 88 • S-A 23 • S-A 24 • S-A 27 • S-A 28 • S-A 32 • S-A 34 • S-A 37 • S-A 89 • S-A 90 • S-A 93 • S-A 97 • S-A 1 • S-A 20 • S-A 30 • S-A 33 • S-A 46 • S-A 52 • S-A 75 • S-A 101 • S-A 104 • S-A 109 • S-A 116 • S-A 126 • S-A 145 • S-A 163 • S-A 166

N'oublions pas les « Hors-Collection », avec notamment *Queue d'âne* où Bérurier est seul présent de bout en bout !

· *participation* importante *de Bérurier* et *Pinaud*

→ S-A 12 • S-A 87 • S-A 25 • S-A 35 • S-A 96 • S-A 105 • S-A 111 • S-A 148 (fait exceptionnel : San-Antonio ne figure pas dans ce roman !) • S-A 156

- **Marie-Marie, de l'enfant espiègle à la femme mûre**

Dès son apparition, Marie-Marie a conquis les lecteurs. La fillette malicieuse, la « Musaraigne » éblouissante de *Viva Bertaga* qui devient femme au fil des romans est intervenue dans plusieurs aventures de San-Antonio.

· *Fillette espiègle et débrouillarde :*

→ S-A 37 • S-A 38 • S-A 39 • S-A 92 • S-A 99

· *Adolescente indépendante et pleine de charme :*

→ S-A 60 • S-A 69 • S-A 85

· *Belle jeune femme, intelligente et profonde :*

Il ne s'agit parfois que d'apparitions intermittentes.

→ S-A 103 • S-A 111 • S-A 119 • S-A 120 • S-A 131 (où Marie-Marie devient veuve !) • S-A 139 • S-A 140 • S-A 152

· *Femme mûre, mère d'Antoinette (fille de San-Antonio) :*
→ S-A 173 • S-A 174 • **175**

• **Le rire**

Passé la première trentaine de romans (et encore !), le *rire* a sa place dans toutes les aventures de San-Antonio, si l'humour, lui, est *partout,* y compris au cœur de la colère, de l'amour et de la dérision. Mais plusieurs aventures atteignent au délire et nous transportent vraiment d'hilarité par endroits. Dans cette catégorie décapante, on conseillera vivement :

→ S-A 10 • S-A 14 • S-A 87 • S-A 88 • S-A 23 • S-A 25 • S-A 2 • S-A 35

Y ajouter, là encore, tous les « Hors-Collection ». Qui n'a pas lu *Le Standinge, Béru-Béru* ou *Les vacances de Bérurier* n'a pas encore exploité son capital rire. Des romans souverains contre la morosité, qui devraient être remboursés par la Sécurité Sociale !

• **Grandes épopées planétaires**

San-Antonio – le plus souvent accompagné de Bérurier – nous entraîne aux quatre coins de la planète dans des aventures épiques et « colossales ». Humour, périls mortels, action, rebondissements.

→ S-A 10 • S-A 87 • S-A 88 • S-A 24 • S-A 37 • S-A 89

• **Les « inoubliables »**

Je rangerais sous ce titre quelques romans-choc (dont certains ont déjà été cités plusieurs fois, notamment dans les épopées ci-dessus). On tient là des *chefs-d'œuvre,* où l'émotion du lecteur est à son comble. Bien sûr, c'est subjectif, mais quel autre critère adopter pour ce qui relève du coup de cœur ? Lisez-les : vous serez vite convaincus !

→ S-A 61 • S-A 70 • S-A 83 • S-A 10 • S-A 87 • S-A 88 • S-A 24 • S-A 25 • S-A 37 • S-A 111 • S-A 132 • S-A 140

POUR FINIR...

Il ne me reste plus qu'à souhaiter à tous ceux qui découvrent les aventures de San-Antonio (comme je les envie !) des voyages colorés, passionnants, émouvants, trépidants, surprenants, pathétiques, burlesques, magiques, étranges, inattendus ; des séjours enfiévrés ; des rencontres mémorables ; des confidences où l'intime se mêle à l'épopée.

Quant aux autres, ils savent déjà tout ça, n'est-ce pas ?

Ce qui ne les empêche pas de revisiter à tout instant la série *San-Antonio,* monument de la littérature d'évasion, pour toujours inscrit à notre patrimoine.

Raymond Milési

Correspondance entre l'ancienne numérotation de la collection « San-Antonio » et la nouvelle numérotation chronologique *portée sur chaque roman réimprimé à partir de 2003.*

S-A	→ *chrono*		
S-A 1	*80*	S-A 29	*64*
S-A 2	*9*	S-A 30	*85*
S-A 3	*10*	S-A 31	*65*
S-A 4	*11*	S-A 32	*66*
S-A 5	*38*	S-A 33	*86*
S-A 6	*81*	S-A 34	*67*
S-A 7	*31*	S-A 35	*68*
S-A 8	*32*	S-A 36	*87*
S-A 9	*37*	S-A 37	*69*
S-A 10	*48*	S-A 38	*70*
S-A 11	*49*	S-A 39	*71*
S-A 12	*50*	S-A 40	*30*
S-A 13	*51*	S-A 41	*55*
S-A 14	*53*	S-A 42	*88*
S-A 15	*39*	S-A 43	*2*
S-A 16	*40*	S-A 44	*3*
S-A 17	*82*	S-A 45	*4*
S-A 18	*47*	S-A 46	*89*
S-A 19	*52*	S-A 47	*5*
S-A 20	*83*	S-A 48	*6*
S-A 21	*54*	S-A 49	*7*
S-A 22	*56*	S-A 50	*8*
S-A 23	*59*	S-A 51	*12*
S-A 24	*60*	S-A 52	*90*
S-A 25	*61*	S-A 53	*13*
S-A 26	*84*	S-A 54	*14*
S-A 27	*62*	S-A 55	*15*
S-A 28	*63*	S-A 56	*16*

S-A 57	*17*	S-A 83	*44*
S-A 58	*18*	S-A 84	*45*
S-A 59	*19*	S-A 85	*97*
S-A 60	*91*	S-A 86	*46*
S-A 61	*20*	S-A 87	*57*
S-A 62	*21*	S-A 88	*58*
S-A 63	*22*	S-A 89	*72*
S-A 64	*92*	S-A 90	*73*
S-A 65	*23*	S-A 91	*98*
S-A 66	*24*	S-A 92	*74*
S-A 67	*25*	S-A 93	*75*
S-A 68	*26*	S-A 94	*76*
S-A 69	*93*	S-A 95	*99*
S-A 70	*27*	S-A 96	*77*
S-A 71	*28*	S-A 97	*78*
S-A 72	*29*	S-A 98	*100*
S-A 73	*33*	S-A 99	*79*
S-A 74	*34*	S-A 100	*101*
S-A 75	*94*	S-A 101	*102*
S-A 76	*35*	S-A 102	*103*
S-A 77	*36*	S-A 103	*104*
S-A 78	*41*	S-A 104	*105*
S-A 79	*95*	S-A 105	*106*
S-A 80	*42*	S-A 106	*107*
S-A 81	*43*	S-A 107	*1*
S-A 82	*96*		

À partir du n° 108, les numéros de la collection « S-A » coïncident exactement avec les numéros *chronologiques*.

R. Milési

Achevé d'imprimer en Allemagne
par GGP Media GmbH
à Pößneck
en mai 2016

POCKET
12, avenue d'Italie
75627 Paris Cedex 13

Dépôt légal : juin 2016
S26803/01